Sarah-Kate Lynch

Dolci di amor

Nada é mais doce que uma segunda chance

Tradução de
FABIANA COLASANTI

1ª edição

EDITORA RECORD
RIO DE JANEIRO • SÃO PAULO
2013

CIP-BRASIL. CATALOGAÇÃO NA FONTE
SINDICATO NACIONAL DOS EDITORES DE LIVROS, RJ

Lynch, Sarah-Kate.
L996d   Dolci di amor / Sarah-Kate Lynch; tradução de Fabiana Colasanti. –
Rio de Janeiro: Record, 2013.

Tradução de: Dolci di Love
ISBN 978-85-01-09639-5

1. Romance neozelandês (Inglês). I. Colasanti, Fabiana. II. Título.

13-2181

CDD: 828.99333
CDU: 821.111(931)-3

Título original em inglês:
DOLCI DI LOVE

Copyright © Sarah-Kate Lynch, 2011

Texto revisado segundo o novo Acordo Ortográfico da Língua Portuguesa.

Todos os direitos reservados. Proibida a reprodução, no todo ou em parte, através de quaisquer meios. Os direitos morais da autora foram assegurados.

Direitos exclusivos de publicação em língua portuguesa somente para o Brasil adquiridos pela
EDITORA RECORD LTDA.
Rua Argentina, 171 – Rio de Janeiro, RJ – 20921-380 – Tel.: 2585-2000, que se reserva a propriedade literária desta tradução.

Impresso no Brasil

ISBN 978-85-01-09639-5

Seja um leitor preferencial Record.
Cadastre-se e receba informações sobre nossos lançamentos e nossas promoções.

EDITORA AFILIADA

Atendimento e venda direta ao leitor:
mdireto@record.com.br ou (21) 2585-2002.

Para minha mãe, Margaret Lynch,
e todas as viúvas prestativas do mundo

Capítulo 1

A outra mulher de Daniel e seus dois lindos filhos de olhos brilhantes estavam sob a palmilha de seu sapato de golfe esquerdo quando Lily as encontrou pela primeira vez. Plastificados.

Apesar do choque de encontrar a foto e da horrível certeza imediata de que as crianças eram sem dúvida do marido, este detalhe dos mais práticos a tocou. Elas estavam plastificadas, o que, em si, provava um ponto.

As camadas da vida como Lily conhecia podiam estar dissipando-se como éter, impotentemente transparentes, para nunca mais serem vistas juntas de novo. No entanto, as camadas dessa outra vida sobre a qual ela nada sabia estavam resolutamente fixas bem ali na sua mão, presas por toda a eternidade.

Plastificação era para sempre, afinal de contas. Era para isso que servia. Você não plastificava coisas que não tinham importância ou das quais não tinha certeza: coisas como sua lista de compras do Fairway ou os sapatos italianos de salto recortados da última *Vogue*.

Você só plastificava absolutas necessidades, certezas: coisas que precisava que durassem mais do que deveriam quando foram impressas em um papel que podia se sujar com ketchup ou ficar amarelado por causa do sol.

A surpresa da existência da mulher e das duas crianças foi consequentemente apresentada à Lily como um trio necessitando de manutenção de qualidade. Tão importantes eram para Daniel, seu marido, que ele queria protegê-las para sempre de toda a podridão do pé, do suor do sapato e de quaisquer outros perigos que o Clube de Golfe Manhattan Woods lhes reservasse. Tão importantes elas eram que ele queria mantê-las perto de si até o fim dos tempos ou por quanto tempo o plástico durasse, o que por acaso Lily sabia ser por volta de quinhentos anos. Muito depois que Daniel estivesse morto e enterrado, assim como ela mesma e todos na foto, muito depois que o sapato de golfe — a não ser, talvez, pelas duas agulhetas marrons nas pontas dos cadarços — tivesse se decomposto, esse instantâneo de uma "família" feliz permaneceria.

O fungo no pé de Daniel no ano anterior, Lily pensou, enquanto colocava o sapato de volta no lugar. Será que este trio perfeito era responsável por isso? Será que eles poderiam ter criado umidade extra debaixo de sua sola, produzido um terreno perfeito para a criação de esporos solitários após 18 buracos no Hudson Valley? Ele gastara uma fortuna no podólogo; ela sabia, porque havia pagado as contas.

Ela arrumou ambos os sapatos de golfe em sua prateleira, apesar de não saber por quê. Certamente havia outra coisa que deveria estar fazendo. Sua vida tinha acabado de virar de cabeça para baixo. Ela devia ter pensado em plastificá-la, para preservá-la para sempre do jeitinho que gostava.

O irritante era que, se ela soubesse que tinha de fazê-lo, ela o teria feito. Lily era, por natureza, uma plastificadora. Era conhecida por botar os pontos nos *is* e cortar os *ts*, mas uma pessoa tinha que saber que um *i* precisava de ponto e um *t* precisava ser cortado para começo de conversa. Se, para todos os efeitos, estavam ali parecendo já ter pingos e estarem cortados, então normalmente havia um milhão de outras coisas para fazer no meio-tempo.

Ela imaginou por que Daniel havia escolhido o sapato de golfe.

Seria para que pudesse tirar a familiazinha de sua bolsa esportiva quando ia ao clube com Jordie e Dave, olhando para aqueles lindos rostos infantis na traseira do SUV de Jordie enquanto, na frente, conversavam sobre imóveis e os Knicks?

Isso não parecia particular o suficiente, de alguma forma. A não ser que Jordie e Dave soubessem de alguma coisa, o que ela duvidava porque Jordie realmente só conversava sobre imóveis e os Knicks, enquanto que Dave nem sequer falava. Ela não conseguia ver os três analisando os riscos de um *tee* torto, que dirá infidelidade.

Não, estava quase certa de que a foto plastificada não tinha relação com o golfe em si.

Ela vasculhou o armário do marido. O resto de seus sapatos estava arrumado lado a lado em três prateleiras: todos pretos e praticamente idênticos. Ora, ele tinha o gosto mais tedioso para sapatos do que qualquer homem vivo. Como é que ela nunca havia percebido isso antes?

Obviamente, ele não podia esconder nada em qualquer um desses sapatos parecidos porque ia perder muito tempo tentando encontrar. Ele tinha um par de tênis cinza, mas ela supôs que seria suarento demais para abrigar a pequena família de plástico (o fungo resultante provavelmente o mataria) e este par de mocassins — ela os pegou e olhou de perto — tinha uma palmilha colada.

Os sapatos de golfe marrons e brancos com sua balançante franja de couro eram realmente a escolha óbvia, raciocinou Lily. Ele podia se esgueirar para dentro do closet e ter facilmente alguns momentos em particular para admirar a foto secreta. Além disso, Lily não jogava golfe. Havia tentado há alguns anos, mas considerava uma perda de tempo. Podia queimar calorias com mais eficiência de várias outras maneiras, então deixara o golfe para Daniel havia anos. O marido sabia que ela nunca tocaria naqueles sapatos.

Na verdade, normalmente ela não tocaria no closet dele. Ela tinha seu próprio do outro lado da parede na qual os ternos de Daniel estavam pendurados a 10 centímetros um do outro. O closet dela era do mesmo tamanho, mas não havia espaço entre as roupas, seus sapatos eram todos completamente diferentes e, além disso, até onde ela sabia, não guardavam segredos, a não ser o preço de um par em especial sobre o qual ela mentira por nenhum motivo em particular a não ser parecer ridículo pagar tanto.

Era Pearl, sua assistente na Heigelmann's, a culpada por ela estar ali. Sábado seria aniversário de Daniel, e Lily estava indo comprar para ele uma camisa polo, uma boa, mas ficara surpresa com a resposta de Pearl quando lhe pediu para organizar isso.

— Como quiser — dissera Pearl, com petulância. — Só não azul ou verde, certo?

Elas trabalhavam juntas há sete anos; Lily sabia como identificar suas atitudes.

— Ah, é mesmo? E por quê? — perguntou, curiosa, pois Daniel ficava bem com ambas as cores. Verde destacava seus olhos e azul, os pedaços prateados que cada vez mais tomavam-lhe o cabelo louro e espesso. Era um homem bonito e só estava melhorando com a idade, mas ele mesmo parecia não perceber isso. Ela adorava isso nele. Isso e sua bondade. Seu sorriso. Sua maneira de lidar com as coisas sem criar drama. Sem criar drama? Lily havia acertado nessa.

— Porque você deu de presente uma camisa azul no último aniversário dele e uma verde no Natal — disse Pearl, com uma de suas sacudidas especialmente reprovadoras de cabeça. Ela era realmente uma boa assistente, mas em momentos como este Lily queria puxar um de seus cachos pretos e brilhantes. Lily podia se lembrar de quantas unidades de produto haviam sido transportadas da Virgínia para Vermont em qualquer semana e quanto custavam, até os centavos, então por que não conseguiria se lembrar dos presentes que havia dado a seu marido?

— Você sempre pode dar uma gravata — sugeriu Pearl.

— Ah, bem, Daniel não usa muito gravata — disse Lily apesar de, é claro, ele usar. Pearl provavelmente o vira com uma pelo menos uma dúzia de vezes. — Não tanto — acrescentou, hesitantemente. — Não mais, quero dizer.

Pearl franziu os lábios e ergueu as sobrancelhas tão alto que era um milagre que não saltassem da sua cabeça.

— Na verdade, sabe de uma coisa? — Lily pressionou um dedo contra os lábios, fingindo uma súbita inspiração. — Acabei de ter outra ideia. Obrigada, Pearl, mas acho que vou cuidar disso eu mesma.

Ela vasculhou o cérebro pelo resto do dia tentando pensar em um presente alternativo, lembrando-se, finalmente, de que Daniel havia reclamado algumas semanas antes, e isso porque nunca se queixava, que as travas de seus sapatos de golfe estavam frouxas ou velhas ou gastas ou alguma coisa do tipo.

Ela não havia prestado muita atenção quando ele mencionara isso mas, em vista da situação da camisa, decidiu que iria quebrar a tradição que havia inconscientemente abraçado e substituiria seus sapatos de golfe. Só não conseguia se lembrar o quanto ele calçava.

Ela deveria saber?, perguntou-se, mais uma vez olhando em seu closet. Uma esposa que se lembrasse dos presentes anteriores e soubesse o tamanho do pé do próprio marido teria menos probabilidades de encontrar uma foto plastificada de uma linda mulher e duas crianças escondida sob a palmilha dele?

Foi a procura pelo número dele que a levara ao closet. Ela pegara o sapato, o virara de cabeça para baixo e deslocara sua família secreta e para-sempre-imaculada. Se soubesse quanto o marido calçava ou até pegasse outro sapato, a família para-sempre-imaculada teria continuado em segredo.

Olhando para a fotografia plastificada que ainda estava segurando, Lily sentiu necessidade de sentar. Sabia que se fosse inclinada a demonstrações explosivas de emoção, estaria se entregando a uma neste momento, mas não era. Suas emoções — por regra uma coleção controlada e organizada — pareciam confusas, e seu corpo as acompanhava. As pernas estavam tremendo, percebeu. Era por isso que precisava se sentar. Isso era um reflexo normal, isso era bom.

Ela se sentou, leve como uma pluma, na beirada da cama. A menininha na foto tinha uns 5 anos, pensou, e o menino não era mais do que um bebê.

Um bebê.

Um ganido engasgado como um gargarejo, um barulho quase como o de um cachorrinho, escapou sem sua permissão.

Ela ficou olhando para a mulher na fotografia, passando o polegar pela beirada afiada do plástico duro. Não era exatamente bonita, a mulher, não da forma totalmente americana que Lily era, mas tinha aquela espécie de beleza selvagem, provocante, que as "outras" mulheres frequentemente pareciam possuir: não exatamente perigosa, mas quase. Seus lábios eram finos, as maçãs do rosto eram marcantes, o cabelo escuro rebelde esvoaçante caía por cima do rosto e ela dava um leve sorriso para o fotógrafo, que sem dúvida era Daniel, o marido de Lily, com quem ela era casada havia 16 anos e que formava metade do casal perfeito que todos acreditavam que eles eram.

Outro gargarejo sufocado escapou enquanto ela passava os dedos por cima da menininha. Ela tinha o cabelo da mãe, comprido e escuro, e aquela mesma selvageria provocante, mas os olhos eram de Daniel, e o queixo tinha covinha. Estava ligeiramente na frente da mãe, sem tocá-la, e olhava corajosamente para a câmera como se estivesse desafiando Daniel a tirar a foto.

O bebê era o mais feliz de todos, o rosto virado na direção da mamãe enquanto ele ria do que o vento estava fazendo com o cabelo dela. Vestia uma camiseta e algo listrado na metade de baixo, que não combinavam muito. Lily tinha gavetas cheias de roupas nas quais esse bebê ficaria melhor. Um braço que parecia uma salsicha erguia-se no ar enquanto a mão gorda e redonda com dedinhos gorduchos agarrava uma mecha preta e brilhante que o vento soprava para além do seu alcance. Ele parecia exatamente como Daniel em todas as suas fotos de bebê. Exatamente.

Ela deveria estar chorando, sabia disso. Uivando, até, mas chorar parecia uma reação insignificante demais e uivar, um insulto. Lágrimas e gemidos eram para mágoas cotidianas. Isso era outra coisa. Novamente, no tremor em seu braço, nas leves gotas de suor em sua testa, ela se sentiu desnorteada.

Lily construíra a carreira baseada em não ficar desnorteada. Sem dúvida, ela era famosa por sua segurança. Isso a tinha levado tão longe quanto a vice-presidência de uma empresa da Fortune 500 — uma das maiores do país —, esse instinto resoluto natural. Essa característica trouxera-lhe riqueza e sucesso. Havia se tornado seu bem mais precioso e Lily confiava nela.

Ainda assim, naquele momento, enquanto confrontava o que indubitavelmente era a maior crise de sua vida pessoal, a habilidade de saber o que fazer estava amontoada em uma caverna distante, lambendo suas feridas, esquivando-se da luz, deixando-a totalmente por conta própria.

A questão era que Lily considerava o casamento com Daniel, e sem dúvida o próprio Daniel, agora que ela pensava a respeito, como o pino da granada de sua vida: não o aspecto mais emocionante, talvez, mas, se ela o puxasse para fora, tudo iria explodir. Os pedaços voariam até o sol e ela nunca os recuperaria.

E daí que ela se concentrava mais no trabalho ultimamente do que no marido — que mulher em sua posição não faria o mesmo? Ela não podia tirar alguns anos de folga para ficar olhando para um berço vazio. Mulheres casadas sem filhos não tinham opção além de se concentrarem em suas carreiras, e era quase natural que subissem mais rápido de cargo. Não era problema para Lily ficar até mais tarde no escritório, afinal de contas, ela não tinha nenhum menino de cabelos louros para pegar na creche, nenhuma apresentação de balé de uma garotinha de olhos verdes para a qual sair correndo.

E, aos 44 anos, nunca haveria um menino de cabelos louros ou uma garotinha de olhos verdes para Lily. Ela sabia disso, tinha passado por tudo aquilo: havia aceitado há anos.

Distraidamente, virou a foto e, para um choque ainda maior, havia a metade de um retrato de Daniel, da mulher e do bebê do outro lado. Bem, havia um retrato inteiro, mas só metade de Daniel estava nele. A menininha devia ter tirado a foto, que estava em um ângulo louco, só com as partes de baixo dos dois adultos e uma perna gorda e listrada do bebê.

Daniel estava usando o cinto Prada que Lily lhe dera em um aniversário anterior (sempre camisas polo, até parece!). Seu 35º, talvez? Ela o comprara pessoalmente, na Bergdorf Goodman, depois de uma consulta particularmente promissora no ginecologista. Lembrava-se de flutuar pela loja como se estivesse boiando em um rio de champanhe. *Desta vez*, ela quase cantarolara para si mesma, *desta vez*. O cinto custara quase 300 dólares, mas ela não teria ligado se fossem 3 mil. E, no final, não houve *desta vez*.

Os braços de Daniel não estavam na foto, então Lily não sabia se estavam em volta da mulher, mas seus quadris estavam se tocando, os dela ligeiramente à frente. Tirando o fato de que as crianças eram muito parecidas com Daniel, será que esses podiam ser os quadris de dois meros conhecidos? Lily olhou mais de perto, a foto inteira não era maior do que uma carta de baralho, e os quadris estavam todos em uma metade triangular. Ainda assim, a mulher parecia estar pressionando a virilha de seu marido. Ela era bem curvilínea, ou cadeiruda, na verdade, se fosse para ser crítica. Teria problemas para encontrar jeans que coubessem, provavelmente o motivo pelo qual escolhera o vestido envelope — um estampado de caxemira, verde como os olhos de Daniel —, que exibia seu decote impressionante e a cintura fina, mas diminuía sua metade inferior.

Na parte triangular da foto que não continha seu marido e a mulher com o bebê, uma luz suave caía em distantes colinas douradas, salpicadas de pinheiros em formato de lápis. Fileiras retas de folhagens em cascata, uvas, sem dúvida, corriam em listras na direção da abóbada gasta e redonda de uma igreja cor de mel com um campanário atrás.

Ela abafou outro ganido.

Lily achava que sabia onde a foto fora tirada. E saber isso a fez ter ainda mais certeza de que não havia engano, que a vida como conhecia havia acabado.

Certamente não havia igrejas assim em Nova York ou em qualquer lugar por perto. A igreja parecia ficar na Itália.

Daniel era louco pela Itália, sempre fora. Quando os dois se conheceram, ele lhe contou sobre os vizinhos italianos idosos que o haviam adotado como neto honorário quando ele ainda era apenas um garotinho e que o acolheram à sua caótica família agregada. Ele era filho único e a vida doméstica estava longe de ser um saco de risadas, então esses vizinhos — ah, por que ela não conseguia se lembrar de seus nomes? — lhe deram uma espécie de refúgio feliz quando ele mais precisava.

Daniel quisera ir à Itália em sua lua de mel, mas Lily achara que era longe e difícil demais depois do exaustivo exercício de organizar um casamento.

Em vez disso, foram para um chalezinho romântico no Maine, onde o tempo estava abissal, mas eles não se importaram.

Quando Lily acordara na primeira manhã lá, o corpo quente de seu novo marido pressionado contra o dela, roncando educadamente, o estresse das núpcias deixado para trás, ela havia vivenciado sua primeira onda de completa e absoluta felicidade.

Mesmo sentada ali, olhando para a foto dos filhos bastardos de Daniel todos esses anos depois, ela podia se lembrar como se fosse ontem. A sensação a dominara por completo, provocara arrepios em sua pele, lágrimas em seus olhos, um contentamento em seu coração que ela nunca sonhara ser possível.

Ela se lembrava de ficar ali deitada, nua, enquanto a chuva dançava no telhado sobre ela, observando Daniel dormir e refestelando-se na promessa do futuro maravilhoso dos dois juntos.

Estavam tão apaixonados então, tão felizes. Achara que ainda eram. Comparados a muitos de seus amigos divorciados ou ainda miseravelmente casados, Lily e Daniel eram o protótipo da boa e velha estabilidade, apesar da mágoa tácita que florescia entre eles. Daniel nunca a tratara com nada além de respeito e dedicação. Ele era gentil, atencioso, amoroso. E ela também era. Ou assim pensava. O compromisso de um com o outro frequentemente era assunto de alguma conversa e, conforme uma vez lhe disseram, invejado. Lily tinha orgulho de seu casamento, de Daniel e de si mesma.

Ela se levantou, ainda segurando a foto, e andou até a janela do quarto, olhando para a vista. Caso se apoiasse na vidraça da direita, poderia ver da 72 Oeste até o Central Park. As árvores esta manhã cintilavam na brisa suave de verão. Normalmente, Lily amava aquelas árvores. Amava o parque. Amava seu apartamento, a sua vida.

Ficou imaginando quanto tempo fazia desde que realmente considerara se ainda estava apaixonada de verdade por Daniel. Após 16 anos de casamento, isso simplesmente não era algo em que ela pensava com tanta frequência. Havia tantas outras coisas para pensar. Ela tinha um cronograma cheio e um trabalho exigia muito dela. Quem tinha tempo para ficar sentada e ponderar sobre o estado de seu casamento, especialmente quando ele mostrava todos os sinais vitais de estar perfeitamente seguro?

Ela olhou para a igreja na foto de novo.

Havia tolerado, se não partilhado inteiramente, a paixão de Daniel pela Itália, especialmente pela comida e pelo vinho, e o apoiara completamente quando ele encontrara uma forma de transformar seu entusiasmo amador em algo parecido com uma carreira, cavando para si um nicho como comprador de vinhos italianos, importando *brunellos* ousados e *vino nobile* para sommeliers distribuírem pelos covis de comida e bebida favoritos de Manhattan.

E ela estava ocupada na Heigelmann's, portanto nunca a havia preocupado que ele passasse uma semana por mês na Toscana. Daniel fizera isso durante os últimos dez anos. Estava lá neste exato momento, muito possivelmente na companhia dessa criatura de aspecto exótico e de seus filhos.

Sentiu uma dor física no peito que presumiu ser seu coração se partindo, mas o extraordinário foi que a dor não parecia inteiramente nova. Na verdade, parecia muito familiar. Talvez uma pessoa só pudesse aguentar certa quantidade de mágoa e decepção. Talvez uma pessoa chegasse a um ponto no qual qualquer outra coisa, qualquer coisa pior, só ricochetearia sem deixar mossa.

O que Lily mais sentia — contando com um ou dois estremecimentos — era vazio. Que apropriado. Trágico, mas apropriado. Vazio!

Todos aqueles anos ela havia torturado seu corpo, sua mente e aquele pobre coração sofredor — sem falar em sua conta bancária — tentando ter um bebê. E fracassou. Não estava acostumada ao fracasso, lutava para lidar com ele, mas o que a fizera ir em frente durante os dias ruins fora seu óbvio sucesso no trabalho e a presunção muda em casa de que Daniel a amava independente de qualquer coisa, que era ela o que mais importava para ele, não esses fragmentos do futuro que Lily não conseguia transformar em realidade.

Mas lá estava ele, todo esse tempo, transformando os fragmentos dela em uma realidade de carne e osso do outro lado do mundo, com outra pessoa.

Lily olhou para o relógio. Eram onze horas de uma manhã de domingo.

Enfiou a foto no bolso de seu roupão de seda, desceu o corredor até a cozinha e abriu a porta da geladeira. Uma garrafa de pinot grigio branco gelado estava ali ousadamente, fechada. Ela vinha tentando diminuir o consumo: vinho destruía sua cintura agora que seus 30 anos haviam entrado para a história. E nos últimos tempos contraíra o hábito de beber sozinha nas semanas em que Daniel estava fora.

Ela nunca havia fumado, não gostava de drogas recreativas e resistira por muito tempo aos encantos do chocolate. A taça ocasional de vinho, ela supunha, havia se tornado seu vício. E em algum ponto pelo caminho, uma taça à noite depois do trabalho talvez tivesse se transformado em duas, e depois três, até que em algumas noites ela estava consumindo uma garrafa.

Adorava o amortecimento caloroso e flutuante de bem-estar que cada golada trazia consigo, mas não gostava dos olhos inchados e da cabeça embotada na manhã seguinte. E as calorias!

Daniel estava fora havia três dias, e ela não bebera uma gota.

Lily tirou a rolha e despejou uma quantidade generosa em uma taça alta de cristal.

Capítulo 2

Violetta acordou sentindo o dedão de sua irmã cutucando-lhe a axila. Ergueu a cabeça para longe do travesseiro e lá, no lado oposto da cama frágil e velha, estava Luciana, com o focinho encarquilhado se contorcendo, seus olhos brilhando, seu sorriso enrugado se esticando por cima de lábios antigos para revelar uma coleção acidental de dentes alegremente tortos.

— Dói! — disse Luciana, empurrando seu dedão na axila de Violetta novamente. — Tenho certeza disso, irmã. Sim, santa Ana di Chisa seja louvada. Definitivamente dói!

Violetta esfregou o próprio focinho encarquilhado.

— E isso faz cócegas, não é? — gritou Luciana. — Sei que faz. Faz cócegas! E eu posso sentir o cheiro! Você pode sentir o cheiro? Eu posso sentir o cheiro!

As duas ergueram o rosto no ar, como toupeiras, e farejaram.

— Flor de laranjeira! — trinou Luciana. — Tão claro quanto as manchas senis na sua bochecha, Violetta. Flor de laranjeira!

Violetta assentiu. Por décadas, o aroma inebriante de flor de laranjeira fora de estação tinha sido a única pista partilhada pelas irmãs de que aquele seria um de seus dias especiais. As pistas separadas eram que Violetta acordaria com o nariz coçando e Luciana com o dedão doendo. Aí a flor de laranjeira as alcançaria, haveria uma onda de entusiasmo e, antes que elas se dessem conta, estariam fazendo uma reunião e bolando um plano.

— Ah, eu estou disposta — disse Luciana. — Ou vou ficar quando botar este corpo velho e cansado para funcionar. Pode fazer uma massagem nesse dedão? Fica cada vez pior. Como está a coceira?

— Você precisa ser tão animada assim? — perguntou Violetta. Seu próprio corpo velho parecia um naco de argila disforme abandonado no calor do verão: seco e deformado, nada agora poderia lhe devolver a promessa do passado. — Se você começa o dia com o melhor dos humores, não sobra nenhum lugar aonde ir.

Mesmo assim, ela enfiou uma das mãos debaixo das cobertas para encontrar o pé de sua irmã, usando a outra mão para afastar a cortina fina que quase não bloqueava os primeiros raios humildes do sol do início da manhã.

Do lado de fora, uma bruma suave da Toscana se agarrava úmida às colinas baixas do Val D'Orcia. Atrás delas, nuvens escuras espreitavam mal-humoradas pelo horizonte. Ia chover.

Violetta contorceu o nariz mais uma vez. Normalmente ela gostava bastante da coceira — era emocionante, como uma versão infinitamente mais útil de um espirro. Mas hoje, nem tanto. Hoje alguma coisa estava diferente.

Largou o dedo de Luciana, desenredou-se rangendo da pilha de colchas e cobertores e se arrastou até a cômoda torta no canto do quarto pequeno e escuro.

Da prateleira do meio ela ergueu um porta-retrato oxidado com uma foto de um rapaz bonito usando uniforme do exército.

Levou a fotografia aos lábios e plantou um beijo nela, então soltou um grito sobressaltado.

— O que diabos *ele* está fazendo aqui? — perguntou, olhando fixamente para a foto.

Luciana ergueu os olhos e, antes que a mancada pudesse se tornar algo maior, disse à irmã que trouxesse a fotografia até ela.

— Não faça escândalo — disse, um tom de advertência na voz. — Não significa nada além de que sua visão está ficando pior.

Balançando a cabeça em descrença diante da perspectiva de mais alguma coisa nela ficar pior, Violetta entregou a foto como lhe fora pedido e se arrastou de volta até outro porta-retrato oxidado com o que parecia ser a mesma foto, um pouco mais para lá na prateleira. Este ela segurou primeiro com os braços esticados — seus olhos, sem dúvida, estavam indo ladeira abaixo rapidamente — e, depois de estabelecer que definitivamente era a correta, tascou outro beijo nela.

— Bom dia, Salvatore — disse. — Espero que tenha dormido bem. — Uma dor perfurou seu peito, deixando-a quase sem ar. Ela já havia sentido isso antes, pensou. Ou seria uma dor nova para acrescentar à lista de complicações que a perturbavam?

— E bom dia para você, Silvio — disse Luciana para sua foto. — Tome cuidado onde se coloca ou vai voltar para a gaveta de guardanapos.

— Vou fazer o café — anunciou Violetta, ignorando-a. — Está na hora de levantar. Temos muito o que fazer hoje, mesmo que a maior parte seja pensar.

Na opinião de Luciana, pensar não exigia acrobacias ou corridas em volta da *piazza grande*, e podia muito bem ser feito deitada. Mas Violetta era a chefe. Ela era dez meses mais velha e encarregada de todas as grandes tomadas de decisão. Além disso, tinha um sexto sentido importantíssimo quando se tratava de assuntos do coração, então Luciana, como sempre, ficava feliz em seguir ordens.

— Concordo — falou. — E já comecei a pensar, você já começou?

— Estou pensando que nos devem um ou dois finais felizes neste momento, então é melhor levantarmos nossos traseiros e fazer algo a respeito.

— Não há necessidade de ficar tão rabugenta — admoestou Luciana. — Tivemos nosso final feliz com Enrico e a filha do mecânico — lembrou à irmã. — Apesar de ter sido necessário que ela o encontrasse debaixo de sua motocicleta coberto de conhaque de cereja. A cara dela quando percebeu que não era sangue! Aquele foi "o momento", se eu me lembro.

— Sim — disse Violetta, acalmando-se um pouquinho. — Aquele foi "o momento". — Mesmo com a preocupação beliscando sua alma como um gatinho brincando com um novelo de lã, ela ainda conseguia apreciar o momento.

— Eu simplesmente adoro o momento — suspirou Luciana. — Apesar de ser surpreendente a frequência com que envolve uma grande confusão.

— Bem, o amor é um negócio muito confuso — observou a irmã. — Agora, mexa-se.

E então Luciana se mexeu. Mas enquanto a irmã se ocupava na cozinha, ela sentiu um calafrio subir pela coluna encurvada e pular pelo seu peito para se juntar à dor que estava ali como um pombo atento, procurando problemas — e encontrando.

Era seu nariz, seu nariz encarquilhado. Ele não havia coçado nada. Nem uma vez. Nem mesmo por um segundo. Nem havia captado, por mais que farejasse, a mínima sugestão daquele cheiro doce e sedutor de flor de laranjeira.

Capítulo 3

Na época em que Lily e sua irmã Rose ainda se falavam, elas tinham um termo que significava tomar margaritas demais e reservar coisas estranhas na internet. Elas chamavam de Turismo de Pileque.

Turismo de Pileque foi o motivo de terem ido ao Madison Square Garden para ver a Madonna se apresentar ao vivo baseadas apenas no fato de Rose ter ouvido alguém dizer que a pele da parte de baixo de seu braço caía igual à de qualquer outra mulher.

— Ela nem gosta da Madonna — dissera Al, o marido de Rose, à Lily quando ouviu seu plano. — Nenhuma de vocês gosta.

Ele ficou ainda mais desgostoso nos dias que antecederam o show, quando se deu conta de que teria que ficar em casa e tomar conta de Jack, seu bebê de seis meses. Usou a arma da culpa com tanta habilidade que Rose tentou cancelar.

— Achei que você queria ver a mulher balançar — lembrou-a Lily. — Quer dizer, balançar mesmo.

Elas foram, levaram binóculos, dançaram, cantaram e se divertiram à beça.

Um ano depois, celebraram a nova promoção de Lily com tanto champanhe que voltaram para o apartamento dela, entraram direto na internet e o Turismo de Pileque foi mais forte de novo. Desta vez, agendaram um fim de semana em um spa em New Hampshire.

A viagem, quando chegou, foi exatamente do que elas precisavam. Lily trabalhava 14 horas por dia, e Rose estava exausta com as provações de ser mãe de uma criança que começara a andar precocemente.

Mas, quando chegou a tarde do primeiro dia, estava claro para Lily que Rose não estava normal.

— Vai me dizer o que há de errado? — perguntou Lily, enquanto ficavam de molho em banheiras de lama uma ao lado da outra, os corpos escorregadios com a substância viscosa, rodelas de kiwi refrescando seus olhos fechados.

— Estou grávida — falou Rose.

— Isso é uma notícia fantástica, você deve estar muito feliz! — Lily se entusiasmou o mais autenticamente que pôde, mas lágrimas escorreram pelo lado de seu rosto, deixando marcas tristes e pálidas na lama.

Pior. Quando Harry nasceu, simplesmente pareceu à Lily que ele deveria ter sido dela. Ele parecia se encaixar perfeitamente em seus braços. Simplesmente não era plausível que ela tivesse de entregá-lo de volta a outra pessoa.

Pior ainda. Apesar do fato de poder conversar por horas com Rose sobre um botão cair de uma camisa ou sobre uma bola de poeira voltar para o mesmo lugar sob a mesa de centro, não podia falar com a irmã sobre esse assunto.

Na verdade, ela se viu incapaz de conversar com Rose sobre qualquer coisa. A beleza insuportável de Harry presa em sua garganta era tão constrangedora que era mais fácil evitá-la por completo.

Usou o trabalho como desculpa para não viajar até Connecticut nos finais de semana e parou de convidar a irmã para vir a Nova York em ocasiões especiais. Rose, culpada por seu corpo fértil e ainda por cima hormonal e cansado, retribuiu ficando cada vez mais ofendida.

Em um determinado ponto, quatro meses se passaram sem Lily pôr os olhos na irmã e nos sobrinhos, e quando se viram novamente, o encontro começou mal e terminou pior ainda.

— Estou grávida de novo — disse Rose enquanto elas inspecionavam os saltos altos na Barneys. — Gêmeos. Sinto muito, Lily. Sério. Não sei mais o que dizer. Só que, depois de tudo o que você passou, eu sinto muito.

Lily sorriu de uma forma, pela qual até então não sabia, já era conhecida na Heigelmann's.

— Bobagem. Parabéns — disse. — Estou encantada por você. — Então apressou a irmã para o departamento de lingerie e tentou fazê-la aceitar um sutiã de renda e uma calcinha combinando como presente.

Rose ficou miseravelmente de pé diante do espelho do trocador, sua gordura pós-bebê brilhando na dura iluminação fluorescente.

— Eu me sinto como um elefante de circo enfiado em um tutu minúsculo — falou. — E vou parecer dois elefantes de circo enfiados em um tutu minúsculo em um mês. Se não três. Obrigada, mas não, Lily. Eu me sinto nojenta. Você é muito generosa, mas eu não quero. Fique com eles.

— É um sutiã para grávidas — respondeu Lily. — O que eu vou fazer com isso?

Elas foram embora em condições horríveis, Rose chorando e Lily indiferente e inabalável. Não podia fazer nada. Era isso ou cair no chão e nunca mais se levantar de novo. Saber que Rose tivera medo de lhe contar sobre os novos bebês só fazia piorar a situação. Tornava o desespero de Lily real. Tornava a possibilidade de nunca ser mãe uma perspectiva tão desoladora e definitiva que não sabia o que fazer com ela.

As gêmeas, Emily e Charlotte, chegaram devidamente e Lily foi vê-las, mas só uma vez, em seu batizado.

— Muito obrigada por vir — disse Rose, os olhos brilhando, um bebê em cada braço enquanto recebia a irmã nos degraus da igreja.

— Obrigada por me convidar — respondeu Lily rigidamente, sentindo a mão de Daniel no decote em suas costas, como se tivesse medo de que ela fosse cair para trás.

A visão de sua irmã e daquelas quatro crianças lindas reunidas em volta da pia batismal com a Virgem Maria sorrindo beatificamente para eles quase fizera isso.

Ela conseguiu se comportar de forma educada durante uma hora no almoço que se seguiu, mas precisou pedir a Daniel que a levasse para casa. Ele sabia. O pequeno Harry, cheio de bebidas açucaradas, soltou-se de seu irmão mais velho, Jack, e agarrou-se dramaticamente à perna dela, uivando, enquanto ela tentava ir embora.

— Nós odiamos bebês — rugiu o menino. — Nós odiamos.

Aqueles bebês agora estavam na escola. Lily mandava cartões e presentes (que Pearl comprava) nos aniversários e no Natal, mas isso era tudo.

Motivo pelo qual, na manhã depois de achar a família secreta de Daniel, ela ficou tão chocada ao ser acordada pelo porteiro ligando para avisar que sua irmã estava na portaria.

— Minha irmã? — resmungou, olhando para o relógio. Era pouco depois das sete horas. Ela devia ter acordado há uma hora.

— Sim, Sra. Turner. Sua irmã. — Ela o ouviu perguntar a quem quer que estivesse lá embaixo por um nome. — Rose. Rose Rickman. Devo mandá-la subir?

— Mandá-la subir? Acho que sim. Sim.

Lily não podia imaginar o que havia acontecido para trazer Rose à cidade depois de todo esse tempo. Sua irmã devia ter saído de casa antes das cinco da manhã.

Vestindo o roupão, olhou automaticamente para o espelho do banheiro e ficou horrorizada com o rosto que a encarou de volta. Estava um caco. A maquiagem do dia anterior havia viajado para pedaços de seu rosto em que realmente não ficava bem e seu cabelo louro e grosso, o qual ela pagava uma fortuna para alisar duas vezes por semana e que normalmente ficava em uma torção arrumada na nuca, parecia uma piada que alguém faria usando um esfregão de cabeça para baixo.

Jogou um pouco de água no rosto e o esfregou rapidamente com uma toalhinha, consertando apenas parcialmente o estrago antes de Rose tocar a campainha e ela ir, com o coração martelando, abrir a porta.

— Bem, graças a Deus você está bem! — Rose entrou voando, aquele ser tempestuoso de sempre, nenhum sinal dos anos de silêncio empedernido entre elas.

Ela ganhara mais peso, percebeu Lily, cambaleando com o choque de olhar para a irmã, ouvi-la, tê-la ali no hall. Mas o peso ficava bem nela. Ela parecia exatamente como era: uma mãe suburbana ligeiramente atormentada, mas, tirando isso, feliz, com bochechas nuas coradas, os lábios lustrosos e as roupas aleatórias. Seu cabelo estava arrumado em um penteado frouxo que cascateava para baixo e ela vestia jeans largos com sapatos sem salto, uma camisa amarrotada e uma pashmina velha que já vira dias melhores.

— Bem? — Lily estava dura de vergonha. Havia algo que ela não sabia? O que diabos havia acontecido? — É claro que estou bem. Por que não estaria?

Rose soltou algo entre uma fungada e uma risada.

— Está brincando comigo? — perguntou. — Você me ligou ontem à noite para me contar sobre a situaçãozinha do Daniel na Itália e eu não consegui dormir de tão preocupada que fiquei com você. Não se lembra?

Lily apertou mais o roupão contra o peito.

— Eu *liguei* para você?

— Sim, para falar sobre a vagabunda.

— A *vagabunda*?

Rose balançou a cabeça de exasperação.

— Ah, pelo amor de Deus, Lily, vamos parar com essa bobagem — falou enquanto arrancava a pashmina que escorregava do ombro e a enfiava em sua mochila enorme. — E podemos sair do hall? Vamos, passei metade da noite acordada. Estou me sentindo um lixo e preciso de café.

— Parar com que bobagem? — perguntou Lily, tentando disfarçar a mortificação enquanto seguia a irmã para a cozinha. — Sabe, você não pode simplesmente ir entrando no meu apartamento e...

Mas Rose não queria ouvir nada disso.

— Então, eu deixei Al em casa com um bando de crianças berrando — retrucou, virando-se para a irmã —, duas das quais estão com uma catapora violenta e uma que se recusa a sair de casa devido a "germes de meninas", porque fiquei morta de medo que minha irmã que não fala comigo há não sei quanto tempo fosse fazer algo idiota, como se matar.

— Me matar?

— É! — espumou Rose, batendo a cafeteira na base. — Acha que só porque você desaparece da minha vida eu não penso mais em você? Que ainda não me preocupo com você? Eu me preocupo como uma louca e, acredite em mim, já tenho problemas suficientes com que me ocupar. E só posso imaginar pelo que você tem passado, Lily, e se pudéssemos trocar de lugar eu provavelmente trocaria, sério, eu trocaria, hoje, de todos os dias, trocaria mesmo, mas não posso. É isso. Essa é a vida, e nós precisamos seguir em frente, mas olhe só para você, Lily: você está um lixo. E estava bêbada ao telefone. Bêbada! Soava igualzinho à mamãe.

A vergonha arrancou a casquinha da ferida aberta de Lily e, por uma fração de segundo, ela pensou em voar para os braços de Rose e uivar com a dor que escondera por tanto tempo sob a habilidosa compostura.

Ela sabia que sua irmã a abraçaria sem hesitar — sempre fora a mais piedosa, a mais amorosa, amável —, mas Lily se refugiara sob seu exterior frio e distante por tanto tempo que não sabia como sair dele. Ela apenas permaneceu ali de pé, apertando o roupão em volta da garganta até ser salva pelo celular de Rose tocando novamente.

— O que foi agora? — perguntou Rose. — Bem, eu não sei. Diga que você lhe dará uma tonelada de balas se ela não coçar. Seja criativo! — Ela revirou os olhos. — Então diga a ele que provavelmente há mais germes de meninas dentro de casa do que no bairro todo, inclusive nas portas do banheiro, e que ele vai morrer se ficar em casa o dia inteiro porque germes de catapora são os piores de todos e são unissex.

Apoiando o telefone no ombro, ela serviu duas xícaras de café.

— Jesus, Al, eu estou aqui tentando entender essa confusão com a Lily e você... Não, ela está bem. Como sempre. — Virou-se para olhar para a irmã, ainda congelada no mesmo lugar. — Al está mandando um oi — falou rapidamente, mas aí seu rosto se suavizou. — Ei, campeão. Como você está? Sei que elas coçam, mas vai parar se você deixá-las em paz. Talvez o papai leia um pouco de Harry Potter para você se pedir direitinho. Quer tentar isso? Está bem, sim, ou assistir

a *Transformers*, claro, tanto faz. Vou estar em casa logo, logo.
— Ela riu. — Certo, vou dizer a ela. Tchauzinho.

Ela enfiou o telefone de volta na bolsa.

— Harry disse que está com saudades de você.

Lily não respondeu. Ela tinha medo do que aconteceria se abrisse a boca.

— Apesar de que, na verdade, para ser mais precisa, ele sente "sausases" de você, devido a um infeliz incidente envolvendo um taco de beisebol e um dente da frente. — Rose instalou-se à mesa. — Qual é, Lily, quer se sentar? Você está fazendo o lugar parecer desarrumado.

Lily pigarreou para limpar a garganta e, lentamente, se sentou, tentando bloquear quaisquer pensamentos sobre a casa bagunçada e barulhenta de Rose, lotada de crianças adoráveis com comichão.

— Al não está no trabalho? — perguntou. Al era construtor, especializado em reformar antigas casas coloniais, as quais existiam aos montes onde moravam, em Connecticut.

— Trabalho? O que é isso? — respondeu Rose secamente. — Metade dos pobres idiotas na nossa área perdeu suas economias em um esquema de pirâmide, o que quer que isso seja, portanto as casas estão ficando basicamente sem reformas. Não há trabalho.

— Al está desempregado? Achei que ele era o melhor no mercado.

— Bem, tem que haver mercado para alguém ser o melhor nele, eu acho. E no momento não há. Voltei a dar aula para o quinto ano e Al agora é dono de casa, apesar de, na verdade, ele ser uma porcaria nisso, e o que é pior: não há dinheiro para trabalharmos na nossa própria casa, então ela continua um buraco. Um buraco com goteiras que tem cheiro de carpete podre. Você não sabe a sorte que tem, Lily, vou lhe dizer.

Assim que falou, ela pareceu preparada para engolir as palavras de volta.

— Ah, merda, eu não quis dizer isso. — Suspirou. — Você sabe que não. É só o dinheiro.

— Se você precisa de dinheiro, Rose — disse Lily friamente —, tenho certeza de que podemos dar um jeito.

— Eu não preciso de dinheiro, ou pelo menos não preciso do seu, não foi isso que eu quis dizer. — O celular de Rose começou a tocar de novo. — Ah, pelo amor de Deus! O que ele quer agora?

Ela atendeu e escutou, soltando fumaça.

— Olhou na passadeira de lençóis? Ou na secadora? Ou na porcaria das gavetas da porcaria do quarto deles? Bem, sei lá, Al... continue tentando. O que você espera que eu faça daqui?

Ela fechou o telefone e o jogou de volta na bolsa.

— Parece que você é mais necessária no buraco com cheiro de podre do que aqui — disse Lily, levantando-se da mesa e levando a xícara ainda cheia de café para a pia — Como pode ver, estou perfeitamente bem e apenas sinto muito que você tenha perdido seu tempo vindo ver como estou.

— Está bem, senhora todo-poderosa, então é assim que vai ser? — As bochechas de Rose estavam começando a ficar vermelhas, um sinal seguro de que estava começando a perder a cabeça.

Quando criança, os ataques de Rose tinham sido lendários, apesar de normalmente não ser Lily quem os causava: ela fora aquela que tranquilizava a irmã e a fazia ficar de bom humor de novo.

— Trate-me como um cocô de cachorro na sola do seu sapato chique, por favor. Veja se eu me importo! E enquanto estamos falando nisso, deixe-me lhe dizer uma coisa. Eu *não* sou mais necessária no buraco fedendo a podre do que sou aqui, mas vou para casa mesmo assim. E deixe-me lhe dizer outra coisa: está errada quanto a estar bem, Lily. Você não está bem. E sabe de uma coisa? Não posso mais sentir pena de você. Simplesmente não posso. Senti pena de você por tanto tempo, mas para mim chega. Onde isso nos levou? Nós costumávamos ser melhores amigas! Éramos tão próximas! E agora? Agora você obviamente vai continuar bebendo até morrer precocemente, como a mamãe fez, e eu não vou me matar tentando impedi-la como nós fizemos com ela. Nós duas, juntas. Lembra?

Rose e Lily não falavam sobre a mãe. A dolorosa experiência de serem filhas de Carmel Watson era algo que partilhavam no DNA, mas raramente em voz alta e nunca desde que ela havia morrido, lentamente e com pouquíssima dignidade, quando as irmãs tinham 20 e poucos anos.

Que Rose a exumasse agora e comparasse Lily a ela — uma mulher amarga e zangada que morrera de cirrose depois de uma vida infeliz passada paralisada pela fúria e pelo ressentimento — era imperdoável.

— Realmente é melhor você ir agora — falou Lily. — E já que tem tão pouca consideração por mim, acho que é melhor não voltar nunca mais.

— Não se preocupe, estou indo — respondeu Rose, agarrando sua bolsa. — E não precisa ficar preocupada porque eu não vou voltar. Não até você me ligar completamente sóbria e implorar por isso.

— Obrigada pelo feedback, vou levar em consideração — disse Lily, sabendo o quanto a irmã detestava o jargão de negócios e guiando-a rigidamente pelo corredor como uma cliente indesejada.

Furiosa, Rose abriu a porta, mas fez uma pausa e soltou todo o ar dos pulmões antes de passar por ela.

— Você é minha irmã e eu te amo — falou, virando-se para Lily, a cor em suas bochechas ficando mais suave. — Não diga que não tenho consideração por você. Penso muito em você. Este é o problema. Você cuidou de mim durante a minha vida inteira e eu provavelmente nem estaria aqui se não fosse por você, mas não continue sendo essa pessoa tão fria e solitária que acabou se tornando, Lily. Não é você de verdade. Eu sei que não. Por favor, vá procurar o Daniel. Pelo amor de Deus, resolva isso com ele. Claro, é Turismo de Pileque, mas não é uma má ideia. Só por favor, por favor, eu lhe imploro, não varra isso para debaixo do tapete, Lil.

— Adeus, Rose — disse Lily, fechando a porta na cara da irmã. Turismo de Pileque? De que diabos ela estava falando?

Capítulo 4

Violetta e Luciana se embaralharam de lado para fora de sua moradia apertada e pela porta vaivém para dentro da confeitaria adjacente como um par de caranguejos aleijados.

Sua família, os Ferretti, vinha fazendo e vendendo seus famosos *cantucci* desde bem antes das irmãs nascerem, quase cem anos antes, e muito pouco havia mudado durante todo esse tempo.

Seus *cantucci* — um delicioso biscoito italiano de dar água na boca que podia ser mergulhado em vinho doce, em café ou comido por nenhum motivo em especial a qualquer hora do dia ou da noite — eram feitos seguindo rigidamente a receita tradicional da família. Elas usavam apenas a melhor farinha, o melhor açúcar, os ovos mais frescos, as avelãs mais gordas e seu ingrediente secreto: dedos Ferretti para moldar os pedaços em bocadas de tamanho perfeito. Os *cantucci* Ferretti podiam ser meio sem graça de olhar, mas todo o amor e a história que eram postos em cada migalhinha os faziam ter gosto de uma baliza de integridade artesanal e, depois de todos aqueles anos, ainda usufruíam da melhor reputação na Toscana.

Isso era algo a que as irmãs se agarravam ferozmente, não só por direito de nascença mas porque os irmãos Borsolini colina abaixo agora vendiam *cantucci* também.

Eles não os faziam por conta própria, mas os compravam em Milão e tinham gosto de *cacca*, segundo Violetta. Mas os grandes Borsolini, que agora se estendiam muito além dos irmãos originais, faziam um comércio furioso em sua loja, vendendo caminhões desses confeitos industrializados em uma variedade de sabores e cores diferentes. Cereja verde e chocolate branco? Gengibre cristalizado e pistache? Floresta negra? Os *cantucci* dos Borsolini podiam ter uma aparência deslumbrante, mas possuíam a integridade artesanal de um iPod. Pior, um dos filhos mais novos tinha bastante jeito para fazer vitrines e exibia os produtos multicoloridos da família com drama significativo, mudando-os pelo menos uma vez por semana.

As irmãs Ferretti tentavam ao máximo ignorar isso e continuavam fazendo seu autêntico doce matutino, vespertino ou noturno da Toscana à mão, elas mesmas, apesar de em pequenas, e cada vez menores, porções.

O único balcão de mármore de sua loja continha uma pequena coleção de grandes tigelas de vidro canelado dentro das quais havia pilhas dos biscoitos caseiros. Elas não tinham filhos solteirões convictos para lançarem mão de uma exibição atraente. A vitrine mostrava uma mesa vazia e uma única cadeira.

Naquela manhã em particular, a manhã da dor mas não da coceira, Violetta empurrou uma das tigelas caneladas para o lado enquanto se apoiava na bancada para recuperar o fôlego. As irmãs estavam se atrasando, mas fazer qualquer coisa parecia levar duas vezes mais tempo hoje em dia. Até se abaixar para pegar um pano de prato podia levar meia hora se ombros, quadris e joelhos se recusassem a se alinhar e cooperar. Às vezes, um pano de prato tinha que simplesmente ficar no chão até que alguém com partes mais bem azeitadas as visitasse e pudesse devolvê-lo com mais facilidade à posição de direito.

— Quando nós ficamos tão velhas? — perguntou Violetta à irmã.

— Acho que foi aos 80 — respondeu Luciana. — Mas quem se lembra?

Elas riram, um barulho que, na idade delas, geralmente soava muito como dois animais do deserto brigando por causa de um brinquedo que faz barulho, mas hoje a gargalhada de Violetta atingiu uma nota fraca.

Violetta sentia a idade e estava com medo, era isso, medo do que havia no futuro. Envelhecer não era para os fracos. Doía, levava muito tempo e, no final, o que você ganhava? Um buraco no chão e uma lápide, se tivesse sorte. E ainda havia tanta coisa para fazer!

O progresso lento das irmãs em volta do balcão foi interrompido por um barulho na porta da *pasticceria*.

— Lá vamos nós — resmungou Violetta enquanto dois mochileiros dinamarqueses entravam tagarelando na loja e se dirigiram para as travessas de *cantucci*.

As duas irmãs imediatamente começaram a chiar como exaustores quebrados enquanto Luciana abanava o avental na direção dos turistas surpresos e Violetta, sacudindo a cabeça, resmungava zangadamente para dentro do peito e mancava até os dinamarqueses gigantescos, empurrando-os de volta na direção da porta pela qual haviam acabado de passar.

Eles rapidamente entenderam o recado e tropeçaram para a rua onde ficaram por um momento, pasmos, enquanto Violetta continuava a enxotá-los através da porta de vidro, como se estivesse cansada de pessoas grandes, bonitas e louras tentando comprar *cantucci*, de todas as coisas, em uma loja de *cantucci*, de todos os lugares, na adorável cidade de Montevedova, no alto da colina. *Ridicolo*!

— Acho que sempre podemos colocar a placa de FECHADO — sugeriu Luciana.

— Acho que não! Não queremos que seja tão fácil conseguir nossos *cantucci* quanto a *cacca* dos Borsolini. Enquanto as pessoas quiserem comprar e nós não as deixarmos, estaremos em vantagem.

Ela verificou que a placa ainda dizia ABERTO, virou a tranca para que ninguém mais pudesse entrar, e aí se arrastaram até um conjunto de prateleiras empoeiradas nos fundos da loja.

Com bastante esforço, empurraram e puxaram uma das prateleiras na altura dos ombros até que finalmente o negócio todo escorregou para fora, revelando uma escada escondida atrás da parede.

— Está pronta? — perguntou Violetta. Luciana assentiu e elas começaram a descida, descansando em cada um dos três patamares separados, atravessando por uma passagem estreita até se encontrarem do outro lado de uma grande porta de madeira na qual Violetta realizou uma batida complicada antes de abri-la.

As duas senhoras entraram no conforto caloroso e receptivo de um grande aposento aconchegante, iluminado por abajures. Tapeçarias medievais pendiam de paredes escuras de carvalho, afrescos semirrestaurados espreitando por detrás delas enquanto, do outro lado da sala, três luminárias de lava borbulhavam e arrotavam dentro da enorme lareira aberta. Uma mesa sob um dos afrescos, notável apenas porque todos nele — até os carneiros e burros — tinham cabelos vermelhos, continha uma garrafa de *vin santo* e uma dúzia de pequenos copos de cristal.

Este era o quartel-general de *La Lega Segreta delle Rammendatrici Vedove* — a Liga Secreta das Cerzideiras Viúvas.

As irmãs inicialmente haviam começado a Liga para preencher o vazio deixado pelas mortes de seus maridos gêmeos, Salvatore e Silvio, mortos longe de casa no leste da África durante a Segunda Guerra Mundial.

Enquanto pranteavam os homens que haviam adorado, preenchiam buracos e mais buracos nos dedos e nos calcanhares de variadas meias e, em poucos meses, haviam atraído dúzias de outros membros enviuvados.

Naquele ponto, os homens sobreviventes de Montevedova tentaram entrar à força na ação, chegando às reuniões para se embebedarem de *grapa* e contarem histórias prolixas sobre coisas que provavelmente não haviam feito nos campos de batalha.

Isso fez com que as viúvas ficassem tristes pelo fato de terem perdido homens tão bons, quando os que haviam sobrado eram como um belo chute no traseiro. Elas desfizeram a liga aberta, anexaram o porão debaixo da catedral enquanto a paróquia estava brevemente sem padre e refizeram a liga secreta.

Também decidiram que cerzir meias talvez fosse um pouco entediante e que não valia a pena ter uma liga para isso, mas que a procura pelo amor verdadeiro — o qual elas todas haviam tido a sorte de conhecer e ainda valorizavam — era muito mais filantrópica. Em outras palavras, elas decidiram remendar corações em vez de meias.

Quando o nariz de Violetta coçava, o dedo de Luciana latejava e o perfume de flor de laranjeira enchia o ar significava que um novo *calzino rotto* — código secreto para um coração partido — estava prestes a cruzar o caminho delas. O truque era identificar o *calzino rotto* o mais rápido possível e começar a remendar.

As viúvas acreditavam de todo o coração no amor, e ninguém mais do que Violetta. Mas, nos últimos anos, parecia que os finais felizes eram mais difíceis de acontecer e, além disso, os números da Liga — graças ao desgaste natural — haviam diminuído para um redondo 12.

A tecnologia moderna ajudava a tapar os buracos até certo ponto. Assim que a coceira, a pulsação e o perfume apareciam, Luciana colocava uma echarpe do lado de fora da janela do quarto, chamando a atenção da viúva Ciacci, que vivia do outro lado da rua e tinha um telefone celular. Ela então era encarregada de informar às demais viúvas que ainda tinham o uso apropriado de olhos e dedos que uma reunião especial deveria ocorrer imediatamente. Isso poupava corpos envelhecidos de correr para cima e para baixo pelas ruas íngremes de Montevedova batendo em portas e sibilando para janelas, como faziam antigamente. Com a idade média da Liga pairando em algum ponto perigosamente próximo a 92 anos, isso não era mais viável.

Nesta ocasião, a maioria das viúvas já estava reunida quando as irmãs finalmente chegaram, entrando pela outra porta secreta atrás da pia batismal na igreja atrás da *pasticceria*. Oito estavam sentadas em cadeiras de madeira de espaldar reto em seu semicírculo de preferência, enquanto a nona — a viúva Rossellini — dormia pacificamente, babando um pouco pelo meio sorriso que tinha desde que havia adormecido.

— *Buongiorno!* — gritaram as que estavam acordadas quando as irmãs se arrastaram para dentro.

— Onde está a viúva Del Grasso? — perguntou Violetta. A experiência a ensinara que complicações surgiam quando instruções eram dadas durante a ausência de um dos membros da Liga. Na melhor das hipóteses, só metade dos ouvidos na Liga funcionava, dois terços dos olhos eram fracos e sem contar que se lembrar das coisas não era o ponto forte de ninguém. Elas conseguiam melhores resultados quando estavam todas juntas e podiam perguntar à viúva ao lado o que acabara de ser dito e o que deviam fazer a respeito.

— Eu definitivamente mandei um texto para ela — falou a viúva Ciacci.

— Viúva Mazzetti, pode ficar encarregada de deixá-la a par mais tarde? — perguntou Violetta. A viúva Mazzetti assentiu vigorosamente. Era meio metida a boazinha e adorava uma tarefa.

— Quanto ao restante de vocês, hoje é o dia, então aquelas que conseguem enxergar mantenham os olhos abertos, aquelas que conseguem escutar, mantenham os ouvidos atentos, e aquelas que estão dormindo, continuem como estão.

Todas olharam para a viúva Rossellini roncando, que a obedeceu.

— Qualquer atividade que levar à identificação de um provável candidato à *calzino* deve ser relatada ou à viúva Ciacci aqui em cima ou... viúva Ercolani, a senhora está de serviço no escritório de turismo na cidade? — perguntou Violetta.

— Ótimo, ou à viúva Ercolani lá embaixo. A viúva Pacini vai estar a postos na porta de seu *alimentare*, entre ambas. Todas as demais, em seus devidos lugares, por favor, mantenham os postos de sempre em suas portas e vamos rezar para santa Ana di Chisa para que o dia se passe tranquilamente.

Dito isso, houve uma batida furtiva na porta e alguém se prontificou a abri-la, em um processo não tão rápido quanto soa.

Era a 12ª viúva, a viúva Del Grasso. E ela não estava sozinha.

Capítulo 5

Com o medo esvoaçando em seu peito, Lily voou para o escritório domiciliar que ela e Daniel compartilhavam no quarto que antigamente chamavam de quarto do bebê, mas ao qual agora se referiam como a biblioteca.

O computador estava ligado. Uma garrafa de vinho vazia e um copo descansavam ao lado dele junto com um bloco de notas amarelo coberto de horários e destinos rabiscados. A garrafa de vinho vazia era uma preocupação, pois havia outra na cozinha.

Ah, não, Lily implorou silenciosamente. Ah, por favor, por favor, não.

Ela se sentou e clicou na primeira mensagem não lida em sua caixa de e-mail.

Era um itinerário que indicava um voo do JFK às cinco e quinze daquela tarde para Roma. Classe executiva. Não estornável.

Pior, a segunda mensagem não lida era de uma empresa de aluguel de carros, confirmando o aluguel de um automóvel — de câmbio não automático! —, no aeroporto de Fiumicino.

A terceira mensagem não lida era do Hotel Prato confirmando sua estadia por uma semana em Montevedova.

Montevedova? Era lá que ela achava que Daniel estava? Mas por quê? Certamente, ele podia estar em qualquer lugar na Toscana. Ela não sabia onde ele ficava quando estava fora. Presumira que viajasse visitando vinícolas, encontrando vinicultores, degustando vinho.

Ela percebeu então que a janela de seu navegador ainda estava aberta e, não sem trepidar, clicou na barra do histórico. Surgiu um longo menu de sites que ela investigara na noite anterior, muitos dos quais mostrando buscas por vinho tinto toscano e, subsequentemente, igrejas.

Usando seus poderes matutinos sóbrios de dedução, ela verificou o último site antes de ter obviamente passado para a reserva aérea e quase não ficou surpresa ao encontrar a igreja da foto no sapato de golfe.

"A igreja da Madonna di San Biagio encontra-se na encosta da colina de Montevedova", revelava o site, "no fim de uma avenida pitoresca ladeada de ciprestes altos."

Era uma das igrejas mais famosas — uma pastora havia testemunhado um milagre lá, é claro —, em uma parte da Toscana renomada por seu vinho, motivo pelo qual, mesmo sob a influência de duas garrafas da coisa, ela parecia não ter tido problemas para achá-la.

Mas encontrá-la era uma coisa, decidir ir até lá era outra bem diferente. Era mais do que impulsivo, e Lily tinha pouco tempo para impulsos.

Vejam bem, ela havia comprado uma bicicleta ergométrica pela internet uma vez, tarde da noite, e esquecido que o havia feito. Da mesma maneira, colocara-se (por 12 horas inteiras) no Facebook. Atualmente, havia armazenado no porão um suprimento escondido de maquiagem anunciada por Cindy Crawford, que chegara em uma manhã, para sua grande surpresa. À meia-noite, depois de alguns copos de vinho, ela achara que era uma excelente ideia. Mas querer ficar parecida com Cindy Crawford fazia muito mais sentido do que isso. Daniel voltaria em alguns dias, de qualquer maneira, e a essa altura ela teria criado um plano para lidar com a situação. Não entendia por que, tirando o pinot grigio, ela iria querer apressar o processo todo antes de estar adequadamente equipada para lidar com a situação.

Clicou novamente em seu e-mail e percebeu a mensagem abaixo da confirmação de voo da Alitalia. Não a vira antes porque não estava em negrito: já tinha sido aberta e ela devia tê-la lido. Era de Daniel.

Isso em si era estranho. Ele raramente a contatava nas semanas em que estava fora. Só ficava sete ou oito dias, e nada urgente jamais acontecia. Ela tinha um número de telefone dele em algum lugar, ou Pearl tinha, porque ele usava um celular diferente na Itália para economizar nas altas taxas de roaming, mas ela nunca tivera que usá-lo.

Será que Daniel estava sendo especialmente discreto quando ficava fora do país? Isso nunca lhe ocorrera antes, mas não havia motivos para tal. Ela não tinha do que desconfiar. Até o dia anterior, vivia sob a impressão de que ele era o marido perfeito.

Era um mundo novo tão estranho, esse universo da esposa traída. Era como acender uma luz de cor diferente em uma velha cena familiar: todas as mesmas coisas ainda estavam nos exatos lugares, só que agora pareciam irreconhecíveis.

Era de Daniel que ela estava falando. Daniel.

Ela clicou no e-mail.

"Lily, querida," escreveu o marido. *"Sinto muito jogar isso em cima de você, mas aconteceu algo aqui e preciso resolver imediatamente ou encarar uma possível falência — e você sabe o quanto estou inclinado a isso. Acontece que há outro distribuidor*

americano tentando roubar meus fornecedores e preciso de um grande poder de persuasão para evitar o desastre. Sei que você tinha planos para o meu aniversário no sábado, mas sinto muito, acho que só estarei em casa na semana que vem. Vou recompensá-la quando voltar, juro. E pode me fazer a gentileza de avisar ao Jordie que não vou poder jogar golfe no domingo? Não tenho os contatos dele comigo. Amore, Daniel."

Bem, aquilo certamente ajudava a entender os acontecimentos da noite anterior. Ela devia ter ido verificar seus e-mails por algum motivo e talvez, depois da primeira garrafa, tivesse lido a mensagem de Daniel, e depois aberto a segunda garrafa, navegando na internet, avaliando suas opções e...

E fizera o plano perfeitamente racional de ir direto para Deus-sabe-onde para confrontar seu marido e sua família paralela plastificada.

Ela podia muito bem ter encomendado um carregamento de Viagra e uma extensão peniana.

Era completamente absurdo. Mas provavelmente era o que qualquer pessoa perturbada e bêbada vasculhando a internet faria naquelas circunstâncias.

Ainda assim, Lily não estava perturbada ou bêbada agora. Estava um pouco enjoada, seus níveis de potássio encontravam-se perigosamente baixos devido ao pinot grigio e ela estava envergonhada por não conseguir se lembrar do que havia feito. Ela queria deixar aquilo para trás. Ou varrer para debaixo.

Rose não sabia do que estava falando: não havia nada errado em varrer as coisas para debaixo do tapete. Era para isso que os tapetes serviam. Sem eles, o mundo seria cheio de tábuas sem graça, cobertas de poeira e crivadas de cupins. Ninguém queria ver isso.

A vida tinha a ver com soluções. Era isso o que todo mundo queria e era nisso que Lily era famosa por fornecer. Se varrer algo para debaixo do tapete fosse a forma mais eficiente de lidar com um problema, Lily varreria. Ela nunca varrera mais, ou menos, do que o necessário. Era simplesmente tão boa com uma vassoura quanto qualquer outro executivo corporativo com um currículo como o seu. Não passava de uma atitude que podia tomar frente a um conjunto de circunstâncias. Uma opção.

E no atual conjunto de circunstâncias, uma boa opção. Equilibrada, sua preferência.

Mulheres como Lily simplesmente não saíam correndo para a Itália atrás de seus maridos adúlteros, pensou ela, olhando mais uma vez para o itinerário regado a vinho de seu alter ego. Ela tinha outros compromissos. Seu trabalho, por exemplo. Aquele no qual deveria estar há uma hora.

Agarrou a prova de sua bebedeira e já a estava carregando para a cozinha quando o telefone tocou, alarmando-a tanto que deixou cair a garrafa, que resvalou dolorosamente pela lateral de seu pé e rolou para debaixo da mesa.

O telefone fixo tocava tão raramente, deu-se conta, enquanto pulava para atendê-lo. Era só quando Daniel estava fora? Ou seria o tempo todo?

Era Pearl na linha, imaginando onde ela estaria. Lily sentiu um espasmo de irritação pois Pearl entrava no trabalho oito e meia e, no momento, eram oito e trinta e um. Sua assistente lhe dera um minuto inteiro antes de enviar uma equipe de busca.

— Bem, sete anos e eu nunca entrei em um escritório vazio antes — observou Pearl. — Achei que você podia ter sido sequestrada ou ter apanhado na rua ou sido atropelada por um ônibus, sei lá.

Era verdade, Lily era rigorosa quanto à pontualidade. Pearl esperaria uma bela desculpa. Mas, vendo a garrafa de vinho caída debaixo da mesa, Lily não conseguia exatamente inventar uma.

— Os dados sobre as reduções da Costa Leste já chegaram? — perguntou, em vez disso.

— Que reduções? — perguntou Pearl. — Não sei nada sobre nenhuma redução.

— Ah, talvez ainda esteja nas mãos de Bob Hayward — disse Lily, sabendo que a assistente de Bob, Meredith, era inimiga jurada de Pearl e que a deixaria louca pensar que Meredith estava por dentro de algo que ela não sabia. — Talvez tenhamos simplesmente que atrasar isso. Pode me lembrar o que temos esta manhã?

Ela se agachou para pegar a garrafa e estava pensando nos detalhes explícitos para um ataque fictício de intoxicação alimentar quando viu o xale da Rose caído como leite derramado no chão embaixo de uma cadeira. Esticou a mão para pegá-lo, embolou-o e o segurou contra o rosto enquanto Pearl listava os itens do cronograma pesado do dia.

A pashmina era macia e cor-de-rosa, como a própria Rose, e cheirava vagamente à Paris, uma fragrância que Lily comprara para ela anos antes, e que combinava tanto com a irmã, que Lily não conseguia pensar nela com nenhum outro cheiro.

Lily costumava conhecer sua irmã muito bem. Ela também costumava conhecer Daniel. E agora, vejam só. Vejam todos eles. A garrafa vazia de pinot grigio balançou ligeiramente no chão nu.

— Então você tem Todd e seu assistente de Pesquisa e Desenvolvimento vindo às dez da manhã — estava dizendo Pearl —, mas posso passá-los para a tarde, porque temos uma janela às duas e quinze. E o Financeiro quer que você apresente suas projeções trimestrais às onze horas, hoje, não amanhã. Eu vi a planilha no seu computador e parece que você já fechou, então está OK com isso?

Não sei com o que estou OK, pensou Lily. *Estou OK com voar para a Itália para perseguir meu marido fugitivo? É isso que estou fazendo? Quem em sã consciência faz isso?*

Mas, pensando bem, o fantasma de Rose cheirando à Paris parecia sussurrar da pashmina: quem *ignora* isso?

Contra o staccato constante das sugestões de Pearl, Lily mais uma vez pressionou o xale de sua irmã contra o rosto e respirou fundo. Ela não queria ser uma pessoa fria e solitária como a mãe. Não queria ser nem um pouco como a mãe.

Ela queria ser a mulher que era no começo, ou na qual havia se tornado antes que a decepção a deixasse toda emaranhada e congelada. Ela queria Daniel. Queria seu corpo quente pressionando o dela enquanto a chuva dançava no telhado acima deles. Ela queria estar apaixonada. Talvez aí pudesse recuperar um pouco do que lhe faltava, recapturar um pouco do que quer que esses últimos anos difíceis haviam lhe roubado.

Do nada, lembrou-se de um piquenique no Central Park com seu marido, Rose e Al, antes de eles terem filhos. Al havia zombado dela por ter trazido maçãs orgânicas — era a época pré-Whole Foods, quando orgânico ainda significava feio —, e ninguém queria comer a fruta depois de Al dizer que ela parecia com o Richard Nixon.

Então Lily pegara as maçãs e brincara de malabares com elas.

Tivera aulas de malabares na faculdade, contou-lhes, mais por causa da queda que tinha pelo professor, que fora embora no meio do semestre para se juntar, não tão surpreendentemente assim, ao circo.

Ela não estava inventando. Não era um sonho. Há muito tempo, Lily costumava fazer malabares. Ela costumava ser divertida.

Ainda agachada ao lado da mesa da cozinha, Lily percebeu que não conseguia sentir a preocupação usual pelas projeções trimestrais.

Isso era novidade. Normalmente importava-se tanto com elas que não tinha tempo para se preocupar com mais nada. Mas não hoje.

— Eu sinto muito. — Lily interrompeu Pearl, que ainda estava falando sobre as projeções e sobre as chances de Meredith entregar as de Bob a tempo, o que, na opinião de Pearl, eram praticamente nulas, com todo o tempo que ela perdia tagarelando perto do bebedouro e flertando com Desmond do setor de Contas a Pagar, que era casado e tinha três filhos pequenos e que, aparentemente, também estava saindo com Alyssa, a ruiva magricela da Folha de Pagamento.

Lily ficou ereta e pegou emprestadas algumas palavras diretamente do e-mail de Daniel:

— É só que aconteceu uma coisa e eu preciso resolvê-la imediatamente. Sinto muito, Pearl, mas não vou trabalhar e só posso pedir desculpas por não tê-la avisado antes. Acha que pode resolver sem mim? — Ela podia sentir na pele o choque de responsabilidade e oportunidade alisar os cachinhos de Pearl do outro lado da linha telefônica. Pearl iria se divertir resolvendo as coisas sem ela, tinha certeza disso.

— Bem, claro, posso, se é o que você quer — disse Pearl.
— Não precisa que eu vá até aí para ajudá-la com o que quer que tenha acontecido?

Pearl, apesar de suas melhores tentativas, nunca passara da portaria do prédio de Lily, que era exatamente como Lily preferia.

— Obrigada, Pearl, mas cuidarei disso sozinha.

— Bem, vejo você amanhã, acho — disse a assistente, ofendida.

— Na verdade, pode ser que eu fique fora um pouco mais de tempo — respondeu Lily e, apesar de nunca ter tirado um dia de folga em mais de uma década como vice-presidente de Logística e Distribuição no Leste para a Heigelmann's; apesar de saber que seu marido a havia traído e possivelmente continuava a fazê-lo enquanto ela falava; e apesar da ressaca que balançava de uma têmpora para a outra dentro de sua cabeça dolorida, Lily sentiu um tremor de determinação na barriga.

Ela desligou o telefone, passou a pashmina de Rose em volta dos ombros e foi procurar sua mala.

Capítulo 6

— Esta é Fiorella Fiorucci — anunciou a viúva Del Grasso à Liga. — Ela estava sentada nos degraus da minha porta esta manhã quando fui regar meus gerânios.

Todas as outras viúvas olharam para Violetta. O número de membros estava mais baixo do que nunca, mas isso não significava que qualquer um podia entrar. Era secreto, afinal de contas. Novas viúvas em geral já eram conhecidas pelo grupo antes de perderem seu amado e normalmente havia uma abordagem sutil feita por alguém que possuía uma ligação particular depois que o difícil período de um ano de luto tivesse terminado.

Ninguém conseguia se lembrar de ter visto Fiorella Fiorucci antes, e mais, ela estava usando um chemise laranja berrante com grandes flores cor-de-rosa enquanto as demais estavam de preto dos pés à cabeça.

— O imprestável do meu marido filho-de-uma-fulana finalmente resolveu bater as botas — contou Fiorella Fiorucci ao grupo. — Portanto eu quero entrar.

As viúvas, ainda mudas, olharam todas para Violetta novamente.

— Você quer entrar? — repetiu Violetta.

— Você é surda? Sim, eu quero entrar. Sou viúva agora. Eu me qualifico.

— Aparentemente nos conhecemos da biblioteca, mas, para ser sincera... — começou a viúva Del Grasso, claramente constrangida. Sua memória não andava muito confiável ultimamente, e ela supunha que fosse bastante provável que conhecesse Fiorella mas tivesse esquecido. Isso era absolutamente embaraçoso mas, ela supunha, nem de perto tão embaraçoso quanto esquecer de tirar os bobes do cabelo antes de ir à missa ou de calçar os sapatos para ir ao mercado. Na verdade, em comparação, quase nem era embaraçoso. — Para ser sincera — continuou, mais animadamente —, eu nem sabia que ela era casada.

— Por que saberia? — Fiorella deu de ombros. — Por que qualquer um saberia? Meu marido fugiu com a minha irmã em 1977 e desde então morava em Nápoles. Que Deus cuspa em sua alma depois de arrastá-la para fora pelos intestinos do infeliz. — Ela empurrou os óculos grossos para cima de seu nariz novamente e o franziu.

Se sapos usassem óculos grossos e vestidos espalhafatosos, ela quase poderia ter sido confundida com um.

— Hum, sentimos muito por sua perda — disse Violetta, um tanto quanto sem convicção, para quebrar o silêncio constrangedor que se seguiu. — Mas não tenho certeza se você é o que estamos procurando. — O amor verdadeiro de um bom homem certamente não parecia ser parte do passado recente dessa intrusa, e o amor verdadeiro de um bom homem era o primeiro requisito para entrar na Liga. — E, de qualquer modo, não há vaga.

— Ah, e vocês podem se dar ao luxo de serem tão seletivas? Em uma única hora eu posso cerzir quatro meias tão bem que vocês nunca nem saberiam que elas costumavam ter buracos — falou Fiorella. — Meu primo Enzo as vende no mercado em San Quirico como se fossem novas. Ganha 2 euros por par.

As viúvas tossiram evasivamente e esfregaram seus chinelos no chão.

— A questão é que — disse Violetta cautelosamente — cerzir meias não é só o que a Liga faz.

— Ah, eu sei disso — respondeu Fiorella. — Já vi as pobres coitadas que começam todas tristes e deprimidas, e aí são todas miraculosamente guaribadas por vocês apesar de nem saberem disso e, em seguida, estão completamente apaixonadinhas, tendo os melhores momentos de suas vidas. Já entendi o que vocês fazem.

Era uma liga secreta. Apesar de mais de 250 finais felizes terem sido produzidos durante aqueles anos, ninguém deveria saber o que faziam.

— E mais — continuou Fiorella, empurrando aqueles óculos enormes para cima do nariz novamente. — Sou estoquista de meio expediente na farmácia saindo da cidade. Não a que fica bem no meio, onde todo mundo vai comprar só coisas chatas. Acreditem, nós sabemos de tudo onde estou. Não há um preservativo, um teste de gravidez ou um comprimido de felicidade que saia daquele lugar sem que eu saiba para quem vai. Estou com o dedo na fervura, estou lhes dizendo. Mais do que o farmacêutico, isso é certo. Ele passa metade do tempo dopado por tranquilizantes. Não sabe o próprio nome a não ser que olhe em sua carteira de motorista.

As viúvas, pasmas, não sabiam para onde olhar agora. Elas certamente podiam usar informações como as que saíam da farmácia no caminho para fora da cidade, mas estava claro que Fiorella Fiorucci era problema.

A viúva Mazzetti, que havia decorado o livro de regras da Liga e sabia cada cláusula e adendo feitos desde 1947, parecia prestes a estourar uma artéria. Ela era tão rígida em relação às regras quanto Violetta, que estreitou os olhos, limpou a garganta e estimulou Fiorella a contar ao grupo mais sobre seu falecido marido.

— O que há para contar? — perguntou Fiorella. — Há 64 anos ele voltou da guerra e me falou que meu amor de infância, Eduardo, morrera em seus braços no campo de batalha. Pouco tempo depois, nós nos casamos. Um pouco depois disso, Eduardo voltou para casa, exceto por uma perna, mas tirando isso ainda era o homem que eu amava com todo meu coração e minha alma, o homem com quem eu achava que ia passar o resto da minha vida.

A atmosfera no aposento mudou de surpresa para solidariedade, o que, dadas as circunstâncias, era uma mudança e tanto.

— Isso deve ter sido terrível — falou Luciana, mexendo-se ligeiramente na frente de sua irmã.

— É, bem, naqueles dias uma garota não deixava seu marido só porque ele era um valentão mentiroso e traidor que a havia enganado para que não obtivesse a felicidade eterna.

— Não, acho que não — concordaram várias das viúvas.

— E o que aconteceu com Eduardo? — perguntou Luciana.

— Ah, nos encontramos de novo, só uma vez, e ele me deu um medalhão com uma foto de nós dois. Eu ainda o tenho. — Ela o pescou de debaixo de seu chemise berrante e o abriu, mostrando à sala uma foto sépia desbotada dela jovem, com os mesmos óculos, e de um carinhoso soldado. — Eduardo disse que eu devia me perdoar porque qualquer um teria caído no truque de Lorenzo, que ele era conhecido por isso, e que eu devia tentar ser feliz com ele de qualquer modo. Aí, foi para casa e morreu. Acho que foi de coração partido, apesar dos outros apontarem para septicemia.

— Um bom homem. — Uma das viúvas proferiu para um coro de "sí, sí".

— Eu me senti viúva durante toda a minha vida de casada, para ser sincera — disse Fiorella. — Apesar daquele *gnocchi* gigante ter morado comigo durante trinta anos e conseguido mais trinta com a idiota reclamona da minha irmã antes de fazer a coisa decente e cair debaixo de um caminhão.

Houve outro silêncio constrangedor.

— Você parece um pouco excêntrica — arriscou Luciana.

— Nós devemos ser, não é? — falou Fiorella. — Vocês todas são.

— É, mas estamos todas fingindo — observou Violetta.

— Bem, talvez eu também esteja.

— Se ela está, é muito boa nisso — murmurou a viúva Benedicti para ninguém em particular.

— Olhem, eu sei como é ser velha e invisível — disse Fiorella, acariciando seu medalhão enquanto olhava em volta pelo aposento. — Podemos nos sentar silenciosamente nos vãos escuros de nossas portas sentindo que não valemos o conteúdo de um penico, sem fazer nada para ninguém. A Itália é cheia de mulheres iguaizinhas a nós. Cada cidade no topo de uma colina na Toscana tem pelo menos duas dúzias. É a maldição da velhice! Mas vi como vocês usam seus poderes como velhas senhoras mal-humoradas para o bem, não para o mal, e o que posso dizer... eu gosto disso. Então, que seja! Minha própria felicidade pode ter sido arrancada de mim pelas mãos suadas e gigantescas de um completo e absoluto fracassado, mas se eu puder ajudar outra pessoa a encontrar a felicidade, vou ajudar. É o que Eduardo iria querer.

Com isso, a viúva Rossellini acordou com um ronco trovejante.

— Não me sinto muito bem — falou.

— Sua cor não está boa — concordou a viúva sentada ao seu lado.

— Ela não vem se sentindo tão bem nas últimas semanas — palpitou outra.

— A filha dela está tentando fazer com que ela vá, sabem, para o *micro-ondas* há meses — sussurrou outra.

— O micro-ondas? — repetiu Fiorella.

As viúvas ficaram em silêncio. O micro-ondas era um eufemismo para o hospital reluzente que fora construído havia apenas alguns anos, alguns quilômetros ao sul da cidade. Erguendo-se entre a paisagem impecável, como um eletrodoméstico novo e brilhante, depois que as mulheres da idade delas entravam, era provável que murchassem e, se não desaparecessem de uma vez, emergissem como uma sombra de si mesmas — isso se tivessem sorte. As que não tinham emergiam como sombras de si mesmas, com menos um braço, dizia-se, um seio ou um órgão interno. Aquelas ainda menos afortunadas nunca sequer emergiam.

Mulheres da idade delas faziam qualquer coisa para evitar entrar no micro-ondas.

— Ela só precisa de uma ou duas semanas de cama para recuperar a cor — disse a viúva sentada ao lado dela. — Vou levá-la para casa e ficar com ela por um tempo.

— Eu ajudo — falou outra pessoa, uma vez que a viúva Rossellini estava de fato muito desequilibrada.

— Eu também — soltou outra.

— Bem, parece que pode haver uma vaga afinal de contas — argumentou Fiorella animadamente enquanto a sala começava a esvaziar e, antes que Violetta pudesse lhe dar uma bronca antiquada por sua grosseria e insensibilidade, Luciana se intrometeu com uma presunção incomum.

— Sim, pelo menos temporariamente, parece que há — disse ela. — Fiorella Fiorucci, gostaria de se juntar à nossa liga?

— Pode apostar. — Veio a resposta. — Mas vocês têm alguma outra coisa para comer além desses *cantucci*? Peguei alguns daquela travessa marrom e são horríveis. O que botam neles? Cimento? Nem todo o *vin santo* no mundo cristão consegue tornar aquilo mais gostoso.

Ela se afastou para se servir do pouco de *vin santo* que ainda restava, ao que Violetta virou-se furiosamente para a irmã.

— O que diabos você estava pensando? — perguntou.

— Estava pensando que ela tem alguma coisa — respondeu Luciana.

— Isso ela tem — disse Violetta. — Mas é o tipo errado de coisa.

Capítulo 7

As complicações de último minuto decorrentes de abandonar sua vida com tão pouca antecedência exigiam muito mais trabalho do que Lily imaginara. Seu cronograma apertado a fazia levar quase tanto tempo para cancelar um compromisso quanto para cumpri-lo.

Por sorte, o Turismo de Pileque se estendera à classe executiva e ela dormiu em alguns momentos durante o voo, com a ajuda de mais do que sua cota justa de champanhe. Entretanto, chegara em Roma sentindo-se cansada e aterrorizada, pois um aspecto importante de vir para a Itália que ela não levara em consideração era que todo mundo falava italiano.

Não apenas ela não entendia uma palavra como não conseguia seguir nenhum dos gestos, o que com certeza era a razão pela qual acabara com o menor carro de aluguel do mundo. Era um Fiat 500, mas "500" o quê? Nunca vira um carro tão pequeno. Era do tamanho de um tênis. Suas malas quase não cabiam no pequeno bagageiro e ela teve que colocar o banco todo para trás para acomodar as pernas compridas.

Passou a primeira meia hora dirigindo pelo estacionamento do aeroporto, tentando encontrar a saída e então apertou o botão errado do GPS alugado, de tal forma que só operava com uma voz que alegava chamar-se Dermott e que tinha um sotaque que ela achou ser irlandês.

Ela conseguia entender pouca coisa além de *esquerda* e *direita*, mas essas duas palavras acabaram se mostrando realmente suficientes para direcioná-la para o norte na A1 em direção à Firenze, o que ela deduziu ser Florença, que tinha quase certeza ser na Toscana, portanto ele a estava levando na direção certa.

Caía um temporal, e os italianos pareciam dirigir com uma ferocidade que sugeria que ou eles estavam correndo de labaredas que lambiam seus para-choques traseiros ou na direção de entes queridos que davam seus últimos suspiros antes que as máquinas fossem desligadas. A princípio, a perna de Lily tremeu no acelerador enquanto ela mudava cuidadosamente de pista, enxergando muito pouco, e fazia o melhor que podia para evitar veículos andando mais rápido que o dela, ou seja, todos.

Logo, no entanto, ela pegou o ritmo da *autostrada* e relaxou o suficiente para apreciar o entorno. A vista da A1 provavelmente não apareceria em cartões-postais ou capas de livros românticos.

À esquerda, ela podia ver colunas de fumaça distantes e estranhos conjuntos isolados de prédios industriais empilhados como blocos infantis no horizonte sombrio. Se não fossem os outdoors em língua estrangeira na beira da estrada, ela poderia estar em uma estrada importante de quase qualquer lugar. Mas à sua direita a impressão era, ela achou, um pouco mais italiana. Campos de alguma coisa alta e esguia se estendiam até onde ela podia ver, balançando no vento e na chuva, e então desaparecendo na direção de uma coluna distante de montanhas enevoadas.

Colunas distantes de montanhas enevoadas normalmente não surgiam no mundo de Lily em uma manhã de terça-feira. O que uma manhã normal de terça-feira trazia era uma sessão cansativa com seu personal trainer na academia, seguida de uma ducha, uma omelete de cebolinha e clara de ovo, chá verde, um exame minucioso em inúmeras planilhas e então a reunião semanal de estatísticas com outros chefes de departamento da Heigelmann's.

Ao pensar em sua omelete de sempre, sentiu uma pontada de fome, mas não suportava a ideia de parar no gigantesco posto de gasolina à beira da estrada, que parecia ser a única opção. Morrer de fome parecia iminentemente preferível a travar outra batalha em uma língua estrangeira a respeito da presença de pesticidas ou conservantes em qualquer alimento que estivesse disponível, o que ela duvidava que fosse agradar seu paladar peculiar, de qualquer maneira.

Finalmente, Dermott a guiou para fora da autoestrada na direção da coluna de montanhas enevoadas, onde ficou claro por que a maioria das demais pessoas também dirigiam carros minúsculos. Eles estavam em estradas minúsculas.

Em alguns lugares, não eram sequer largas o bastante para dois tênis se ultrapassarem. Em uma curva, Lily se viu saindo da estrada, pisando fundo no freio e fechando os olhos conforme um velho fazendeiro em uma geringonça de três rodas precipitava-se em sua direção.

Ele não a acertou, mas foi por pouco.

Lembrou-se então de um fazendeiro igualmente velho bloqueando a estrada com seu trator e um rebanho de vacas sortidas quando ela e Daniel estavam no Maine em lua de mel.

O senhor passeava pela estrada sem qualquer preocupação, completamente desligado de Daniel e Lily presos atrás dele.

— Eu devia ter estudado minha etiqueta campestre sobre como buzinar antes de virmos para cá — dissera Daniel. — Imagino que você não tenha feito isso, não é?

Quando finalmente tocaram a buzina, só uma vaca mal-humorada deu alguma atenção. Ela parou e os encarou de uma maneira tão intimidante que Daniel perdeu a cabeça e disse que achava que a beira da estrada na verdade parecia muito confortável e talvez eles devessem ficar ali em vez de voltar para o chalé. Lily rira tanto que quase fizera xixi nas calças.

Parecia ter passado muito tempo desde que ela rira daquele jeito. Agora, ela e Daniel eram tão adultos, tão sérios e ocupados que o que mais faziam era seguir em frente sem emoção e em silêncio.

Talvez fosse isso o que acontecia em todos os casamentos de 16 anos. Talvez ninguém quase fizesse xixi nas calças depois do primeiro arroubo do amor.

— Continue em frente — sugeriu Dermott com seu sotaque irlandês animado, o que a confundiu e a fez tirar o pé do pedal, parando o carro.

Ela virou a chave na ignição, mas se viu incapaz de voltar para a estrada, ficando em vez disso em cima do mesmo ângulo torto na grama, a janela do carona pressionada contra uma cerca viva molhada e cintilante de folhas verdes brilhantes e minúsculas flores roxas.

Seguir em frente sem emoção certamente não era o que Lily imaginava do futuro em sua lua de mel, quando ela e Daniel ficavam na cama bebendo vinho e comendo queijo direto da embalagem, sem nem se levantarem para pegar uma faca. Ela queria amor, felicidade, riso. Diversão. Todas as coisas que qualquer um desejava quando se casava.

Ela queria filhos, uma família.

No começo tudo parecera tão perfeitamente ao alcance. Eles tinham zero dinheiro e um apartamento no quinto andar sem elevador que cheirava horrivelmente a mofo e naftalina, mas possuíam todos aqueles sonhos maravilhosos. Essa era a sua riqueza naqueles dias: uma esperança ilimitada, um potencial eletrizante.

Era culpa dos bebês. Aqueles bebês sorridentes, de bochechas rosadas, rechonchudos e de cheiro doce com os quais ela nunca fora abençoada. Sua ausência simplesmente havia exaurido a felicidade que pode levar alguém a fazer xixi nas calças. Foi quando o riso sumiu.

A chuva caía em cortinas vítreas pelo para-brisa, os limpadores fechando-as e abrindo-as. Do lado de fora da janela, uma bruma densa rolava pelos campos em sua direção. Ela percebeu que não havia sequer trazido um guarda-chuva. Ela poderia estar em Washington.

Toscana? Era difícil saber o porquê de toda a comoção. E o que ela achava que ia conseguir em Montevedova, de qualquer modo? Se encontrasse Daniel a essa altura, não tinha certeza do que faria com ele. Ela não podia nem pensar em como a conversa começaria, que dirá como terminaria. Era tudo tão pouco civilizado.

Estava louca ao vir para lá sem um plano.

Lily normalmente não abria uma pálpebra sem um plano. Desde que era pequena, gostava de saber o que havia na esquina. Isso deixara Rose enfurecida desde que ela conseguia se lembrar.

— Vamos só ver o que acontece — dizia Rose à irmã mais velha mais de uma vez, mais de uma dúzia de vezes, possivelmente mais de uma centena. — Tente se deixar levar pela maré, Lily.

Mas Lily não confiava na maré. A maré dava guinadas assustadoras e mudava ameaçadoramente de rumo. Presumia que fosse culpa de sua mãe. Algo sobre nunca saber de um dia para o outro em que "clima" Carmel estaria perturbava Lily desde pequena. Assim que descobriu que se pudesse controlar uma situação os resultados seriam mais previsíveis, ela começou a controlá-la.

Nada na vida adulta de Lily simplesmente surgira por acaso. Ela havia orquestrado tudo: a bolsa de estudos em uma universidade da Ivy League, o diploma de administração de Yale, um bom emprego, o marido lindo, um ótimo salário. Até mesmo a vista de seu apartamento na 72 era praticamente a que ela sempre tivera em mente e só precisava ser encontrada e adquirida dentro de seu cronograma predestinado.

O único sonho que ela não conseguira transformar em realidade fora seus três lindos filhos: Edward, em homenagem ao pai de Daniel; Rose, em homenagem à Rose; e então Amelia ou Angus, dependendo do sexo.

Perseverara nesse plano com tanto empenho quanto havia feito em todas as outras coisas, senão mais: tentara tratamentos de fertilidade, doação de óvulos, mãe de aluguel e — finalmente — adoção. Ela mordeu o lábio e afastou aquela lembrança. Não tinha importância, porque no final tudo dera em nada.

O *tap-tap-tap* agudo de alguém batendo em sua janela a trouxe prontamente de volta ao presente. Desorientada, ela se atrapalhou para apertar o botão certo para abrir a janela, primeiro trancando acidentalmente todas as portas, depois abrindo a janela do carona antes de finalmente abaixar a sua.

— Continue em frente — trinou Dermott, que vinha mantendo um silêncio altivo até então. — Continue em frente.

Confusa, Lily ergueu os olhos e viu um homem italiano mais ou menos de sua idade, encurvado sob um enorme guarda-chuva branco para encará-la. Seu cabelo era cacheado e chegava aos ombros, com os olhos castanhos e grandes e cílios tão grossos e longos que seriam perfeitos em uma top model, mas, fora isso, tinha um rosto rude, ligeiramente por barbear. Era um homem bonito, mas carregava algum peso extra e havia uma espécie intensa de seriedade a seu respeito.

— Vi você parada aqui — falou em um inglês com muito sotaque mas perfeitamente compreensível. — Algum problema?

Ele vestia uma camisa de linho branco que estava salpicada pela água que pingava do seu guarda-chuva, criando pequenas manchas que grudavam na pele.

— Sinto muito — disse Lily, descobrindo, para seu constrangimento, que sua voz estava trêmula. Aqueles bebês. Aqueles malditos bebês perdidos. — Acabei de sair de Roma e não estou segura quanto a essas estradinhas minúsculas. Encostei para... Bem, houve uma... Estou bloqueando você?

Ela olhou pelo retrovisor e viu o carro dele — um Range Rover preto —, estacionado atrás dela, seu pisca-alerta ligado. Não era sua culpa que ele estivesse dirigindo uma máquina tão grande que não conseguia passar. Mas, de qualquer maneira, o homem tinha razão, ela precisava ir. Não podia ficar ali para sempre.

— Vou sair imediatamente — disse Lily, ligando o carro de novo apesar de já estar ligado, o que fez um barulho horrível e a confundiu tanto quanto as janelas.

— Continue em frente — repetiu Dermott.

— Ah, eu sinto muito — disse Lily para o homem. — Quer calar a boca? — vociferou para Dermott. — Eu estava indo em frente de qualquer modo.

O homem riu e, talvez porque ela tivesse acabado de lamentar a falta de riso em sua vida recente, isso a irritou.

— É, muito engraçado, mas se me dá licença, eu vou continuar meu caminho — falou Lily, tirando o pé do pedal e parando o carro novamente.

Dermott teve o bom senso de ficar em silêncio, mas o italiano de cabelo comprido não estava tão afinado com Lily quanto seu GPS.

— Acho que você é uma donzela em apuros e eu tenho que ajudá-la — disse.

— Na verdade, não existem donzelas em apuros na minha terra — falou Lily, sorrindo docemente para ele. — Sério, estou bem, não há nada errado. Não estou perdida, só estou descansando e, de qualquer modo, tenho esse sujeito irlandês aqui me ajudando. Se esta for a estrada para Montevedova, o que acredito que seja, não tenho como errar, e só o que preciso fazer é dirigir direto para o meu hotel quando chegar lá e vai estar tudo bem.

O italiano assentiu, mas de uma maneira que não parecia estar concordando particularmente com ela.

— Alessandro D'Agnello ao seu dispor — apresentou-se com uma reverenciazinha educada, como se ela não tivesse acabado de explicar o quanto não precisava de seus serviços. — Acho que talvez você nunca tenha estado em Montevedova antes.

— Ah, você acha, é? E por quê?

— Talvez possa me dizer o nome do seu hotel.

Ele estava ficando bem molhado agora, quase encharcado. As manchas haviam se juntado. Ela podia ver o quanto sua pele lisa era morena sob o linho.

— Bem, mesmo que conseguisse me lembrar do nome, o que não é o caso, eu não diria para você — respondeu Lily. — Olhe, agradeço a sua preocupação, mas, sinceramente, não preciso dos seus serviços, então, se você chegar para trás, eu vou continuar viagem.

Alessandro sorriu gentilmente e chegou para trás, como solicitado.

— É claro. Eu peço desculpas. Mas apenas saiba que não pode entrar de carro em Montevedova. Carros não são permitidos.

Lily tirou o pé do acelerador novamente.

— Não?

— Não são.

— Nem mesmo um carro tão pequeno quanto este?

— Nem mesmo esse.

— Então como chego ao meu hotel?

— Por isso lhe perguntei onde fica. Há estacionamentos em volta da cidade e, dependendo de onde fica o seu hotel, posso lhe dizer qual é o mais próximo.

A informação sobre o hotel estava na mala dentro do bagageiro, e Lily não estava disposta a sair para pegá-la.

— Ou talvez queira me seguir — ofereceu Alessandro. — Posso levá-la ao estacionamento principal perto do escritório de turismo e ajudá-la a resolver seu problema.

— Continue em frente — interpôs Dermott novamente, e Lily teve certeza de que soava mais enérgico, como se estivesse estimulado por outra pessoa além dele estar oferecendo ajuda com a navegação.

— Não, sério, obrigada. — Ela conseguiu dar outro sorriso para Alessandro. — Você é muito gentil, mas, sinceramente, estou bem. Mas obrigada pela dica a respeito do escritório de turismo. Vou direto para lá.

— Bem, OK, se está certa disso — disse Alessandro, dando de ombros educadamente. — *Buongiorno, signora*, e espero que goste da sua estadia.

Ele chegou para trás e observou enquanto ela entrava cautelosamente na pista estreita e ia embora. Não era todo dia que ele encontrava uma linda loura estacionada na estrada perto da sua casa. Na verdade, não conseguia se lembrar de já ter acontecido, apesar de não faltarem lindas louras em Montevedova e cercanias, se você estivesse procurando por elas. Não que ele estivesse interessado, não geralmente.

Mas essa linda loura? Ela era diferente. Uma americana, obviamente, mais velha do que a maioria dos mochileiros que se arrastavam pela cidade em bandos todos os verões. O que ela estava fazendo dirigindo para lá sozinha — sem marido, sem filhos, sem amigos para lhe fazer companhia?

Alessandro subiu no Range Rover e entrou na *strada bianca* não pavimentada em direção à sua *villa*. Ela não havia gostado quando ele a chamara de donzela em apuros, mas isso não significava que não fosse uma. E, independentemente de seu estado confuso, mantinha uma espécie de elegância que ele achava muito atraente. Tinha um pescoço longo, percebera Alessandro, sua clavícula terminando em pontos delicados na base da garganta, deixando o espaço perfeito para um único diamante descansar em uma minúscula corrente de ouro.

Sua blusa listrada de branco e azul não mostrava nenhuma pele extra, da maneira como preferem a maioria das mulheres, só aquele pedacinho provocante de pescoço e seus pulsos finos, as mãos lisas e os dedos longos.

Ela não estava usando aliança, que, é claro, ele havia notado. Mas também tinha percebido a preocupação se formando por trás dos grandes olhos azuis. Ela era uma donzela em apuros, se existisse alguma, mesmo que não soubesse disso.

Alessandro normalmente não pensava nesse assunto em particular. Era cedo demais para isso. Era cedo demais até para pensar que era cedo demais. Isso o fazia sentir-se culpado, um pouco, mas na maior parte, como sempre, só deprimido.

Ainda assim, a loura misteriosa permaneceu em sua cabeça enquanto ele abria as portas de sua *villa*, botava para tocar sua ária favorita de Bellini e ligava a cafeteira para o espresso de final da manhã.

— Não estou perdida, só descansando — disse para si mesmo, então para o gato, depois para sua empregada, a viúva Benedicti, que entrou pela porta não muito tempo depois dele e cujas bochechas de esquilo pareciam ainda mais rosadas e brilhantes do que o normal.

Capítulo 8

Daniel sentou-se do lado de fora de um café agradavelmente cheio na esquina de seu hotel, esvaziando uma jarra de vinho enquanto fumava o quarto cigarro consecutivo.

Na Itália, Daniel fumava.

Na Itália, Daniel era uma pessoa diferente.

Na Itália, ele não saía para correr de manhã ou jogava golfe nos finais de semana. Ele não dispensava o sommelier no almoço, não economizava no azeite de oliva, não pulava a sobremesa. Na Itália, ele não fazia nenhuma das coisas que normalmente fazia. Era como estar de férias, mas não do trabalho, porque era seu trabalho que o trazia aqui. Era como estar de férias de seu eu de sempre.

Ele soltou lentamente o ar e observou através da fumaça enquanto uma mulher loura e alta deslizava por entre duas mesas próximas. Ela se sentou, empurrou os óculos escuros para cima da cabeça e lhe deu um sorriso rápido quando viu seu olhar.

Parecia-se com Lily. Não tão magra ou bonita, mas tinha a mesma espécie de elegância casual de Lily. Foi uma das primeiras coisas que ele havia percebido nela, a mulher que se tornaria sua esposa: a maneira como se movimentava com graciosidade quase acidental, como cetim escorregando de uma bancada de mármore.

Daniel soubera, desde o primeiro vislumbre, que queria se casar com ela, ainda que até então nem sequer acreditasse que coisas assim pudessem acontecer. Achava que era só uma tolice que casais apaixonados diziam depois do fato consumado para fazer com que se sentissem predestinados um ao outro.

Mas a verdade era que, no segundo em que vira Lily do outro lado do restaurante para o qual Jordie o havia arrastado depois de algum jogo suarento de squash tantos anos antes, ele soube. Simplesmente soube. Bem, ele não sabia que ia se casar com ela. Mas sabia que queria. Do nada. *Bum.*

Acabou que Lily era amiga da acompanhante de Jordie — eles nunca descobriram se fora uma armação ou não, mas se qualquer um deles suspeitara na época, não demonstrara. No final das contas, eles nunca se importaram com como haviam se conhecido, apenas que haviam.

Daniel apenas a observara, na maior parte do tempo, naquela primeira noite; a forma como ela comia tão delicadamente, falava livremente, ria com facilidade e não fazia ideia de quantos olhos no aposento se fixavam em seu pescoço delicioso, nos lóbulos minúsculos, na boca perfeita.

Ele ficara encantado. Tão encantado, na verdade, que percebeu que todos os outros casos de amor ou luxúria que tivera antes tinham sido ridículos, pouco mais do que flertes de colegial em comparação.

Amar Lily fora uma dor desde o comecinho, uma dor tão profunda que ele não sabia dizer onde começava e onde acabava, que formato tinha, uma dor que o consumiu até ele conquistar o coração dela. Uma dor que ainda o consumia.

Ele nunca se sentiria assim a respeito de mais ninguém, jamais, mesmo que vivesse até os 100 anos, o que esperava não viver, porque vivendo até os 45 já havia cometido tantos erros que não sabia nem como começar a consertá-los.

Às vezes, enquanto fazia a barba, Daniel via os próprios olhos no espelho e ficava surpreso ao ver a mesma pessoa que ele era antigamente olhando de volta para ele. Como podia ser? Ele ainda parecia tão certinho por fora. Tão confiável, tão comum, tão igual ao de sempre. Mas aquela beleza arrumadinha, aquele exterior impassível, guardava os segredos e as vergonhas particulares que corriam por dentro dele, procurando lugares para se esconder.

Chegara a tal ponto que começou a se barbear no chuveiro, longe do espelho, sem se importar com os cortes ocasionais.

A mulher loura sentada sozinha à mesa estava conversando pelo celular agora. Na verdade, ela tinha lóbulos grandes, um pescoço mais curto. Não se parecia tanto com Lily, afinal, pensou Daniel, acendendo outro cigarro. Ela tinha seu próprio estilo e parecia feliz, essa mulher loura. Descomplicada. E feliz.

Se fosse Lily sentada àquela mesa e o marido de outra pessoa fumando cigarros e observando-a, ele duvidava que *feliz* fosse a palavra que lhe viria à mente. Ele admiraria sua beleza, esse outro marido, poderia até mesmo sentir-se ligeiramente enamorado. Mas perceberia rapidamente a escuridão espreitando por trás daquele rosto primoroso, e seus olhos vagueariam para uma rosa menos espinhenta, alguém não tão bonita de se olhar, talvez, mas com brilho nos olhos.

A tristeza de Lily roubara-lhe o brilho. A loura sentada a duas mesas de distância dele ainda tinha o seu.

Daniel serviu-se de mais um copo de vinho. A ideia da tristeza de Lily era algo que ele não queria contemplar mais. Já a contemplara o suficiente, sabia que não havia quase nada que pudesse fazer para aliviá-la. Em Nova York, ele era o marido inútil de uma esposa infeliz, mas aqui ele não precisava ser isso, ou pelo menos não precisava ver essa infelicidade. Isso também era uma espécie de férias. Não que ele invejasse a dor e o sofrimento de sua esposa. Também eram os dele, afinal de contas. Para começo de conversa, eles o partilhavam, da mesma maneira que partilhavam todas as coisas boas da vida, a grandeza, o riso.

Mas a tristeza de Lily havia gradualmente suplantado todas as outras coisas a respeito dela. Ele ficava se perguntando, frequentemente, quando fora a gota d'água. Sabia quando havia começado e quando havia piorado, mas não podia determinar o momento exato em que isso a consumira completamente.

Ficara decepcionado com o primeiro aborto espontâneo, é claro, mas não esmagadoramente. A paternidade era uma ilha que ele sabia que queria visitar, mas na qual não tinha certeza se gostaria de permanecer.

Cada tentativa fracassada depois disso o machucava mais e mais, mas não era nada comparado ao efeito que elas tinham sobre Lily. Cada tragédia parecia tirar um pedaço dela, deixando-a como uma estátua remodelada durante os séculos: o mesmo pedaço de pedra que sempre estivera ali, mas uma imagem inteiramente diferente. Menor. Mais irregular. Não era como se ela chorasse o tempo inteiro, ou tivesse se tornado suicida ou apelasse para a histeria — apesar de Daniel achar que teria preferido isso, mal-equipado como era para lidar com essa espécie de comportamento. Em vez disso, ela apenas se retraiu, as luzes se apagaram e ele levou tempo demais para perceber que estava sentado na escuridão. Sozinho.

A essa altura, ele havia feito besteira demais para fazer grandes coisas a respeito.

Seu celular tocou e, quando ele viu quem estava ligando, seu coração afundou. Ainda assim, atendeu e esperou que a voz do outro lado começasse de onde havia parado meia hora antes.

— Eu te disse, são só alguns dias — disse, cansado, quando finalmente conseguiu um espaço para falar. — Eu sei, e sinto muito, mas vou dar um jeito. Eu juro. Só preciso de um pouco de tempo.

Ele escutou por mais algum tempo, aí afastou gentilmente o telefone do ouvido, colocando-o em cima da coxa e o desligou.

Um garçom se aproximou, um homem que parecia velho o bastante para ser pai de Daniel e que tinha uma cara que beirava o desprezo, mas não exatamente.

Daniel pediu outro litro de vinho e enfiou seu velho eu no bolso de trás, junto com seu telefone. Então, a mulher loura perguntou se podia sentar-se com ele.

Ela não era Lily, mas quase.

Capítulo 9

A viúva Benedicti normalmente era tão minuciosa quanto à faxina que as aranhas estremeciam nas teias só de ouvirem seu Renault enferrujado chacoalhando para a casa de Alessandro.

Nesta ocasião em especial, no entanto, as aranhas estavam seguras para comer moscas à vontade e parecer assustadoras, porque faxina era a última coisa na qual a viúva estava pensando.

Ela zuniu pela *villa* desanimadamente, jogando a poeira de um lugar para o outro e monitorando a localização de seu patrão para ter uma chance de usar o telefone dele.

A viúva Benedicti adorava Alessandro. Todas as viúvas o adoravam. Todas as mulheres de Montevedova o adoravam, na verdade. Ele era gentil, bonito e rico.

Mais importante do que isso, até, era o fato de ele ser um homem conhecido por carregar uma senhora de idade por cima de uma poça, tirar uma criança de uma cadeira alta ou parar para ajudar a prender um cano de descarga problemático a um carro caindo aos pedaços.

Em outras palavras, era um homem bom e decente. Além disso, seu coração havia sido partido.

Diversos membros da Liga várias vezes no decorrer dos últimos anos o haviam apresentado como possível candidato à sua atenção, mas por um ou outro motivo a mulher certa nunca aparecera para ser jogada em seus braços.

Até agora. A viúva Benedicti acabara de ver com seus próprios olhos Alessandro parado na beira da estrada conversando com uma loura deslumbrante igualzinha à Grace Kelly em *Janela indiscreta*.

A viúva Benedicti adorava Grace Kelly em *Janela indiscreta*.

Infelizmente, ela ficara jogando paciência no celular durante a noite anterior, então, quando foi relatar à viúva Ciacci **a** visão importantíssima de uma possibilidade romântica para uma das possibilidades favoritas da Liga, estava sem bateria. Assim que pôde, ligou da linha fixa de Alessandro e alertou a viúva Ciacci sobre como parecia que o momento de Alessandro havia finalmente chegado.

Ela fez uma descrição rápida da loura deslumbrante, antes de se sobressaltar com Alessandro entrando na cozinha e perguntando por que suas fronhas haviam sido viradas do avesso, e não lavadas. Precisou desligar.

— Vocês jovens esperam que seja tudo certinho — resmungou ela enquanto escondia a vergonha por ter sido pega fazendo um serviço tão malfeito. — Na minha época, nós nem tínhamos fronhas. Não tínhamos nem travesseiros. Não tínhamos cama. Só palha.

— Sinto muito por suas dificuldades — disse Alessandro com verdadeira solidariedade. — E, se essa ainda for a situação, ficarei feliz em lhe comprar uma cama nova e todos os lençóis que a senhora desejar, mas, enquanto isso, eu certamente quero minhas fronhas certinhas.

Capítulo 10

— O hotel que está pedindo foi fechado para reformas — disse uma velhinha enrugada com um volumoso guarda-pó preto quando Lily pediu orientação no escritório de turismo.

— Mas eu reservei ontem — contestou Lily.

— Sim, ele fechou de repente para uma reforma muito urgente — falou a senhora.

— O Hotel Prato está fechado? — interrompeu a moça bonita que também trabalhava no escritório. — Eu achei...

— Eu cuido disso! — vociferou a idosa. — Xô! — Ela se virou para Lily. — Não é problema. Você tem reserva agora no único outro hotel em Montevedova. Hotel Adesso. Muito bom.

— Também é quatro estrelas?

— É sem estrelas. Mas o Hotel Prato também é sem estrelas, só diz isso na internet. O Hotel Adesso é muito bom.

Lily pensou em argumentar, mas essa mulher não parecia ser do tipo com quem alguém gostaria de se meter.

— Bem, é longe? — perguntou em vez disso.

— É — respondeu a senhora. — E a rua é íngreme. — Ela espiou por cima do balcão para os saltos sabrina de Lily e pela porta do escritório, para a tempestade. — E está muito molhado.

Sem dúvida, quando Lily finalmente chegou ao portão medieval em arco na entrada da cidade velha, cerca de 50 metros atrás do escritório de turismo, já estava encharcada.

Ela parou brevemente, protegida pelo antigo portal da cidade. Montevedova, até onde podia ver, consistia de uma única rua de paralelepípedos estupidamente curva e íngreme, a Via del Corso. Fileiras tortas de prédios de dois ou três andares subiam de cada lado, suas janelas com venezianas como olhos indiscretos espiando aqueles que se apressavam abaixo.

Em um dia bonito, poderia ter tido algum charme, mas não hoje. Naquele dia estava, como a idosa havia dito, íngreme e molhada.

Lily voltou para debaixo da chuva, sua mala de rodinhas derrapando nos paralelepípedos escorregadios e desenvolvendo rapidamente uma mancada barulhenta que chamava atenção extra.

Dois rapazes sentados na janela aberta de um café lotado pararam de falar e ficaram olhando enquanto ela passava. Um grupo de operários aglomerados sob a lona de plástico que cobria a frente de uma igreja com andaimes riu enquanto um deles soprava anéis de fumaça na direção de Lily. Uma senhora a olhou cautelosamente do vão da porta de uma quitanda minúscula enquanto mexia no celular no bolso de seu avental.

Ainda assim, chovia muito. Ainda assim, Lily subia. Finalmente, a rua ficou um pouco mais plana e se dividiu — mesmo que de maneira mais íngreme — em direções opostas. No T desse entroncamento, no pedaço plano, havia um saguão aberto sob um prédio imponente. Grata, Lily mais uma vez buscou refúgio da chuva.

Ela içou a mala para cima do parapeito elevado e, com dedos congelados, puxou a pashmina de Rose, a qual havia enrolado em volta da cabeça, então desamassou seu mapa encharcado.

Parecia que ainda teria de percorrer a mesma distância para chegar ao hotel e, no momento em que percebeu isso, a chuva começou a cair ainda mais forte. Água corria de todos os lados do Corso e jorrava colina abaixo como um rio.

Um cão preto desengonçado juntou-se a ela sob o parapeito seco, sacudindo-se e molhando-a dos pés à cabeça antes de lhe direcionar um olhar tímido e se esgueirar para longe. Que mulheres da idade dela sonhassem em vir para lugares assim para terem almoços demorados, vistas douradas e a emoção do sexo ardente com homens jovens e musculosos parecia ridículo.

Subitamente, porém, acima do *ping-ping* sólido da chuva, ela percebeu que alguém ali perto estava tocando violino. Era uma peça suave que não acompanhava nem um pouco o clima torrencial, e ela se esforçou para ouvir mais. A tempestade barulhenta, na verdade, estava fornecendo uma espécie de timbale rítmico, tornando o efeito geral bastante orquestral. O som do violino se intensificou e Lily fechou os olhos. Os almoços demorados e as vistas douradas de repente pareciam um pouco mais prováveis. Mas o breve flerte com o romance da Toscana foi esmigalhado quase que imediatamente pelo som de um bebê chorando.

Lily ouvira em algum lugar que as mães tinham um radar especial que permitia a elas distinguir o choro do próprio bebê em um mar de choros parecidos, com os hormônios pulando de alegria. Obviamente, Lily não compartilhava essa experiência, mas o que ela sabia ser absolutamente verdade era que mulheres que nunca seriam mães também eram sensíveis a bebês chorando. A diferença era que mulheres que nunca seriam mães captavam o som de todas as crianças. E seus hormônios não pulavam de alegria, mas disparavam incontroláveis como galinhas com as cabeças decepadas.

Da mesma maneira que uma certa música dos Eagles podia levar Lily de volta a um agosto mormacento, no qual bebera cerveja em Fire Island com Rose quando eram adolescentes, e até mesmo a sentir a queimadura de sol em seu pescoço e a areia sob os dedos, o som de um bebê chorando podia lançá-la nas profundezas de sua falta de filhos.

Ela parecia sentir o golpe certeiro em seu útero vazio, onde algum apêndice inútil apertava e repuxava suas entranhas. Sentiu enquanto ouvia a música do violino dançando ao ritmo das gotas gordas de chuva que batiam na Via del Corso.

Este bebê que chorava, em particular, estava debaixo de um enorme guarda-chuva vermelho vindo pelo meio da rua íngreme na direção do parapeito. Água espirrava sob as rodas de um carrinho velho e, conforme ele chegava mais perto, Lily viu que o guarda-chuva estava preso à alça do carrinho para que o homem que o empurrava, e era ainda mais velho, pudesse usar ambas as mãos para fazê-lo. E ele precisava das duas. Montevedova e carrinhos de bebê não eram a combinação ideal em qualquer clima.

Lily desejou que o senhor continuasse empurrando o bebê que chorava por uma das vias íngremes, mas ele não o fez, e, em vez disso, aproximou-se de seu santuário e lutou, sem sucesso, para passar o carrinho por cima da beirada do parapeito e se proteger da chuva. Lily sabia que devia ajudá-lo enquanto ele empurrava e puxava, soltando, no esforço, o que lhe soava, em qualquer idioma, como uma enxurrada de palavrões. Porém, estava congelada no lugar.

O choro ficou mais alto. O senhor parou de praguejar e se inclinou na direção do bebê, fazendo sons reconfortantes.

Lily virou para o outro lado, com os olhos secos pinicando, mas virou-se de volta quando ouviu o som de uma porta próxima batendo. Um rapaz, de não mais do que uns 20 e poucos anos, apareceu na entrada de uma loja do outro lado da rua.

Deu uma olhada rápida avaliando, franziu o rosto na chuva, aí encurvou os ombros e saiu correndo pela rua.

Ele balbuciou um cumprimento para o homem mais velho e, juntos, içaram o carrinho para o recuo seco. O idoso se sacudiu enquanto o homem mais jovem esticava os braços e pegava a criança.

Ocorreu à Lily naquele momento que o bebê que ele estava puxando para o ar frio e molhado podia ser o de Daniel, mas a criança que emergiu era uma menina: fato anunciado pela fita cor-de-rosa amarrada em volta de sua cabeça gorducha, careca e, se não fosse pelo adereço, unissex. Ao ser pega no colo, a menininha rugiu de fúria, suas coxas gorduchas chutando raivosamente por debaixo de um vestido branco de babados. Ela jogou a cabeça furiosamente de um lado para o outro, franzindo o rosto como uma grande uva-passa, e urrou. Mas foi só o homem mais jovem sacudi-la no ar um punhado de vezes, dar alguns arrulhos e o berreiro parou, os punhos rechonchudos que haviam socando o ar esticando-se súbita e alegremente para os lados. Em instantes, ela estava gorgolejando e rindo enquanto ele a erguia e abaixava, falando com ela em uma voz musical.

Lily não conseguia desviar o olhar. Se o fizesse, seria capaz de desabar em uma montanha de pedrinhas molhadas e ser arrastada pela ralo com a água da chuva torrencial. Por que lhe fora negada uma dessas criaturas preciosas? O que ela havia feito de errado? Onde estava a justiça?

Os dois homens partilharam uma piada e o mais jovem plantou um beijo na testa do bebê, o que a fez guinchar — desta vez, de prazer.

Ele transformara o desespero da menina em alegria com tanta facilidade. Lily ficou imaginando se o jovem sabia que dádiva isso era.

Daniel, por outro lado, sempre fora sem jeito com os filhos dos outros. Ele os segurava em ângulos esquisitos e não sabia o que fazer ou dizer. Era estranho, na verdade, porque sempre insistira que queria filhos tanto quanto ela, e Lily presumira que seria diferente com seus próprios filhos. No entanto, nos seis dias e 17 horas em que eles tiveram a Pequena Grace — Lily permitia-se apenas pensar naquele nome lindo —, ele ainda parecia não relutante, exatamente, nem mesmo inseguro. Intimidado, talvez. Ela imaginou como seu marido seria com os filhos italianos, se algum dia pegara o jeito, ou se agora lhe vinha naturalmente essa coisa que ela tivera menos de uma semana para exibir o dom.

Ela fechou a mente para o assunto, os pensamentos que não queria ter enrijecendo seus ossos já frágeis.

Do outro lado do parapeito, o bebê estava sendo colocado de volta no carrinho, o guarda-chuva foi preso novamente e, depois que o rapaz ajudou a erguer o carrinho de volta até a rua, a jornada perigosa do bebê e do senhor continuou mais para cima da colina, na direção oposta à qual o hotel de Lily estava marcado no mapa.

O homem mais jovem os seguiu com o olhar por algum tempo, espiando por debaixo do abrigo, e então voltou os olhos para Lily.

— *Buongiorno, signora!* — gritou ele, acenando com a cabeça na direção da chuva. — *Piove a catinnelle, no?*

— Desculpe — respondeu Lily. — Não falo italiano.

— Ah, me desculpe. *Turista?*

— Não. Quer dizer, sim. *Sí. Turista.* — A música de violino havia sumido. Ela estava com frio, desesperada por um banho e por roupas secas. A chuva não ia passar tão cedo. Ela ia ter que encará-la para chegar ao hotel. Começou a juntar as coisas.

— Alberto — disse o rapaz, andando na direção dela, esticando a mão para cumprimentá-la. — Quer vir tomar um pouco de vinho na minha loja, talvez?

Alberto tinha cabelo curto, espetado e escuro, além de uma espécie de charme juvenil que tinha certo encanto, assim como o copo de vinho. Mas o repuxo nas entranhas que havia chegado com o choro do bebê ficou mais intenso dentro dela. Queria ficar sozinha, em algum lugar escuro e silencioso.

— Talvez outra hora. — Ela sorriu educadamente.

— Tem certeza? Essa chuva parece que vai durar algum tempo. Eu estava me sentando agora para almoçar. Tenho pão, *prosciutto* e tomates do jardim da minha avó. Ela acabou de trazê-los para mim e disse que eu devia dividi-los com a primeira loura bonita que visse, aí eu olho pela janela e aqui está você. Parece destino, não?

— Não para mim — disse Lily, mais energicamente do que pretendia. — Desculpe, mas estou cansada e gostaria apenas de chegar no meu hotel.

Alberto ergueu as mãos.

— Está bem, está bem — falou, mas seu sorriso ainda era caloroso. — Eu entendo. Sem problema. Bem-vinda à Montevedova de qualquer modo, certo?

— *Sí.* — Ela sorriu. — Obrigada.

— *Ciao, ciao.* — Com o colarinho para cima, o rapaz partiu.

Quando Lily finalmente chegou ao toldo roto e esfarrapado do Hotel Adesso, havia estirado um músculo da panturrilha, travado o ombro e decidido que qualquer luxozinho seco que acomodações sem estrelas pudessem oferecer, ela aceitaria com gratidão.

Parou debaixo do toldo, pingando, e esfregou a palma da mão onde a alça de sua mala cortara a circulação. Bem nesse instante, um fedor horroroso a atingiu no meio da cara.

Todas as portas do hotel se abriram e um estrondo de nojo e raiva tomou conta do prédio de três andares, terminando com um grito, conforme uma empregada uniformizada descia apressadamente o corredor, com a mão tapando o nariz.

— O que está acontecendo? — perguntou Lily, enquanto a empregada arfava por ar puro e esfregava a barriga fazendo uma careta.

— Os ralos — respondeu. — É grande problema.

— Com todos eles?

— Estão regurgitando. No banheiro.

— Mas eu devia ficar aqui!

— Acho que hoje não — disse a empregada. — Tente no Hotel Prato. É quatro estrelas.

O saguão no final do corredor estava ficando cheio de hóspedes raivosos exigindo informações da recepcionista solitária e atormentada, e o sonho de Lily de um refúgio sem estrelas escoou pelo ralo.

— Não acredito nisso — disse ela. — O Hotel Prato está fechado para reformas. Acho que não saberia de outro lugar?

— O Hotel Prato fechado? Você está... — Mas o resto da resposta da empregada foi engolido por um urro poderoso vindo de uma mulher grisalha minúscula que apareceu no saguão e continuou a fazer uma algazarra vocal entusiasmada.

— *Scusi* — falou a empregada, então cobriu o rosto com um lenço e saiu corredor abaixo.

As gotas de chuva quicavam furiosamente nos paralelepípedos à frente enquanto Lily contemplava o Corso mais uma vez. Mas o fedor não estava ficando melhor, nem o saguão mais vazio. Ela cambaleou de volta para a rua, arremessou contra o clima e se dirigiu colina acima, mas mal tinha dado uma dúzia de passos quando viu um prediozinho coberto de hera do outro lado, com uma placa com ALUGA-SE escrito em letras trêmulas na janela escura.

Sem parar para pensar, Lily entrou pela porta, a mala derrapando de lado enquanto ela a puxava atrás de si, a bolsa se soltando de sua mão e escorregando pelo chão, uma grande poça de aparência indecorosa formando-se sob ela.

O espaço estava aconchegantemente escuro, mas ela não precisava enxergar muito para perceber que não estava em uma casa qualquer. Era uma espécie de loja, pensou, enquanto os olhos se ajustavam. Uma confeitaria. Era minúscula, pouco maior do que seu amado closet em casa, mas com um cheiro infinitamente melhor. De frente para ela havia um balcão de mármore em L disposto no estilo galé em relação às paredes. Nesse balcão descansavam mais ou menos uma dúzia de tigelas enormes de vidro canelado, algumas em bases elevadas para ficarem em alturas diferentes, em uma paleta de vermelhos, azuis e verdes-escuros. A maneira como a luz escassa refletia no ar empoeirado — rebatendo em um lustre, entre todas as coisas, e então atingindo as tigelas e cintilando na parte de fora do aposento — deu a Lily a impressão de estar no meio de um vitral.

Um aroma que ela não conseguia definir exatamente parecia escoar das paredes. Primeiro, ela pensou que fosse canela, aí baunilha, e então algo mais floral, como lavanda. Era estranhamente reconfortante, como estar embrulhada em um casaco forrado de cetim. Sem dúvida, ela não podia mais ouvir a chuva martelando e, com o calor do aposento e o aroma picante no ar, seus ossos afrouxaram, seu sangue se aqueceu, sua cor começou a voltar.

Na janela onde estava a placa de ALUGA-SE, havia uma cadeira solitária de ferro batido arrumada, esperando, ao lado de uma mesinha redonda. O chão de azulejo sob os saltos sabrina de Lily era um mosaico um tanto quanto maluco de laranja queimado desbotado, turquesa opaco e cinza.

Ela avançou e viu que as tigelas estavam cheias do que pareciam ser *biscotti*: os biscoitos italianos que ela nunca comia quando vinham com o café ou com a conta no Babbo ou no 'Cesca.

Sua boca encheu d'água. Fazia muito tempo desde que havia comido alguma coisa.

Atrás do balcão, contra a parede dos fundos, havia um conjunto de prateleiras, nas quais descansava uma coleção empoeirada de vidros de tempero e caixas de biscoito desbotadas. Elas pareciam antiquadas para Lily, como se estivessem ali por muitos, muitos anos.

Na verdade, a loja inteira parecia estar ali há muitos, muitos anos. Se é que era uma loja. Certamente não parecia o tipo de lugar com o qual a Heigelmann's iria perder tempo. Não havia espaço para mais do que cinco clientes, no máximo, e não parecia haver uma caixa registradora. Ou alguém trabalhando ali.

Os *biscotti*, após uma inspeção mais detalhada, eram diferentes dos biscoitos similares que Lily recusava no Babbo ou no 'Cesca, que eram ovais e lisos. Estes eram ligeiramente não convencionais: o formato irregular e as superfícies um pouco rochosas.

Além disso, a não ser que ela estivesse enganada — e havia aquela luz encantadora cintilando pelo aposento, dando a tudo um brilho ligeiramente etéreo, então seus olhos podiam estar lhe pregando uma peça —, havia uma camada fina de poeira sobre os biscoitos.

Talvez não fosse uma loja, mas uma espécie de museu. De qualquer modo, este aposento não estava para alugar, mas isso não significava que não houvesse outro que estivesse. Ela praticamente não tinha opção.

Lily saiu da poça que havia feito no chão.

— Olá! — gritou. — Tem alguém aqui?

Capítulo 11

A viúva Ercolani esperou que Lily saísse do escritório de turismo e lentamente discou o número da viúva Ciacci.

— Ela tinha reserva no Prato — relatou inexpressivamente —, então eu a mandei ao Adesso para aproximá-la de você, mas não vejo por que toda a comoção.

A viúva Ercolani não gostava de Grace Kelly em *Janela indiscreta*. Ela era mais fã de Sophia Loren.

— Esqueça o porquê da comoção — disse a viúva Ciacci energicamente. Era de conhecimento geral que a viúva Ercolani havia marcado sua neta Adriana para Alessandro, mas seria um desperdício deixar um homem tão bom com aquela vadia. — O que mais pode nos dizer sobre ela?

— Ela é alta e americana.

— Americana? Ah! E o que mais?

— Hein?

— Eu disse o que mais? Ela é alta e americana e...?

— E isso não é o suficiente? Achei que íamos deixá-la de lado, nessas circunstâncias. Além do mais, ela era magra demais para alguém daquela altura e não estava vestida para o clima nem para a subida. — A viúva Ercolani não tinha que fingir ser rabugenta. Isso lhe vinha com bastante naturalidade.

— Bem, é o coração do Alessandro que estamos remendando, não é? — lembrou-lhe a viúva Ciacci. — E não cabe a nós como isso é feito ou quem o faz. Cabe à Violetta.

A viúva Ercolani pigarreou. Sua rabugice se estendia até Violetta. E ia além.

— Bem, não é como se hoje em dia estivéssemos tendo os resultados que costumávamos ter — fungou. — Os últimos três casos nos quais trabalhamos foram desastrosos.

Era verdade. Houvera um período ruim. Primeiro, haviam tentado juntar o filho do padeiro com uma mulher que tinha uma alergia rara à farinha; aí procuraram reaproximar a vendedora de tecidos de seu namorado de colégio, sem saber do recém-desenvolvido problema dele com jogo; e, mais recentemente, haviam empurrado a secretária curvilínea do prefeito para os braços de um homem que, por acaso, tinha um namorado em Cortona. Esses desastres tinham levado muito tempo em planejamento e execução, e os péssimos resultados haviam atingido as viúvas com força.

Os tempos eram difíceis e estavam ficando cada vez piores, isso era óbvio, mas a viúva Ciacci não queria comentar o assunto agora. Ela estava com um dente doendo e não tinha vontade de espremer detalhes da viúva Ercolani como sementes de limão.

— O problema é que estamos piorando na nossa coleta de dados — disse bastante claramente. — O que, devo lembrá-la, é seu trabalho ajudar a fornecer.

— Não é esse o problema — argumentou a viúva Ercolani. — O problema é que Violetta está ficando velha e frágil demais para fazer sua mágica. — A viúva Ercolani também estava se sentindo bem velha e frágil. Os ouvidos apitavam, os quadris doíam e ela havia gastado sua pensão em chocolates, portanto não podia comprar analgésicos.

— Devo esperar ansiosamente para ouvir você discutindo isso diretamente com Violetta na reunião hoje mais tarde? — sugeriu a viúva Ciacci.

— Desculpe. O que disse?

— Ah, esqueça. Tenho que consertar o encanamento no Hotel Adesso.

— Como quiser — resmungou a viúva Ercolani. — Eu fiz a minha parte.

Colina acima, Violetta tomou um grande susto quando ouviu Lily gritar da *pasticceria* que cuspiu uma golada de café pela mesa, não acertando sua irmã por pouco.

— Ela já está aqui — disse Luciana, inabalada. — Foi rápido.

— Aquela campainha idiota! — disse Violetta.

Onde o tempo fora parar? Parecia que ela havia acabado de passar as instruções e ido ao banheiro — uma ocupação quase de tempo integral na sua idade —, e agora essa tal de Lily estava do outro lado da porta, chamando por elas.

Além de não ter o nariz coçando, nem de sentir o cheiro de flor de laranjeira e ser atropelada por sua irmã mais nova normalmente plácida para aceitar a irritante e inadequada Fiorella Fiorucci na Liga, ela se sentia sem chão, para dizer o mínimo.

Tomou outro gole de café. Mal conseguia sentir o gosto. Esqueça sexto sentido, ela agora voltara a ter cinco, senão quatro. Isso, mais do que todo o resto, a catapultou para o pior dos humores.

— Por que está olhando assim para mim? — vociferou para a irmã. — Será que dá para eu ficar sentada por cinco minutos e aproveitar o meu café sem você me encarar do outro lado da mesa como uma bezerra velha?

— Se eu sou uma bezerra velha, você é ainda mais velha — observou Luciana. — E, de qualquer modo, o que torceu o seu rabo?

— Eu não torci o rabo. Só estou pensando no resto do plano.

— Achei que já tínhamos um plano — falou Luciana, sua cadeira arranhando o chão enquanto ela se levantava lentamente. — Você leva Grace Kelly para cima e tira informações dela enquanto Ciacci, eu e as outras nos encontramos com Benedicti para começar a criar nossa estratégia para Alessandro, aí nós...

— Sim, sim, eu sei como funciona, Luciana. Sou a diretora desta liga, não sei se você se lembra.

— E isso *não* é torcer o rabo? — Luciana ergueu suas pálpebras caídas para dar uma boa olhada na irmã. Ela tinha razão, estava velha. Estava velha havia muito tempo e hoje parecia especialmente velha. Luciana sentiu um leve tremor de alguma coisa perto de seu dedão ainda latejante que não tinha nada a ver com um coração partido a não ser, possivelmente, com seu próprio.

— Você está bem, Violetta? — perguntou baixinho.

Isso foi respondido com o que ela achou ser uma fungada, apesar de poder ter vindo de qualquer parte de sua irmã idosa.

— Eu estou sempre bem — respondeu Violetta enquanto se levantava rigidamente da mesa. — Como sempre, eu vou falar. Agora, ande logo.

Capítulo 12

Lily ouviu resmungos abafados, o arranhar de cadeiras e o arrastar suave de pés se embaralhando antes que a porta nos fundos da confeitaria se abrisse rangendo e de lá saíssem mancando duas velhinhas quase idênticas, ambas vestidas de preto, ambas com cabelo grisalho fino alisado em coques ralos, ambas tão enrugadas que seus rostos pareciam folhas secas de outono.

Elas ficaram quadril com quadril atrás do balcão e, depois de um tempo olhando-a de cima a baixo, uma delas começou um monólogo sem fôlego do qual Lily não entendeu uma sílaba, enquanto a outra continuava a olhar, assentindo tremulamente em concordância.

— Sinto muito, por favor... Não estou entendendo. Eu não falo italiano — disse Lily, tentando estancar o fluxo. — Estou aqui para falar sobre o lugar para alugar.

A velha tagarela simplesmente continuou tagarelando e a que assentia, assentindo.

— O lugar para alugar? — falou Lily, mais alto. — É um quarto? Um apartamento? — Ela andou até a janela e deu uma batidinha na placa. — *Apartamento? Aluguelo?*

A mulher que assentia disse, então, alguma coisa para a tagarela. As duas pararam, olharam-na de cima a baixo novamente, e a que assentia saiu da loja.

Isso levou bastante tempo. Ela se movia muito lentamente.

— Então, quanto a esse quarto — disse Lily, depois que a senhora que assentia saiu pela porta. — Se há alguma coisa que possa me dizer... É só que estou um tanto quanto desesperada.

A idosa que sobrara juntou as duas mãos sob o queixo e franziu os olhos com tanta força que suas rugas surfaram umas por cima das outras até os cantos do rosto como marolas em um lago. Seus olhinhos escuros brilhavam debaixo de camadas de pálpebras caídas. Finalmente, ela mancou em volta do balcão, caminhando em direção a Lily e agarrando uma de suas mãos. Os dedos da idosa eram inchados e encurvados, mas surpreendentemente macios e quentes.

Ela chegava até a altura do peito de Lily, que podia ver o cabelo da idosa ficando ralo em volta do centro e conseguia distinguir os pedaços gastos no colarinho de seu vestido preto de algodão. Ela tinha cheiro de louro, o que, julgando pela aparência, não era o que Lily esperara. Pela sua experiência, que era admitidamente limitada, pessoas tão idosas geralmente não cheiravam muito bem.

Ela sentiu um caroço se formar em sua garganta, uma onda inexplicável de afeto deslocado. Estava cansada, sentindo a diferença de fuso horário e combinado com o fato de estar fora de sua zona de conforto.

— Não falar italiano — disse para a senhora, sentindo-se completamente inexperiente. Anos antes, Daniel havia sugerido que eles fizessem um curso, mas ela não vira motivo.

A idosa apertou mais sua mão e, com um forte puxão, começou a arrastá-la pela lojinha minúscula, apoiando-se ligeiramente nela enquanto dava encontrões nas tigelas de vidro, batia no chão e apontava para a placa na janela, isso tudo sem parar de tagarelar alegremente em italiano.

Lily sorriu e assentiu porque ainda estava pingando, cansada até os ossos e não sabia o que mais fazer. Tomando isso como um sinal de aquiescência, a idosa largou sua mão e, com bastante agilidade, agarrou a alça de sua mala. Para alguém tão frágil, ela conseguiu puxá-la extraordinariamente rápido para trás do balcão e através da porta pela qual ela e sua irmã haviam saído.

Lily esperou por um momento até perceber que a mulher não ia voltar e a seguiu. A sala dos fundos tinha a mesma iluminação fraca e o aroma intoxicante, mas era ainda mais calorosa do que a loja. Era dominada por uma grande mesa estilo refeitório, tão usada que o tampo não estava mais nivelado, mas descia e subia em uma paisagem suave de curvas e cavados. Duas cadeiras descansavam nas pontas e havia uma cama de solteiro com uma pilha alta de mantas empurrada contra a parede dos fundos. Atrás da mesa havia uma espécie de cozinha com prateleiras cortinadas e um televisor minúsculo em cima de uma caixa autônoma com pernas que Lily presumiu fazer o papel de geladeira.

— Este é o apartamento? — perguntou. Ela precisava se deitar, ali estava quentinho e, apesar de sua simplicidade, era estranhamente convidativo. A cama no canto, porém, sequer parecia longa o suficiente para ela.

— Sinto muito, mas devem entender que acho que isso não é bem o que estou procurando — falou para a senhora, que apenas fez para ela algo como um som de desdém e apontou para o teto. Era pintado de amarelo-claro ou de uma cor que lembrava nicotina e possuía um lustre também inusitado.

Sim, é lindo, mas ainda assim — disse Lily, esticando a mão para sua mala. Mas a velhinha agarrou-se a ela, balançando a cabeça, um brilho duro como aço naqueles olhinhos pretos enquanto abria outra porta que Lily presumira ser um armário e desaparecia por ela.

"Ah, pelo amor de Deus." Porém mais uma vez a seguiu. Não era um armário, mas uma escadaria estreita que levava para outro quarto, infinitamente maior e mais claro, com uma cama de casal, um lustre maior, um televisor gigantesco e aquele mesmo aroma estranhamente picante e doce.

A cama parecia tão convidativa que Lily não queria nada além de deitar nas das cobertas esponjosas e vagar para um vazio glorioso.

O teto neste quarto fora pintado entre as vigas gastas, estilo afresco, com um desenho floral delicado em azul e amarelo-claro com arabescos em malva e verde em cada ponta. Lembrava alguma coisa à Lily; ela não sabia bem o quê, mas era algo bom.

A senhora italiana ficou de pé no meio do aposento resmungando incoerentemente mas, enquanto Lily olhava em volta e avaliava a perspectiva de ficar, lhe ocorreu que não eram resmungos, mas uma repetição da mesma sequência de palavras.

— *Mi chiamo* Violetta — estava dizendo a senhora. — *Mi chiamo Violetta.* — Ela bateu com os dedos no peito oco onde seus seios costumavam ficar (eles agora pendiam alegremente abaixo, um significativamente mais alto do que o outro). — Violetta — falou novamente. — *Capita?* Violetta. Violetta.

— Ah, é claro! — respondeu Lily, quando entendeu que a mulher estava se apresentando. Ela reconheceu isso fazendo uma reverenciazinha idiota com a parte de cima de seu tronco, que provavelmente não era o costume na Itália cotidiana a não ser que você estivesse sendo apresentada ao papa. — Violetta — repetiu. — É um prazer conhecê-la. Eu sou Lily. *Mi chiamo* Lily? É assim que se diz?

Violetta ergueu as sebes esparsas de suas sobrancelhas.

— Li-li — experimentou a palavra, encolhendo os ombros.

— Li-li, OK. — Aí ela mancou até as cortinas florais desbotadas atrás de si, abrindo-as e revelando uma grande janela com vista para o vale que ondulava da cidade colina abaixo.

Lily deu um passo para a frente.

No tempo em que ela estivera lá dentro, a chuva havia parado e, apesar da névoa ainda se agarrar a bolsões de terra ondulante e flutuar avidamente em volta de grupos densos de árvores, o suficiente da vista estrangeira estava emergindo diante de seus olhos para lhe tirar o fôlego.

— Ah, meu Deus! — falou, aproximando-se, enquanto uma bolha latejante, a fome e a ansiedade recuavam de sua atenção.

A vista era deslumbrante. De repente, ela podia definiti-vamente enxergar os almoços longos e as peripécias sexuais juvenis.

E mais: enquanto ela observava, a névoa lúgubre continuou a subir, revelando um tapete ondulado de diferentes verdes vibrantes estendendo-se de Montevedova na direção do horizonte. Trilhas de coníferas serpenteavam por cumes distantes abaixo, filas arrumadinhas de oliveiras cruzavam campos cor de esmeralda, fileiras de uvas marchavam para cima e para baixo de colinas suaves. *Villas* minúsculas em tons de laranja apareceram diante de seus olhos, enfiadas entre pequenas explosões de folhagem.

Um pombo — criaturas tão feias em seu país — bateu as asas graciosamente por cima do telhado de terracota logo abaixo dela, atraindo seus olhos enquanto partia para outra cidadezinha no topo de uma colina, que se elevava de uma faixa recalcitrante de névoa, como o chapéu vermelho de um cardeal decapitado ao longe.

— É lindo — arfou Lily. — Simplesmente lindo.

— *Sí, molto bello* — concordou Violetta, sem muita emoção. — *Molto bello.*

— *Molto bello* — repetiu Lily, abrindo a janela e inclinando-se para fora. Como essa vista deslumbrante, esta paisagem extraordinária podia ter estado escondida atrás de toda aquela chuva e névoa lúgubre enquanto ela dirigia até ali?

Bem abaixo dela, para a esquerda, algo grande e arredondado estava tentando emergir, mas continuava sendo arrebatado por uma nuvem solitária de névoa. Quando finalmente reapareceu de vez, trouxe todo o seu domo acobreado e o campanário consigo, revelando ser a Madonna di San Biagio — a igreja na fotografia de Daniel.

Com isso, a névoa pareceu desaparecer completamente e Lily viu tudo com muita clareza. Ela estava neste lugar por um motivo, e ele não deixava espaço para admiração.

Com o rosto duro como pedra, ela se virou e deixou Violetta lhe mostrar o banheiro minúsculo, com seu box pequeno, uma privada tamanho infantil e nem um único armário para guardar as coisas.

O quarto não era o que Lily teria escolhido, mas era impecavelmente limpo e seco, e ela estava molhada e exausta.

— Sabe de uma coisa? Acho que vou ficar com ele — disse para Violetta. — Pelo menos por algumas noites. Isso está OK?

— *Sí, sí,* OK, OK — falou a idosa, dando tapinhas na colcha sobre a cama.

O corpo de Lily doía de vontade de deitar nela. Se pudesse apenas dormir algumas horas, até mesmo alguns minutos, seria capaz de pensar com mais clareza.

Ela tirou 500 euros da carteira e ficou surpresa quando Violetta pegou tudo, porém estava cansada demais para tentar conversar mais. Em vez disso, botou um dedo na frente dos lábios no que esperava ser a língua internacional do "vamos manter isso como o nosso segredinho" e esperou até que a idosa o fizesse de volta, o que ela fez, seguindo com outra longa meada de algo indecifrável e um aceno indiferente de adeus.

Assim que ela saiu, Lily tirou seus saltos sabrina, despiu-se das roupas encharcadas, deitou-se de costas na cama e, quase que imediatamente, caiu em um esquecimento abençoado.

Capítulo 13

As viúvas não estavam felizes quando Violetta mancou para baixo para encontrá-las no porão.

— Vocês estão erradas — gritava um grupo para o outro.

— Não, vocês estão erradas — estava gritando de volta o outro grupo.

— Todas vocês estão erradas — um terceiro grupo dissidente entrava na briga.

Pensando que estavam discutindo sobre Lily e Alessandro, Violetta mordeu o lábio e andou rapidamente até sua irmã, que estava de pé tomando um copo de *vin santo*.

— O que está acontecendo? — sussurrou Violetta.

— Fiorella trouxe uma *torta della nonna* — explicou Luciana, apontando para a mesa na qual não havia nada além de algumas migalhas em um prato de papel amassado.

— Ela fez o quê?

— Trouxe uma *torta della nonna* e estava extremamente deliciosa, mas deu início a uma espécie de debate — falou Luciana.

— Usa-se ovos inteiros na massa — gritou uma voz zangada.

— Não, usa-se apenas as gemas!

— Usa-se raspas de laranja.

— Não, baunilha.

— Não, uma colher de sopa de azeite.

— Não é a massa que faz uma *torta della nonna* ser boa, de qualquer modo, é o recheio!

— Ricota — falou um coro.

— Sem ricota — disse outro.

Violetta entrou no meio da acirrada batalha e silenciou a todas com apenas um olhar, que terminou em Fiorella, sentada alegremente em uma cadeira com farelos de massa caindo em cascata por seu decote.

— Não comemos *torta della nonna* nas reuniões da Liga Secreta das Cerzideiras Viúvas — disse Violetta friamente. — Comemos *cantucci*.

— Ah, é mesmo? — escarneceu Fiorella. — Quem disse?

— Eu disse — respondeu Violetta.

A viúva Mazzetti ergueu o livro de regras e o sacudiu, apesar de quase tê-la matado não comer uma ou duas fatias de uma torta tão bonita.

— As regras afirmam — confirmou Violetta.

Fiorella não era uma mulher acostumada à companhia feminina ou a qualquer companhia, aliás, e estava tendo a clara impressão de que não era muito boa nesse quesito.

— Certo. Tudo bem. Como quiser. — Ela deu de ombros. — São só *dolci*. Apenas achei que algumas de nós podiam ser um pouco adoçadas.

— Esqueça isso, vamos realmente ajudar aquela princesa americana fria e metida? — perguntou a viúva Ercolani, indo direto ao assunto. Ela estava sofrendo de indigestão, portanto não havia comido nem um pedaço de torta, apesar de que talvez pudesse ter sido útil adoçá-la um pouco. —

Estamos procurando problemas convidando uma "forasteira", se querem a minha opinião. E quem pode dizer que ela não vai levar Alessandro embora depois que tivermos feito nossa parte?

A viúva Benedicti não havia pensado nisso e se virou, em pânico, para buscar refúgio em Violetta.

A Liga era oficialmente uma democracia, portanto as decisões deveriam ser tomadas baseadas na vontade da maioria. Porém, na realidade, Violetta era a líder e sempre fora: era uma função divina, meio como o Dalai Lama, só que de preto.

E a verdade era que Violetta sempre sentira que possuía um sexto sentido quando se tratava das questões do coração, e era ajudada nesse sentido por Luciana, que possuía cinco e meio.

Normalmente, ela sabia exatamente o que fazer e em quem se concentrar, mas hoje nenhum sino estava tocando, nenhum sinal estava piscando, sua mente estava tão transparente quanto um *minestrone*. Alessandro era mesmo seu *calzino rotto*? E será que Lily podia realmente ser a mulher que acalmaria seu coração partido?

Onde antes não havia nada além de certeza, hoje ela sentia como se o *cornetto* que comera no café da manhã estivesse entalado no peito e nunca mais fosse sair dali. Apenas isso.

— E quanto a Roberto, o motorista de ônibus de Cremona — sugeriu Luciana, intrometendo-se prestativamente na brecha. — Vocês se lembram de que o juntamos com Angelica, da escola de idiomas? O começo foi meio complicado, pelo que me lembro, mas eles têm filhos agora, e netos.

— Cremona não é um país estrangeiro — observou a viúva Ercolani.

— Levante a mão quem algum dia já esteve em Cremona — ordenou Violetta, recuperando sua sagacidade e aproveitando a oportunidade.

Nem uma única mão se ergueu.

— E levante a mão quem algum dia já esteve nos Estados Unidos.

Mais uma vez, nem uma única mão se ergueu.

— Portanto eu acho que podemos dizer com segurança que os Estados Unidos não são mais estrangeiros do que Cremona.

Isso pareceu satisfazer o grupo em geral, mas Fiorella sentiu-se movida a exprimir seu ceticismo:

— Então, deixem-me entender direito: a turista loura é vista conversando com aquele bundão no vale e, baseadas nisso, vocês decidem que são um par romântico?

— A turista loura é vista conversando com aquele bundão em um dos dias especiais da Violetta — observou a viúva Benedicti. — Esta é a chave. E, por falar nisso, ele não é um bundão. — Que Alessandro preenchia suas calças muito bem já fora discutido em diversas ocasiões.

— Certo. Bom sistema — falou Fiorella arrastado, revirando os olhos, algo que ela fazia com uma habilidade treinada.

Em qualquer outra ocasião, Violetta poderia ter feito com que ela se calasse com um olhar cruel ou fazendo com que a viúva Mazzetti se remetesse novamente ao livro de regras quanto aos estatutos relativos à etnia. Os acontecimentos do dia, entretanto, a haviam perturbado demais, e ainda tinha aquela dor aguda no peito, cutucando-a de dentro para fora como um dedo maligno.

No passado, ela descobrira que um assunto espinhoso às vezes podia ser resolvido tirando do bolso um pouco de sabedoria relacionada à costura e, dadas as circunstâncias, decidiu tentar o estratagema novamente.

— Devo lembrá-las — falou às viúvas reunidas — que o nosso trabalho não é julgar a meia pela cor ou até mesmo a qualidade de sua lã, mas simplesmente consertar o buraco, seja no dedo ou no calcanhar.

Seu pronunciamento foi recebido com silêncio no começo, aí algumas cabeças assentiram, e mais algumas, e, no final, o aposento inteiro estava cheio de cabeças acenando positivamente.

E apenas um par de olhos se revirando.

Capítulo 14

A luz do começo da manhã jogou uma nesga agradável sobre o rosto de Lily e, por alguns momentos sonolentos, ela pensou que estava em casa, no apartamento da 72.

Ela abriu os olhos, espreguiçou os braços e levou alguns segundos para se lembrar que não estava deitada ao lado de Daniel no colchão Hästens que ela mesma havia comprado, apesar de ter custado o valor de um carro, para seu aniversário de 40 anos. Daniel não estava, os lençóis eram de um tom de damasco que ela nunca deixaria entrar em seu prédio, que dirá em sua casa, e a eletricidade nos pelos de seu braço lhe disse também que eram de poliéster.

Ela rolou de lado, olhando para a vasta extensão de cama vazia.

Ela rolou de costas novamente. Soltou um suspiro. Deixou o desespero de sua situação infeliz se assentar completamente.

Quando a dor se assentou, Lily percebeu que essa sensação já estivera lá antes. As manhãs, se fosse honesta consigo mesma, já eram infelizes por um bom tempo.

Era por isso que em casa ela organizava para si mesma um cronograma cheio, que começava no momento em que seus olhos se abriam e ela encarava, destemida, com entusiasmo determinado. Ela gostava que fosse assim. Ela se organizava dessa maneira. Mão desocupada é a oficina do diabo, as freiras sempre diziam, e Lily descobriu ser verdade também para a mente. Mente desocupada é a oficina do diabo.

Sentou-se em sua cama sintética, a eletricidade estática agarrando-se ao pijama de seda. Ela precisava levantar, se exercitar e suar, mas conforme se colocava de pé para procurar seus tênis de corrida teve um vislumbre da vista esperando silenciosamente do lado de fora da janela, uma imagem de cartão-postal.

Ali estava a Toscana, um lugar que ela nunca tivera a menor ansiedade para visitar apesar das várias oportunidades, um lugar que nem sequer lhe interessara e cuja primeira impressão infelizmente não a entusiasmara. Ainda assim, ali estava. E ali estava ela. Novamente a situação tirou o seu fôlego.

Ela se aproximou da janela e olhou para o ondulante mar de retalhos verdes: tantos tons diferentes e cada um mais profundo, claro ou deslumbrante do que o anterior. Ela percebeu que se tivesse imaginado a Toscana, a teria visto como laranja queimado e dourado: cores vibrantes, mas duras e áridas comparadas à expansão úmida e vicejante de gramas, uvas, azeitonas, florestas e campos que se estendiam abaixo dela.

Era tão lindo que era impossível se concentrar no que a trouxera ali.

Em vez disso, ela se apoiou no batente da janela e observou a luz do dia rastejar através da paisagem, o tom ofensivo de damasco nos lençóis elétricos e seu coração infeliz esquecidos enquanto ela simplesmente deixava as cores naturais do mundo se revelarem diante dela.

Ela continuava pensando que devia sair, fazer alguma coisa, resolver a situação — com o que quer que fosse —, mas observar o sol se arrastar mais para cima no céu, esticando seus dedos lentamente através das colinas e dos vales ondulantes, era completamente hipnotizante.

Só quando ouviu o som de algo caindo com um estrondo abaixo dela foi que percebeu o quanto estava esfomeada. Não conseguia pensar que horas seriam em Nova York ou quantas refeições podia ter perdido. Não comera nada desde o voo no dia anterior. Ela estava faminta.

Atravessou o quarto e olhou por toda a extensão visível do Corso através da outra janela. O Hotel Adesso parecia impressionantemente incólume de seu desastre no encanamento do dia anterior: parecia estar dormindo, igual ao resto da rua, de janelas fechadas e silenciosa. O sol ainda acordaria a cidade com seu toque dourado, assim como havia acordado Lily e o vale.

Ela imaginou se Daniel estaria dormindo em algum lugar por perto, seu rosto relaxado, o cabelo louro amassado de um lado como sempre ficava antes de lavá-lo pela manhã, a mulher morena e perigosa se remexendo inquieta ao seu lado.

Outra pontada atingiu suas entranhas, e não era fome. Era Daniel. Ela virou o rosto para longe da linda vista.

Devia estar zangada, pensou enquanto lavava o cabelo no chuveiro minúsculo. Ela não deveria estar se maravilhando com a vista deslumbrante ou imaginando calmamente o cabelo de seu marido adúltero. Deveria estar irada. Mas não estava. Ela conhecia a ira bem demais, graças à sua mãe. Ira envolvia surras e tapas; gritos e berros; objetos pontiagudos jogados em cabeças pequenas; ameaças aterrorizantes; palavrões; fúria absoluta, incontrolável, em decibéis altos.

Lily sentia algo, e era grande — estava em Montevedova, afinal de contas —, mas não alto e explosivo como o temperamento da mãe. Era mais complicado que isso, aquela espécie de coceira que pode deixar uma pessoa louca ou uma dor tão profunda a ponto de tornar sua fonte insondável.

De frente para o espelho, ela procurou em seu rosto por qualquer sinal exterior de crise, mas também não encontrou fúria ali, uma certa rigidez em volta dos olhos, talvez, uma expressão ligeiramente assombrada.

Antigamente, ela se vira talvez não como linda — quem é que admitia isso? —, mas agradável. Ainda reconhecia o pacote como positivo: o cabelo louro, os bons malares, a pele sem manchas para alguém de sua idade, o corpo esguio que ela se esforçava tanto para manter.

Ela parou de se enxugar e olhou para aquele corpo: a fenda no alto de suas coxas firmes, seus quadris angulosos, suas costelas, os seios pequenos mas administravelmente atrevidos, sua clavícula, os ombros quadrados.

Era esguio o seu corpo. Ela o tornara esguio. Ela o mantinha esguio. Lily podia controlar o tamanho de seu corpo, e ela o controlava, com uma dedicação só igualada por atletas profissionais e atrizes.

Isso se tornara cada vez mais importante para ela conforme o tempo corria porque, a cada ano que passava sem bebês, Lily era lembrada de que essa coleção miserável de carne e osso tinha vontade própria quando o assunto era a coisa que ela, o coração e a alma de Lily, mais queria.

Nenhum especialista podia lhe dizer exatamente por que ela não conseguia carregar um bebê até o fim da gestação.

Fora a todos os especialistas convencionais, é claro, e até a um psiquiatra, no caso de haver alguma questão emocional secreta sabotando seus planos para a maternidade. Mas não havia. Ela passara no teste com nota dez. Consultara naturopatas, homeopatas, acupunturistas, gurus de ervas, reflexólogos, profissionais de reiki, iridologistas, ela até tivera seu cabelo testado — por um homem com cheiro estranho que tinha uma barba que ia até o umbigo — para ver se por acaso ele escondia algum segredo hediondo. Não escondia.

Ela fizera tudo que podia fazer para preparar seu corpo para o valorizado papel da maternidade. Abrira mão de álcool, café, refrigerante, frutos do mar e queijo. Aumentara seus ácidos graxos, seu ômega 3, suas fibras dietéticas e tomou ácido fólico, selênio e suplementos de zinco. Mas seu corpo a deixara na mão, então agora, para dar o troco, ela o punia mantendo-o tamanho 36. Depois de toda aquela dedicação, ela acabara se transformando em um cabide.

Ainda assim, ela possuía boas roupas, tinha que admitir, enquanto vestia calças capri brancas e uma blusa cor-de-rosa macia com decote canoa. Desceu as escadas, contemplando a tolice de alugar um apartamento que exigia que passasse pela acomodação de outra pessoa para sair. Com certeza haveria vários encontros constrangedores com Violetta e seu clone engraçado.

De fato, ela ouviu as duas irmãs gorjeando uma para a outra enquanto descia a escada, apesar de elas terem se calado ao vê-la na cozinha — mas só brevemente.

— *Mia sorella*, Luciana — falou Violetta, empurrando a irmã na direção de sua convidada. — Luciana. Luciana. Luciana.

— Luciana? Ah, bom dia — disse Lily. — E bom dia para você, Violetta.

A mesa de refeitório e grande parte do chão da cozinha estavam cobertos de farinha. Na verdade, se Lily não soubesse que fazia um lindo dia lá fora, poderia ter pensado que estivera nevando. Dentro de casa. Violetta tinha tanta farinha no rosto que parecia uma velha gueixa enrugada e o guarda-pó preto de Luciana agora estava quase todo branco.

No começo, Lily tentou se desviar das duas e sair do caminho delas, mas logo ficou óbvio que elas tinham outros planos. Antes que soubesse o que estava acontecendo, fora levada para uma ponta da mesa de refeitório enfarinhada e empurrada para uma cadeira enquanto uma idosa enfiava uma espécie de croissant em uma de suas mãos e a outra senhora forçava uma xícara de café forte na outra.

— Na verdade, pensei em sair para tomar café da manhã — disse Lily, começando a se levantar, mas Violetta (ou seria Luciana? Ela tinha dificuldades para distinguir uma da outra) a forçou de volta ao assento.

— Eu não poderia — protestou Lily, olhando para o croissant, empurrando-o para longe. — Sério, folheados não... Eu não... Achei que fossem franceses... eu sou mais...

As duas irmãs ficaram olhando para ela, piscando sem entender. Elas realmente eram bastante intimidantes para velhinhas.

— Bem, talvez só uma mordidinha — disse Lily, para ser educada, e deu uma mordiscada. Tinha um gosto muito bom, na verdade, apesar de poder sentir a gordura amanteigada se acomodar no céu da boca. Não era uma sensação com a qual estava acostumada. Ela engoliu o café e, a fim de desviar a atenção do folheado, apontou pela janela lateral às velhas, que dava para um prédio sem graça do outro lado.

— Um dia adorável, estou vendo — continuou ela. — Pensei em ver os pontos turísticos ou andar pelo campo.

Uma das irmãs então se arrastou até as prateleiras cortinadas e emergiu com um grande pote esmaltado contendo farinha, enquanto a outra esticou a mão para pegar um pote similar de açúcar.

Para grande surpresa de Lily, Violetta (ela achava) esvaziou a maior parte da farinha em cima da mesa na frente dela com um floreio estabanado. Ela espiralou para cima como um cogumelo de bomba atômica, explicando a impressão de neve no aposento.

— Ah, desculpem — disse Lily, empurrando a cadeira para trás, presumindo que fora um engano.

Mas então Luciana se aproximou e despejou uma pilha de açúcar em cima da farinha.

As duas idosas olharam para ela e fizeram gestos giratórios idênticos na frente dos rostos. Suas mãos eram como as pontas do galho nodoso de velhas árvores retorcidas.

Com sorrisos iguais, elas mergulharam aqueles dedos nodosos dentro da pilha de farinha e açúcar em cima da mesa e começaram a misturá-la.

A mistura voou para todos os lados, para o ar, para o chão, por cima delas. Os ingredientes secos dançavam como um fogo bem-atiçado.

— Sabe, tenho quase certeza de que há uma invenção incrível que pode ajudá-las com isso — disse Lily. — Chama-se tigela. Talvez eu possa pegar uma para vocês?

As irmãs sussurraram entre elas novamente, e então uma das duas empurrou o folheado semicomido mais para perto de Lily. Ela o pegou e deu mais uma mordidinha.

Elas a observaram curiosamente por um instante, em seguida Violetta se arrastou até a geladeira e voltou com uma dúzia de ovos, alguns dos quais ela quebrou na mistura bem ali na mesa enquanto Luciana, com seus dedos artríticos, tentava misturar a massa agora muito mais molhada.

— E colheres — disse Lily, incapaz de desviar os olhos da estranha visão. — Deviam tentar usar colheres para misturar. Tenho certeza de que faria toda a diferença.

Luciana estremeceu e se afastou da mesa. Violetta se aproximou e assumiu a tarefa.

— Eu devia ajudá-las, posso ver isso — comentou Lily —, mas eu não sou muito de cozinha.

Luciana então trouxe uma panelinha de manteiga derretida até a mesa e a despejou na mistura, que havia se tornado uma massa amarela encaroçada. Violetta chegou para trás e aprumou as costas o máximo que pôde, o que não era muito, e Luciana assumiu.

Estava claro para Lily agora por que os biscoitos delas eram tortos. Essas velhinhas haviam passado de sua data de validade para fazê-los e era doloroso vê-las tentar. Mas também era um tanto quanto maravilhoso: como um balé moderno. Elas o estavam fazendo, de qualquer maneira, independentemente do quanto os resultados fossem agradáveis.

E o cheiro, agora que a manteiga quente havia atingido o açúcar, estava deixando-a tonta. Era simplesmente tão... bem, ela não sabia o que era, mas o cheiro criou um nó inesperado em sua garganta.

— Também há máquinas para isso hoje em dia, sabem — disse, com a voz falhando. — Há batedeiras, processadores de alimento, batedores e todo tipo de coisa.

Violetta e Luciana continuaram trocando de lugar, erguendo mãos amanteigadas, farinhentas, encurvadas e parecidas com garras conforme se afastavam e se aproximavam, perfeitamente sincronizadas uma com a outra.

Lily sentiu uma lágrima inexplicável rolar por sua bochecha enquanto uma delas mancava para longe para pegar uma tigela de avelãs, que foi então trabalhada desajeitadamente dentro da massa antes de Violetta agarrá-la em dois pedaços grandes. Luciana dividiu os pedaços ao meio de novo e os enrolou em quatro toras desiguais em um tabuleiro, que Violetta colocou no forno.

— Eu guardo suéteres de caxemira dentro do forno — disse Lily às irmãs, enxugando os olhos enquanto elas jogavam mais farinha e açúcar na mesa bagunçada e começavam tudo de novo. Como era possível que aquelas toras disformes algum dia virassem *biscotti*?

— Apesar de eu também ter uma irmã... Rose — continuou.

— E ela assou um peru de Ação de Graças nele uma vez. No meu forno, quer dizer.

Lá vieram os ovos, *ploft*, dentro da mistura.

— Foi depois do segundo aborto espontâneo, eu acho — continuou Lily. — Eu não achava que tinha nada no mundo para agradecer, mas Rose não deixou de aparecer. E Al, é claro, carregando um cesto de roupas transbordando com um peru enorme, a receita secreta do recheio de sua mãe e torta de noz-pecã, o que, por falar nisso, eu não suporto.

Violetta adicionou mais manteiga derretida à segunda mistura de *cantucci*.

Lily podia se lembrar de esvaziar mais do que uma garrafa de champanhe naquele Dia de Ação de Graças.

Na verdade, ela achava que podia ter sido depois do terceiro aborto espontâneo. E ela achara que não havia nada para agradecer então! Mal sabia que, ao todo, cinco anjos preciosos incompletos seriam tomados dela antes que pudesse conhecê-los.

— E então houve a Grace — falou, tão sonhadoramente que foi quase como um sussurro. — A Pequena Grace.

Também tomada dela, mas não antes que Lily a conhecesse.

— Ela eu cheguei a segurar nos braços por seis dias inteiros. Eu juro, devo ter beijado aquela cabecinha mil vezes.

Se fechasse os olhos, ela ainda podia sentir o toque sedoso do cabelo louro e macio de Grace em seus lábios, sua bochecha: uma sensação como nenhuma outra.

— Às vezes, eu sinto o cheiro de talco no bebê de outra pessoa e é como se estivesse de novo no Tennessee com ela nos braços e tudo o que eu sempre quis no mundo inteiro aninhado bem ali em um pacotinho minúsculo.

Então, *puf*, com a mesma velocidade, isso sumia e ela era engolida novamente pelo que não tinha.

— Grace — repetiu baixinho. — Faz tanto tempo que eu não digo o nome dela em voz alta.

Com isso, uma pluma de fumaça subiu rudemente do forno antigo e as duas irmãs idosas voaram para lá abanando os aventais, grandes nuvens de farinha subindo como cogumelos à frente delas. Lily se sacudiu como se acordasse de um transe e a imagem de todos aqueles macacõezinhos cor-de-rosa que nunca seriam usados voaram para os cantos do aposento enfumaçado. Ela não conseguia imaginar por que estava tagarelando assim. Ainda bem que as idosas não podiam entender uma palavra.

— A não ser que queiram que eu chame os bombeiros — falou —, acho que estou indo.

E enquanto Luciana e Violetta estavam distraídas tentando resgatar suas toras de biscoito queimando, ela se esgueirou para fora do aposento.

Capítulo 15

— O que ela estava dizendo? — perguntou Luciana, abanando fumaça para longe do rosto depois que Lily saiu da sala.

— Há problemas com o *bambino* — respondeu Violetta.

— Algo sobre não tê-los, quer dizer. Não sei o que aconteceu, mas não é o ideal.

— Então ela já foi casada. Grande coisa. Alessandro também. Eu sempre acho que é melhor assim. E por falar em achar, não ocorreu a você mencionar à Lily que você é perfeitamente fluente na língua dela?

— Perfeitamente fluente? Acho que não. — Violetta havia aprendido a falar várias línguas estrangeiras no começo dos anos 1940, mas como ninguém esperava que falasse, ela frequentemente não dava pistas de que podia, e as irmãs conseguiam algumas de suas melhores informações desse jeito.

Mas, neste caso, Luciana provavelmente estava certa. Violetta devia ter dito à Lily que entendia o que ela estava dizendo, mas não houvera oportunidade para detê-la. Ou, se tivesse havido, Violetta a perdera. Apenas mais um equívoco constrangedor para tirá-la do ritmo! E Lily abrindo o coração a deixara ainda mais confusa do que já estava.

— Algo não está certo aqui — disse, cutucando com o dedo uma das alças de biscoito queimadas. — Algo está seriamente errado.

Luciana deu uma tossidinha.

— Algo tem estado seriamente errado há algum tempo — concordou ela, cutucando outra. — E fico feliz que tenha tocado no assunto porque sei que você acha difícil, mas certamente não podemos manter essa farsa. Não podemos mais ignorar, Violetta. Fiorella está certa a respeito dos nossos dentes.

Houve um silêncio constrangedor.

— Fiorella? Dentes? De que diabos você está falando? — perguntou Violetta.

— Estou falando sobre os *cantucci* — disse Luciana. — Violetta, acho que chegou a hora. Não podemos continuar fingindo que estamos conseguindo.

— Os Ferretti fazem *cantucci* em Montevedova desde 1898 — insistiu Violetta, balançando a cabeça. — São os melhores da Toscana, todo mundo diz isso. Até o papa. Três papas.

— É, todo mundo diz que são os melhores, mas todo mundo compra os dos Borsolini. Precisamos de dinheiro, Violetta. Precisamos ir ao médico. Você está ficando com o rosto mais cinza a cada dia que passa, meus quadris estão me matando e todo mundo que conhecemos precisa de dentadura.

— Não há nada de errado comigo — disse Violetta, aquele aperto em seu peito revirando algo inexplicável dentro dela de novo. — E não aceito conversar sobre os *cantucci*. Não quero falar sobre isso. Estou falando sobre o casal, nosso *calzino*. Há algo errado com esse par. Alessandro é uma alma perdida demais para acabar com outra alma perdida, e acho que é isso que essa mulher, essa Lily, é. Isso me preocupa.

— Esqueça isso.

— Como pode dizer isso, Luciana? Temos que nos preocupar! O mundo precisa de amor e amantes agora mais do que nunca. Estamos tentando fazer o trabalho de santa Ana di Chisa com recursos cada vez menores e...

— Violetta, você precisa pensar em si mesma e em mim. Estou falando de nós. Precisamos de comprimidos para nossa artrite. Minhas mãos doem o tempo todo. Nós não temos dinheiro.

— Temos 500 euros pelo quarto.

— Eu sei que a Liga é a sua vocação, mas os *cantucci* nos dão um sustento e temos que encarar o fato de que está ficando muito difícil para nós fazê-los. Só o que temos é nossa reputação e, se não tomarmos cuidado, vamos perder isso também.

Naquele momento, a viúva Ciacci colocou a cabeça na janela lateral — algo que ela só podia fazer ficando em cima de sua cadeira da cozinha, no beco que saía do Corso.

— Acho que está na hora de vocês arrumarem um alarme de fumaça — disse, tossindo. — Ou uma aprendiz. Sério, vocês vão queimar até secar e aí como ficaremos?

— Nas mãos seguras de Fiorella Fiorucci, sem dúvida — falou Violetta. — Estou surpresa por ela não estar aqui tomando nossa cozinha. Agressiva além da conta, se quer minha opinião.

— Ah, mas você provou a *torta della nonna* dela? — entusiasmou-se a viúva Ciacci. — Ela mistura ricota com o creme, eu acho. E talvez haja um pouco de birita lá dentro em algum lugar também. E ela ainda consegue se curvar o suficiente para jogar *baci*! Não sobrou ninguém na Liga que consiga.

Isso era a última coisa que Violetta queria ouvir.

— Qual é o motivo para essa visita não agendada? — perguntou.

— Duas coisas: uma, a viúva Benedicti recebeu o fax com a agenda dessa semana do Alessandro para podermos orquestrar algumas conexões e a outra, há uma garota em sua *pasticceria* conversando com a Grace Kelly. É aquela menininha estranha que mora do outro lado da *piazza* e que está sempre se metendo em brigas e quebrando coisas.

Capítulo 16

Depois de sua fuga da cozinha, Lily tirou um instante na confeitaria para se acalmar, apoiando-se no balcão de mármore e avaliando o conteúdo da tigela de *cantucci* mais próxima.

Aquelas pobres senhoras. No que estavam pensando? Que as duas algum dia tivessem produzido biscoitos suficientes para operar um negócio era espantoso. Que ainda estivessem tentando fazer isso era demais.

Ela pegou um pedaço de *cantucci* da tigela, soprou a poeira e o segurou contra a luz dourada que filtrava pelo Corso. O biscoito ainda estava duro, não importava sua idade, e pareceria tentador o suficiente para uma pessoa que gostasse de doces. As avelãs pareciam robustas e havia mesmo um ligeiro brilho nelas. Ela cheirou o biscoito e foi surpreendida por um odor fresco, um pouco como a beira-mar, mas com um tom picante que permanecia. Ela o virou novamente na luz. Para um confeito que já passara há muito do auge, ele se mantinha notavelmente bem.

Do lado de fora, o silêncio da manhã sonolenta foi rudemente interrompido por uma perturbação que ficou mais alta conforme seu vórtice se aproximava da loja. Através da janela suja, Lily viu um borrão de cores berrantes passar, uma coleção rodopiante de braços, pernas, gritinhos e alegria. A porta se abriu de supetão, o sino tocou, a cacofonia encheu a salinha minúscula, a porta se fechou, as vozes jovens e esganiçadas se dissolveram e, através da poeira iluminada que girou em frenesi antes de cair como uma cortina de teatro dourada e cintilante no chão, emergiu um pequeno anjo escuro.

A poeira assentou. O *cantucci* caiu dos dedos de Lily de volta na tigela com um *claque* forte.

O anjinho escuro era a menininha da foto no sapato de golfe de Daniel.

Ela estava um ou dois anos mais velha, talvez, e usava um par de asas de fantasia nas costas, mas, tirando isso, parecia igualzinha.

Lily soubera no momento em que vira a foto que os filhos eram de Daniel, mas ver essa criança em carne e osso? Ela até tinha as pernas dele, longas e esguias, mas se alargando ligeiramente nos quadris. O queixo dela era dele também, seu rosto aberto. Daniel fora um garoto bonito, e essa menina, sua *filha*, havia herdado a beleza dele, apesar de ser morena, em vez de loura. Os olhos eram verdes, porém, iguaizinhos aos do pai, exatamente como os dele. Ela não era bonitinha, não no sentido infantil adorável. Era verdadeiramente atraente, de uma maneira que duraria para sempre, diferentemente do "bonitinha", que seria passageiro.

As asas eram feitas de gaze amarela-clara ajustada em volta de armações de arame amarradas às costas como uma mochila. Ela bufava como se tivesse estado correndo.

Não se virou para ver se o ciclone de braços e pernas entraria na loja com ela. Fincou o pé, olhando para Lily.

— Quem é você? — perguntou em um inglês muito bom. Seu lindo rosto era vivo e curioso. Ela tinha confiança em si mesma. Confiança e beleza: a combinação perfeita.

Ah, eu quero uma, o relógio biológico de Lily badalou disparatadamente. Eu quero uma, eu quero uma, eu quero uma.

Ela abriu a boca para falar, mas seu anseio a sufocou quando lhe ocorreu que a criança podia saber sobre ela, podia saber que seu pai tinha uma esposa chamada Lily: uma criatura má e feia estragando a vida dele do outro lado do mundo.

Algo não muito diferente das brasas faiscantes da raiva de outra pessoa a lambeu então. Será que o Daniel que ela conhecia e amava a pintaria dessa forma? Seria possível que ele realmente a visse assim?

— Eu sou Lily Watson — disse, puxando do bolso o nome com o qual nascera como um chapéu amarrotado, surpresa por sua voz soar tão firme enquanto o resto dela parecia poder desaparecer em uma espiral de poeira dourada. — E quem é você?

— Eu sou Francesca — respondeu a menina com um sorriso desolador, aproximando-se de lado do balcão. — O que há de errado com você?

Lily ficou surpresa. Ela esfregou as bochechas para se assegurar de que nenhuma lágrima havia escapado, empurrou o cabelo para trás, forçou um sorriso.

— O que há de errado comigo? Bem, nada em que eu possa pensar. Por que pergunta?

— Normalmente quando as pessoas vêm ficar com as irmãs Ferretti, há alguma coisa errada com elas — falou Francesca. — Mas normalmente elas não trabalham na loja. Ou ajudam com os *cantucci*. Você vai ajudar com os *cantucci*? Acho que seria bom se fizesse isso.

— Ah, bem, na verdade eu não vou ficar aqui — disse Lily. — Não por muito tempo, pelo menos, e certamente não é provável que eu ajude com os *cantucci*. São esses *biscotti*, certo?

— *Biscotti* é qualquer biscoito, *cantucci* são o que fazemos aqui na Toscana, e as Ferretti fazem os melhores.

— Mas alguém compra?

Francesca encolheu os ombros.

— Acho que não têm permissão. As Ferretti não costumam deixar as pessoas entrarem na loja. Elas são malvadas demais. A não ser que haja algo de errado com a pessoa. Eu só entrei porque vi que era você.

— Eu? — Uma onda de pânico a tomou.

— Você, não elas. Elas podem ser assustadoras e têm mãos como, como, *allora*, como o Capitão Gancho. — A menina ergueu dedos iguaizinhos aos de Daniel, longos e nodosos e os curvou em garras. — Você sabe, de Peter Pan.

Ah, como isso ainda inflamou ainda mais as brasas corajosamente incandescentes de Lily. É claro que Daniel lera *Peter Pan* para a filha. Fora seu livro favorito quando era criança, e o dela também. Eles haviam comprado inúmeras cópias para os filhos dos amigos e ainda mais para seus próprios filhos imaginários.

Francesca não tinha nada de anjo.

— Você é a Sininho — falou Lily.

Francesca pareceu satisfeita.

— Não são asas de verdade — disse. — Não posso voar.

— Eu adoro esse livro. Costumava ler para minha irmã quando tinha mais ou menos a sua idade e nós também o escutávamos, acho que no toca-discos. Você não podia virar a página do livro até Sininho soar seu sininho.

Lily ficou imaginando onde estariam aqueles livros, os que ela comprara para os próprios filhos, se haviam sido relegados à loja de caridade como tantos outros apetrechos para bebês que ela colecionara durante anos ou se estavam guardados em algum lugar no apartamento. Ou talvez Daniel os tivesse trazido para cá. Será que ele faria isso?

Francesca foi até o balcão, seu nariz no nível das tigelas caneladas de *cantucci*. Ela espiou dentro da tigela, e então ergueu os olhos para Lily.

— Não sei o que é um toca-discos. Você viu no cinema? — perguntou. — O *Peter Pan*?

Aqueles olhos. Os olhos de Daniel.

— Acho que não passava no cinema quando eu era pequena.

— E agora? — perguntou Francesca.

— Agora eu sou gente grande, não vou muito ao cinema.

Francesca pareceu decepcionada.

Por favor, não pergunte se tenho filhos, implorou Lily. Ela não suportava aquela pergunta feita por ninguém, que dirá...

— Mas você é americana? — perguntou Francesca.

— Sim, sou — respondeu Lily, ansiosa para mudar de assunto. — E quanto a você? Você é daqui? De Montevedova?

— Sou, mas um dia vou para os Estados Unidos — falou a menina, girando seus quadriz esguios. — E vou sozinha. Eu vou ao cinema e vou fazer hip-hop e não vou levar Ernesto comigo.

— Ernesto? — perguntou Lily. Não conseguiu se conter.

— Meu irmão mais novo. — Francesca suspirou. — Ele é um pé no saco.

— Você fala um inglês maravilhoso para uma menina pequena, Francesca, mas não sei se *saco* é uma palavra que você deveria estar usando.

— Meu papa me faz ter aulas e eu tenho quase 7 anos — informou-lhe Francesca. — Portanto, não sou pequena. Ernesto é pequeno.

Quase 7 anos. Lily virou de costas e procurou alguma coisa imaginária em sua bolsa. Ela não queria que Francesca visse sua cara. Quase 7 *anos*. Isso a fazia apenas um ano mais nova que Grace. Grace estaria com quase 8 agora.

Um ano depois que a perderam, quando seu mundo ruiu mais uma vez, deixando-a em pedaços que ela nunca mais conseguiria colar, só o que ela tinha para se agarrar era o trabalho. O trabalho e Daniel. Porque um a fazia parar de pensar e o outro sabia o que ela pensava. E ainda assim, naquele ano, naquele mesmo ano horrendo e hediondo, Daniel não estivera de forma alguma pensando o que ela estava pensando, não estivera sofrendo o que ela estava sofrendo. Daniel estivera vindo aqui e criando para si mesmo este universo paralelo perfeito.

Tudo o que ela sempre quis, mas sem ela.

As chamas de sua raiva perdida subiram dentro dela, lambendo-a, queimando-a. Elas exigiam ser apagadas de imediato.

— Sinto muito, querida — falou para Francesca. — Tenho que ir agora. Não tem que estar em algum lugar? Na escola, talvez?

— É verão — respondeu a menina, seu lindo sorriso sumindo. — Não tem aula.

Ela seguiu Lily relutantemente até a porta e esperou até que a guiasse para fora, mas, conforme passava à frente, aquele borrão de cores — um grupo de meninas mais ou menos da mesma idade dela, como pôde notar — voltou pela viela em uma algazarra.

Assim que as viu, Francesca entrou de novo na loja, apertando seu corpo, suas asas de fada, com força contra o corpo vazio de Lily.

Lily viu o olhar que passou como uma onda pelo grupo de garotas, sentiu Francesca se encolher para longe delas. Uma menina riu em silêncio e as demais a imitaram — aquela mesma balbúrdia esganiçada —, aí saíram correndo e se espalharam, gritando algo que Lily não sabia, mas Francesca continuou apertada contra ela.

As asas, de perto, tinham uma série de buraquinhos, como se a fada que as usava tivesse sido alvejada de tiros há muito tempo. Seu vestido, Lily percebeu, não estava tão limpo quanto poderia. Uma meia-lua fina de sujeira debruava cada unha. Seu cabelo não havia sido escovado recentemente. Quem estava cuidando dela?

Quando o som das sandálias das meninas havia sumido completamente, Francesca relaxou e saiu para a rua como se nada tivesse acontecido.

Ela se virou e, na fração de segundo em que a viu recompor a expressão, Lily percebeu que se precipitara em identificar confiança na criança.

Sim, ela a demonstrava, mas não era bem o recurso natural que Lily originalmente presumira. Na frente daquelas outras meninas, ela havia desmoronado. Como Lily queria abraçar aquele corpinho corajoso, beijar seu rosto, reconfortá-la, dizer-lhe que tudo ficaria bem, que ela valia mais do que cem daquelas meninas, mil, um milhão.

— Você vai ficar bem? — perguntou Lily, o mais casualmente que podia.

— Você vai estar aqui amanhã? — perguntou Francesca, girando novamente.

— Não tenho certeza. Mas, se estiver, espero vê-la novamente.

— Está bem.

— Foi um prazer conhecê-la, Sininho — disse Lily. — Um verdadeiro prazer. — E antes que pudesse se desgraçar e envergonhar a criança soltando o que parecia ser uma vida inteira de lágrimas represadas, ela se virou e partiu colina abaixo.

— *Ciao, ciao* — gritou-lhe Francesca. — *A domani.*

Até amanhã.

Capítulo 17

Daniel acordou no sofá minúsculo de seu quarto apertado de hotel, totalmente vestido e com uma ressaca espantosa. Seu pescoço doía, sua cabeça doía, suas costas doíam e o aroma enjoativo de perfume caro que pairava no ar o levou a crer que a mulher loura que conhecera no café não estava longe.

Ele não conseguia se lembrar de seu nome ou de como ela acabara indo parar em seu quarto de hotel.

Daniel não tinha o hábito de pegar mulheres e levá-las para casa. Ele, de todas as pessoas, sabia os perigos disso, e não podia acreditar que faria algo tão repugnante agora, quando já estava tão encrencado.

Com os ossos rangendo, ele se pôs de pé e deu uma espiada na mulher, deitada de costas em sua cama, o lençol passado frouxamente em torno dela, um braço enroscado em volta da cabeça. Ela dormia profundamente, quase completamente vestida também, e ele percebeu que era mais velha do que pensara a princípio, mais velha do que ele. Ela não cuidara do corpo tão bem quanto Lily: passara tempo demais ao sol, talvez, seu pescoço mostrando sinais que nada além de uma gola alta poderia cobrir. Mas parecia feliz, mesmo dormindo.

Deu as costas para ela e se esgueirou para a pequena varanda, puxando a porta para fechá-la atrás de si e acendendo um cigarro enquanto observava um casal de drogados parecendo zumbis cambaleantes pela rua de paralelepípedos. Ziguezaguearam desnecessariamente em volta da fileira reta de lambretas estacionadas que emolduravam o meio-fio e finalmente despencaram nos degraus da igreja na frente do hotel, como dois balões vazios.

Daniel soprou um anel de fumaça preguiçoso no ar do início da manhã e pensou em outro corpo lá em Montevedova: um corpo perfeito, na verdade, se você gostasse desse tipo de coisa, o que ele obviamente gostava, mesmo que fugazmente. Agora, olhando para trás, pensou que o que mais havia gostado naquele corpo era a facilidade com que a mulher que o habitava o fazia. Ela gostava dele, e não de uma forma obsessiva, mas de uma maneira que era boa demais para existir. Ela comia massa, pão e pizza como se pudessem nunca mais existir e devorava queijos e salames e todas as coisas das quais Lily não se aproximava porque tinham conservantes ou hormônios ou na verdade eram golfinhos ou alguma outra cascata da qual a polícia verde a convencera por meio de uma lavagem cerebral. Ele suspeitava que, para Lily, aquilo era uma desculpa para não engordar. As mulheres italianas não pareciam se preocupar em ficarem gordas. Elas achavam que curvas as deixavam mais sexies, e tinham razão, apesar de ser o não-se-importar-com-o-que-os-outros-pensam que Daniel originalmente achara tão sedutor.

Ele apagou seu cigarro. Como podia ter sido tão burro? Não, pior do que isso, tão *ordinário*? Aquele conjunto de curvas sedutoras e atitude não-estou-nem-aí haviam chamado sua atenção, claro, quando ele estava em seu ponto mais baixo. Mas ir tão longe? Era tão clichê que o deixava enojado.

— Ei, Danny? — ouviu a mulher loura chamar, com uma voz meio rouca. Ingrid, era esse seu nome, voltou aos tropeços à consciência dele junto com a lembrança constrangedora de ter contado demais a ela. Eles não haviam feito nada além de conversar e fora ele quem contribuíra com a maior parte da conversa. E com a maior parte da embriaguez. Deus, ele era tão idiota. Um idiota autocentrado, tedioso e burro. Tentou se lembrar da história de Ingrid, do que ela lhe contara. Ela era casada, ele achava, com alguém que estava em uma convenção em Roma — ou seria Milão? — e ela sempre quisera conhecer Florença, então fora para lá sozinha enquanto o marido estava na convenção.

— Ah, aí está você. — Ela sorriu quando o encontrou na varanda.

Ela estava usando um roupão branco e felpudo do hotel e havia arrumado o cabelo. Daniel não fazia ideia de como ela estaria esta manhã, ou como ele estaria. Temia o que quer que estivesse para acontecer, sentiu o nó de tensão mais duro em suas costas e nos ombros doloridos.

— Devo pedir serviço de quarto? — perguntou Ingrid, e foi uma sugestão tão descomplicada que ele quase caiu no choro. — Não sei quanto a você, mas estou desesperada por um café.

Ele começou a balançar a cabeça mas, na verdade, quando pensou a respeito, percebeu que estava com fome. Não tinha certeza se queria estar com Ingrid, mas também não tinha certeza se queria ficar sozinho. Começou a dizer que talvez devessem pedir ovos e quem sabe um Bloody Mary, mas quando abriu a boca saiu algo completamente diferente.

Ele não sabia o que estava fazendo, não só ali no quarto de hotel, mas em qualquer lugar. Em sua vida. Estava se afogando em sua vida e não podia culpar ninguém além de si mesmo, e não tinha esperanças de ser resgatado.

O que ele queria dizer àquela mulher, àquela Ingrid com o charme fácil e o sorriso caloroso, era que café da manhã era uma ótima ideia, mas o que ele fez em vez disso foi chorar, desesperada e incontrolavelmente, como uma criança. Como um bebê.

Ingrid não ficou totalmente surpresa. Ela tinha um bom instinto para pessoas e achava que ele não era alguém ruim. Estava preocupada com Daniel. E o choro também não a incomodava tanto: estava acostumada a ver homens crescidos chorarem. Tinha três filhos, todos na faixa dos 20 anos e tendendo para o lado "sensível" do espectro.

Ela esticou a mão para Daniel, guiou-o para dentro do quarto, sentou-o no sofá, passou os braços em volta dele e fingiu que ele era um de seus filhos. Era o que ela gostaria que alguém fizesse com qualquer um deles se estivessem tão infelizes assim.

Capítulo 18

— O que está acontecendo aí dentro? — perguntou Luciana, permanecendo atrás de Violetta, cuja orelha no momento estava pressionada contra a porta que dava para a *pasticceria*. — Pode ouvir o que Lily está falando para a garotinha?

— Não, não posso. Não com você berrando como uma sirene de nevoeiro atrás de mim — reclamou Violetta. — Estes ouvidos têm quase 100 anos. Eles estão cansados, dê uma folga para eles.

— Bem, você poderia comprar um daqueles trocinhos que captam até o menor som, se pelo menos levasse em consideração o que eu estava dizendo sobre os *cantucci*.

— Captar até o menor som? — gritou Violetta, furiosa. — Por que eu iria querer fazer isso? Eu mal quero ouvir a maioria dos sons, especialmente quando a maioria deles envolve você me interrogando sobre o negócio da nossa família ou aquela jovem intrometida da Fiorella Fiorucci desafiando a minha autoridade e fazendo perguntas idiotas!

— Ela dificilmente pode ser considerada uma jovem intrometida, Violetta. Ela tem 85 anos. E só estava sugerindo...

— Vou lhe dizer o que Fiorella Fiorucci pode fazer com essas sugestões! — explodiu Violetta. — Ela pode botá-las onde o macaco bota os amendoins! Ela é encrenca, aquela mulher, uma encrenca baixa, gorda e quase-oficialmente-cega-pela-cara-daqueles-óculos. Temos que nos livrar dela, e logo. Está alimentando a viúva Ercolani de conspirações como se fossem balas de hortelã. Faz a viúva Mazzetti verificar o livro de regras a cada cinco minutos por causa de acusações forjadas. Ela não é uma de nós, Luciana. Não é!

Luciana remexia indiferentemente na bainha de seu vestido.

—· Acho que ela é exatamente o que precisamos — disse. — E ela é divertida.

— Do que precisamos? *Divertida?* Bah! O que, em nome de santa Ana di Chisa, deu em você? — Ela cutucou a irmã no ombro com sua mão retorcida. — Normalmente posso contar com você para me apoiar, mas desde que aquela truta tagarela apareceu você parece ter atrelado seu vagão à locomotiva dela.

Luciana a cutucou de volta.

— Ela só apareceu ontem e o meu vagão está atrelado à sua locomotiva, Violetta — retrucou. — Vai estar para sempre mas, se eu puder impedir que a sua locomotiva saia dos trilhos e caia em um despenhadeiro profundo me levando junto, eu farei isso.

A dor no peito de Violetta ficou mais intensa.

— Por que está fazendo isso? — perguntou à irmã.

— Fazendo o quê?

— Voltando-se contra mim!

— Não estou me voltando contra você, Violetta. Estou tentando ajudá-la. Como sempre.

— Como sempre significa que você concorda comigo.

— Como sempre significa que eu digo que concordo com você. Não significa que realmente concordo.

— Não concorda?

— Nem sempre.

— Então por que diz que concorda?

— Porque acredito em você... É o que as irmãs fazem. E porque normalmente não tem importância. Mas isso é diferente. Desta vez você precisa ouvir a verdade.

— E que verdade seria essa?

— Que não podemos continuar do jeito que estamos, com os *cantucci* ou, por falar nisso, com a Liga. Nós estamos velhas, Violetta. Estamos muito velhas e envelhecemos mais a cada dia. Precisamos deixar uma luz nova brilhar ou poderemos ser extintas para sempre.

— Nós não somos velas!

— Não, mas se fôssemos estaríamos derretidas até toquinhos feios e nossos pavios mal iriam faiscar.

— Bobagem! Eu ainda poderia botar fogo em toda Montevedova se quisesse.

— Poderia fazer isso sem querer, do jeito que as coisas vão.

— Ou você está comigo ou está contra mim — disse Violetta, as batidas inconstantes de seu coração velho martelando nos ouvidos.

Luciana fungou.

— Engraçado isso. Mussolini disse a mesma coisa. E, de qualquer modo, você sabe que estou com você. Sabe disso desde...

As duas olharam para as fotos de seus falecidos maridos em cima da lareira.

— Eu estava certa — disse Violetta rispidamente. — A questão é que eu estava certa. Funcionou. Eu sabia.

— Sim, é o que estou dizendo. Você estava certa e eu estava com você na época. Tenho estado com você desde então, portanto você devia me ouvir quando digo que desta vez não tenho tanta certeza.

Ficaram em silêncio por um momento, Violetta amaldiçoando a infelicidade de que sua irmã estivesse perdendo a fé nela bem quando havia perdido a fé em si mesma. Não podia continuar sem Luciana. Não hoje. Teria que lidar com isso em outra hora.

— Queimar Montevedova sem querer? Bobagem! — falou, tentando dar um chute desanimado na direção das canelas da irmã.

— Comigo ou contra mim, sem dúvida! — fungou Luciana, tentando fazer a mesma manobra.

— Cuidado ou vai cair e eu não vou ser capaz de levantá-la de novo, sua velha idiota — advertiu Violetta.

— Bem, cuidado ou eu vou cair e não vou querer levantar de novo — veio a réplica.

O som do sino tocando acima da porta na padaria fez a discussão parar. Lily estava deixando a residência.

— Rápido, acene com sua echarpe para Ciacci. Precisamos que Del Grasso a detenha até que alguém se lembre de onde Alessandro está hoje de manhã.

Capítulo 19

Lily estava passando apressadamente pelo Hotel Adesso quando a velhinha grisalha que ela vira berrando no corredor no dia anterior saiu correndo pela porta e a agarrou pelo braço.

— Quer ficar em adorável hotel quatro estrelas? — perguntou-lhe a senhora.

— Tentei isso ontem — respondeu Lily, soltando gentilmente o braço da pegada da idosa. — Mas havia um problema com o encanamento.

— Problema? Não há problema.

— Os ralos estavam entupidos. Houve uma grande algazarra.

— Ah, isso. Alarme falso.

— Alarme falso? Eu podia sentir o cheiro dos ralos daqui da porta.

— Não há nenhum problema — insistiu a mulher, puxando-a pelo braço. — Eu prometo. Fique aqui. Muito bom. Quatro estrelas.

— A moça no escritório de turismo disse que não tem estrelas — disse Lily.

— Moça no escritório de turismo gostar de beber demais.

Lily olhou para o hotel. Parecia bom e o cheiro horrível havia desaparecido completamente, mas ela já pagara 500 euros para ficar com Violetta e, de qualquer modo, não queria pensar sobre isso agora. Ela não queria pensar em nada.

— Obrigada, mas estou bem onde estou — disse e, depois de certa luta, ela se soltou, continuando colina abaixo, amaldiçoando a hera alegre que cobria elegantemente o muro de um jardim, o turquesa desbotado de um prédio com venezianas, o charme rústico de um antigo poste de rua. Sim, Montevedova era linda. Ela já tinha entendido. Mas para que ela precisava de beleza?

Estava quase de volta ao seu parapeito seco quando o progresso foi interrompido por um grupo lento de senhoras que praticamente bloqueou seu caminho. Tantas senhoras! Onde eles guardavam as jovens?

Não importava que caminho Lily tomasse para ultrapassar o grupo desordenado, elas pareciam formar uma aglomeração bem à sua frente. Entretanto, logo antes de perder a paciência e exigir que saíssem do caminho ou se apressassem, elas pararam, entregando-a como uma ervilha por uma calha escorregadia, mais ou menos na frente da porta aberta do Poliziano, um adorável café antiquado com vista para o vale.

Um senhor grisalho estava apoiado no balcão bebericando um copo de vinho e Lily não precisou de mais encorajamento. Ela entrou, atravessando para uma minúscula sacada, que parecia a da Julieta, dando para a vista. Só tinha lugar para uma mesa e, portanto, ela se sentou, pediu um café e, depois de fingir hesitação, quando viu que eram quase onze horas, uma taça de prosecco. O café estava bom, mas o prosecco, melhor. Suas bolhinhas minúsculas pareceram alisar o vinco enorme que Francesca deixara em sua manhã.

Não era culpa da criança: ela era... Bem, Lily não queria pensar no que ela era. Ela era perfeita. Pronto. Claro como o dia. Perfeita. Mas por que seu cabelo não estava sendo escovado? Por que suas asas tinham furos? Quem estava tomando conta, ou melhor, quem *não* estava tomando conta dessa pequena Sininho maltrapilha? A certeza ausente de Lily apareceu para uma visita rápida enquanto ela bebericava o drinque. Se Daniel entrasse pela porta bem naquele momento, ela tinha certeza do que faria. Ela daria um tiro nele. No coração. E então na cabeça, depois nas bolas. E aí ela daria o que sobrasse dele para os porcos.

Pediu um segundo prosecco.

Isso reconfortou um pouco mais seu coração ferido.

A sacada na qual ela estava sentada tinha uma vista similarmente esplêndida à de seu quarto e, refletindo, Lily não conseguia pensar em por que a escolhera. Era uma mesa para dois: um lugar incorrigivelmente romântico para olhar nos olhos de um amante e ser levado pelo esplendor dos arredores.

Será que Daniel trouxe sua amante aqui?, ficou pensando. Teriam se sentado a esta mesma mesa e olhado um para o outro enquanto Francesca e seu irmãozinho ficavam em casa sozinhos? Quem era esse homem que ela conhecera tão bem por tanto tempo? Um mentiroso, um adúltero, nem mesmo um bom pai.

Ela colocou seu copo na mesa novamente. Viera até a Toscana porque queria seu marido, queria recuperar o amor que haviam partilhado um dia, queria ter de volta o que havia perdido. Mas agora ela via como fora em vão.

Uma coisa era olhar para uma foto e racionalizar a situação, mesmo que de uma forma ébria que dizia meu-marido-tem-outra-família-e-eu-tenho-que-ir-lá-e-fazer-alguma-coisa. Mas ver os resultados daquilo com os próprios olhos? Sentir aquele corpinho apertado contra o seu? Não havia como esquecer aquilo.

Ela olhou para o relógio carrilhão no canto. Ainda não era meio-dia, mas levando em conta a diferença de horário, o jet lag e suas emoções fervilhando, Lily pensou em uma terceira taça de prosecco. Tinha teor alcoólico baixo, afinal de contas. Era praticamente uma limonada. Quase não contava.

Mas algo a respeito na maneira como a garçonete (finalmente, alguém com menos de 30 anos) olhou para ela quando veio pegar seu copo vazio fez com que mudasse de ideia.

Ela pagou a conta, deixando uma gorjeta generosa e, estimulada pelo pouco de álcool que havia naquelas bolhas italianas, decidiu procurar uma lan house ou um telefone para falar com Pearl.

Pensar em trabalho fez com que voltasse um pouco mais a si mesma. Ela sabia onde estava em relação à Heigelmann's — nada havia mudado ali —, mas mal havia dado alguns passos fora do café quando ouviu alguém gritando para ela.

— *Signora! Signora Turista!*

Ela se virou e viu Alberto acenando para ela de fora da loja.

— Mais uma vez — gritou o rapaz. — Estou indo me sentar para almoçar! Pão, *prosciutto*, mozzarella de búfala, mais tomates recém-entregues pela minha avó com instruções sobre uma loura bonita.

Ela riu, mas balançou a cabeça.

— Sinto muito, Alberto, eu acabei...

Mas conforme ela falava, uma discussão explodiu da porta pela qual ela acabara de passar. Era outra confeitaria, mais cafona do que a das Ferretti, com a vitrine cheia de *cantucci* em uma miríade de sabores e um arco-íris metálico de invólucros sofisticados.

Uma mulher curvilínea com um vestido-envelope saiu da loja, quase trombando com Lily. Ela estava gritando em italiano para alguém lá dentro e chegou tão perto que Lily pôde sentir seu cheiro. Ela cheirava ligeiramente a limão e estava muito zangada, seu cabelo escuro comprido chicoteando loucamente de um lado para o outro, como o rabo de um cavalo espantando moscas.

Lily podia ter esticado a mão e puxado. Era a amante de Daniel, é claro.

— Ê, Carlotta! Criando confusão novamente! — gritou um rapaz bonito da *gelateria* do outro lado e a amante de Daniel virou-se e soltou o verbo para cima dele também.

— Carlotta, Carlotta — repetiu ele, balançando a cabeça e voltando para dentro da sorveteria.

Carlotta! Como ela ousava ter um nome tão turbulento e exótico, e bochechas infladas com tamanha paixão?

Outra mulher zangada emergiu da loja cafona de *cantucci* sacudindo o punho para Carlotta, que começou a se afastar na direção de Lily. Desesperada para evitar acabar ou debaixo de seus pés ou cara a cara com ela, Lily girou nos saltos e se apressou na direção de Alberto, que ainda estava de pé fora de sua loja observando a comoção.

— Você muda de ideia, não? — disse Alberto, dando um largo sorriso. — Os tomates da minha avó sempre fazem isso.

Lily entrou em sua pequena loja de vinhos, porém mais uma vez recusou sua oferta de almoço, apesar de parecer bastante apetitoso arrumado em um prato branco em sua mesa: o queijo dividido em pedaços e misturado a tomates recém-cortados e folhas de manjericão rasgadas, um pão ciabatta com casca em fatias ao lado. Mas a angústia coagulou no estômago dela. Sua cabeça estava martelando. Carlotta!

— Então, qual é a história com a mulher na rua? — perguntou.

— Louca — respondeu Alberto dando de ombros de forma desinteressada. — Garota legal, boa garota, mas louca. A família inteira é maluca. Ela é demitida pelos irmãos Borsolini uma vez por semana. Mas eles também são loucos. Gostaria de um copo de vinho?

Ela não conseguia perguntar mais nada, perguntar se ele sabia de Daniel ou Francesca ou do bebê gordo. Para começar, não queria demonstrar seu interesse, mas também tinha medo de que, se começasse a fazer perguntas, talvez nunca parasse. Será que Carlotta sabia que Daniel tinha uma esposa? Que o vestido de sua filha estava sujo? Que você podia ser tão louca e tão legal quanto quisesse, mas não estava certo roubar o marido de alguém, o futuro de alguém, os sonhos de alguém, a filha de alguém?

Se Alberto percebeu que ela estava distraída, não demonstrou, mantendo um fluxo constante de conversa sobre seus vinhos, as chuvas recentes, a comida local, o bar ao qual iria mais tarde para encontrar seus amigos, caso ela estivesse interessada.

Ela não estava, mas conseguiu fazer com que ele lhe contasse um pouco a respeito da cidade e se havia muito mais além do que ela já vira. A notícia foi desanimadora. Montevedova, Alberto disse a ela, na verdade só tinha duas ruas, o Corso e a rua que bifurcava na direção oposta ao parapeito. De qualquer modo, as duas se juntavam de novo na *piazza grande* no topo da aldeia, onde ele ia encontrar os amigos, caso ela mudasse de ideia.

Havia becos e caminhos escondidos entre as duas vias, explicou Alberto, mas basicamente o que Lily vira era o que tudo o que tinha.

— Todos devem se conhecer aqui — sugeriu Lily. — Devem cruzar uns com os outros o tempo inteiro.

— É de se imaginar que sim — concordou Alberto —, mas alguns gostam de ficar na deles. E o bom em uma cidade pequena é que você sempre sabe onde todas as pessoas estão, então pode evitar de encontrar com alguém se quiser.

Isso fazia muito sentido.

Lily já sabia onde Francesca e Carlotta estavam e só podia presumir que Daniel não estivesse muito longe.

Dando a entender que já tinha visto tudo que Montevedova tinha para oferecer, ela perguntou a Alberto o que podia explorar mais para longe. Ele sugeriu que fosse a uma ou outra das cidades próximas, nenhuma delas tão bonita quanto Montevedova, mas todas dignas de serem vistas de qualquer modo. Ele, então, a levou para seu porão e a guiou pela porta dos fundos, que era perto da livraria. Ela comprou um guia e se dirigiu para o carro.

Capítulo 20

Todas as viúvas se vestiam de preto dos pés à cabeça, como era esperado delas, mas conforme Fiorella observou no quartel-general da Liga enquanto esperavam por Violetta, no auge do verão aquilo não fazia o menor sentido.

— Está certo que ajuda com as expressões amargas e o cabelo feio — disse ela. — Mas pensem só no suor! Tudo bem para mim, eu tenho desconto em desodorante na farmácia, mas para vocês... O que quero saber é por que continuar de preto?

— Emagrece — observou a viúva Ercolani, apesar de realmente não funcionar assim para ela pessoalmente.

— É a coisa apropriada a se fazer — anunciou outra pessoa.

— É o que as viúvas sempre fizeram.

— É verdade — concordou a viúva Ciacci —, apesar de eu ter um segredinho para vocês. — Então, com toda a velocidade de uma stripper siciliana, ela despiu seu guarda-pó preto amorfo para revelar uma combinação rosa-shocking, agarrada no corpo e bastante curta, com um corpete atraente de renda. — É La Perla.

As outras viúvas ficaram olhando fixo, de queixos caídos.

— A cor se chama fúcsia — acrescentou ela.

— Bem, eu uso calçolas — disparou outra viúva. Ela soltou a saia, que caiu no chão com um baque, tamanho era o peso de seu tecido, e ali ficou, com um par de ceroulas azul-claras sobrando na virilha, sem combinar direito com suas meias cor da pele até o joelho, mas ainda assim, um motim de lingerie inesperada.

— O meu sutiã na verdade é branco — admitiu mais uma viúva —, todas as minhas roupas de baixo são.

— Não vejo por que vocês deveriam usar preto — disse Fiorella ousadamente. — Acho que deviam usar florais, xadrez, poás e lantejoulas. Quem é que faz essas regras idiotas, de qualquer modo?

— Na verdade, essa regra também fui eu — disse Violetta. Só a viúva Mazzetti ouvira sua batida na porta e a deixara entrar silenciosamente. — Nossas mães viúvas usavam preto, como faziam suas mães antes delas, e as delas também. É o que gostamos de chamar de respeito às tradições, Fiorella, apesar de achar que você não sabe muito sobre isso.

— Nós tornamos oficial em 1949 — disse a viúva Mazzetti. — Em 12 de abril, eu creio.

— Somos uma liga secreta, Fiorella — continuou Violetta —, nosso objetivo não é do conhecimento de ninguém fora de nossa tropa. Como um grupo de indivíduos silenciosos vestidos de preto e de luto por nossos entes queridos do jeito como sempre foi feito neste país. Podemos desaparecer na paisagem de uma maneira que não daria certo se usássemos sapatos de salto vermelhos e boás de penas. Se essa é a sua preferência, por favor fique à vontade para fazê-lo, mas não com a nossa bênção.

Na verdade, Fiorella Fiorucci tinha um par de sapatos de salto vermelhos — sua irmã o havia mandado como um presente de "desculpas por ter roubado seu marido" —, mas sentiu que não era o momento certo para falar nisso.

E, na verdade, ela o usara durante uma semana tanto na farmácia quanto durante o tempo em que ficava sentada em silêncio na frente da própria porta olhando para as pessoas, mas ninguém havia percebido.

— Senhoras idosas como nós desaparecem na paisagem independentemente do que vestimos — falou. — Só achei que não faria mal animar um pouco.

— Isso é um negócio sério — vociferou Violetta. — Estamos tentando fazer algo bom aqui, então se vocês todas por favor se vestirem e... onde está a viúva Del Grasso? Ela devia estar fazendo o relatório sobre Lily.

— Sobre Lily? Por quê? Achei que Alessandro era o *calzino rotto* — disse Fiorella.

Luciana esticou a mão para Violetta de maneira a impedi-la de socar a viúva Fiorucci na cabeça.

— Nós sabemos onde Alessandro está — falou Violetta por entre os dentes cerrados. — Temos sua agenda. Precisamos encontrar Lily e colocá-la no caminho dele para conseguir algum progresso. Se não fizermos isso, seus caminhos podem nunca se cruzar e teremos mais um desastre em nossas mãos.

Fiorella abriu a boca para dizer alguma coisa, mas a viúva Mazzetti passou o dedo pela base da garganta no sinal universal de "Se você quer continuar tendo um corpo para usar com esse guarda-pó de caxemira roxo, cale a boca agora".

O que ela estava prestes a dizer era que sabia com certeza que Alessandro não cumpria sua agenda nas quartas-feiras, mas falar agora provavelmente seria quebrar algum tipo de regra, então ela fez como mandavam e calou a boca.

Capítulo 21

Pienza era uma das aldeias que Alberto havia recomendado: uma cidade insanamente compacta e bonita, empoleirada como uma espécie de coroa medieval no topo de uma colina a meia hora de distância.

Olhar para ela era uma coisa, mas tentar entrar nela era outra. Lily circum-navegou o lugar inteiro pelo que parecia ser uma dúzia de vezes tentando encontrar um estacionamento e quase saiu no tapa com Dermott por causa de uma rotunda inexistente antes de acabar estacionando em uma rua residencial, embaixo da copa de uma enorme árvore frondosa.

A cidade era famosa por ter sido o lar de um papa do século XV que basicamente inventou a transformação estética, pelo que ela entendeu do guia. Esse papa não só havia reformado a praça central de Pienza como também construíra uma catedral deslumbrante enquanto estava com a mão na massa de seu próprio palácio papal luxuoso, que Lily pagou 10 euros para visitar.

Ele sabia o que estava fazendo. O palácio tinha uma vista para os campos nos arredores que era difícil de superar e o papa até pensara em instalar um jardim suspenso no qual o público pudesse admirá-los.

Qualquer outra coisa que Lily quis saber sobre o papa e suas inclinações ela coletou de um adolescente com espinhas que também estava no tour, que teria sido mais esclarecedor se não fosse em alemão. Ela perdera o tour em inglês, explicou-lhe Rolf, o garoto espinhento, mas para a consternação de sua mãe, ele podia ajudá-la.

Cada vez que o rapaz traduzia algo para Lily, a mãe de Rolf lhe lançava um olhar raivoso e, quando ele explicou com entusiasmo sobre o pequeno armário no qual o papa guardava suas amantes, Lily achou que a mulher poderia explodir.

Ela *estava* interessada em Rolf, mas não da maneira como a mãe dele presumia. Lily havia imaginado seus próprios meninos adolescentes desde que começara a sonhar em ter uma família — inicialmente com John Travolta, seu ídolo no começo do ensino médio. Ela achou que teria aqueles filhos a esta altura. Achava que um teria mais ou menos a idade de Rolf. E ela seria uma mãe melhor para Rolf do que essa criatura inflexível com seus olhares azedos e sons guturais de reprovação. Quem é que batizava uma criança de Rolf, para começar? Essa mulher não vira *A noviça rebelde*?

Mas então a mãe de Rolf despediu-se dela com um tapinha solidário no ombro e um sorriso tão compassivo que Lily desmoronou depois nos degraus da catedral na praça reformada da cidade. Será que ela podia ver que Lily sofria por não ter o próprio filho cheio de espinhas? Seu desespero era tão evidente?

Foi um desespero de outra espécie que acabou tirando-a dos degraus banhados de sol do duomo. O guia dizia que Pienza era conhecida pelo pecorino — um queijo local feito de leite de cabra —, então Lily se dirigiu para um dos restaurantes recomendados enfiados em uma pracinha atrás da *piazza* e pediu pecorino grelhado com nozes e mel.

Como regra, ela não comia queijo, éntão ficou empurrando o pecorino pelo prato enquanto terminava meia garrafa de vinho. Mas a dor que as bolhas de prosecco haviam afastado tão alegremente mais cedo naquele dia não deu sinais de diminuir tão facilmente com o vinho riesling.

Conforme os momentos passavam na pequena trattoria, pensamentos sobre Francesca, Rolf e a Pequena Grace quicavam em sua mente como gotas de chuva grossas nos paralelepípedos do Corso. Continuou tentando se livrar deles, mas assim que conseguia se afastar de um, outro vinha respingando em seu lugar.

Ela não devia ter tirado a foto de dentro do sapato. Não devia ter ligado bêbada para Rose. Ela não devia ter caído nas garras do Turismo de Pileque. Não devia ficar sentada ali e entornar outra meia garrafa. Se não tivesse entornado as que entornara em casa, poderia estar ainda em uma reunião com o Financeiro, tentando decidir quem eles podiam se dar ao luxo de despedir e quem eles podiam se dar ao luxo de manter, onde podiam cortar custos nos estados problemáticos de Maryland e Delaware, em vez de ficar sentada ali brigando com nozes e tentando não pedir mais vinho.

No final, Lily decidiu ir a algum outro lugar para fazer isso, perambulando para o outro lado da *piazza* principal até encontrar outra trattoria que tinha um terraço ao ar livre exibindo mais uma fatia suntuosa dos campos da Toscana. Através das árvores retas como soldados que cresciam na borda do terraço, ela podia ver pastos inclinados caindo para uma colcha de campos de feno perfeitamente aparados, seus rolos de feno gigantes descansando em distâncias iguais, e orgulhosos entre o verde das uvas e azeitonas vizinhas.

Do outro lado do vale ela podia ver pelo menos mais três cidades nos topos das colinas, suas torres de igreja e *palazzos* cortando casualmente o horizonte como se fortalezas medievais e campanários fossem perfeitamente normais, o que, ela supunha, eram. Será que a Toscana não se cansava de ser tão ridiculamente linda?

Ela pediu mais pecorino com nozes e mel e mais riesling. Isso a ajudaria a criar um plano. Algo que ela agora precisava mais do que nunca e o que prometeu a si mesma e que estaria pronto e acabado quando a garrafa estivesse vazia.

Obviamente, quando encontrasse Daniel, ela não ia realmente dar um tiro nele. Então o que iria fazer? Sem lá muita experiência em teatro, era difícil imaginar a cena. Seria desagradável, isso era difícil evitar, mas não seria barulhento. Ela exigiria o divórcio tranquilamente, supunha. Divórcio. Não havia realmente pensado nisso até agora. Não realmente. Mas sentada ali, naquele momento, tendo conhecido Francesca e não sendo mãe de Rolf, parecia inevitável.

Ou não seria? Ela se serviu de outra taça. Não queria se mudar do apartamento da 72. Ela amava os closets. O dela era perfeito. Podia encontrar o que quisesses só com uma olhadela. Também tinha um bom custo-benefício, não que ela tivesse que se preocupar com isso, mas ser capaz de poder ver todas as suas lindas roupas a lembrava constantemente de coisas que ela esquecia que tinha, o que significava que comprava poucas peças novas ou pelo menos raramente tinha duplicatas.

Será que poderia manter seu casamento por causa de espaço no closet? Coisas mais estranhas já haviam acontecido, tinha certeza. Era só que ela não tinha uma coleção tediosa de sapatos, como Daniel: ela tinha uma coleção de sapatos magnífica. Os dela eram todos ordenados por cor e armazenados em compartimentos individuais. Usá-los não era importante, ela ficava entusiasmada só de olhar para eles. A questão era: será que ela podia ignorar todo o problema da plastificação só para mantê-los assim?

De qualquer modo, se eles se divorciassem, Daniel teria que se mudar. Ela ainda podia se dar ao luxo de manter o apartamento. Ficaria nele sozinha, mas já estava nele sozinha boa parte do tempo de qualquer modo. Nunca se incomodara com isso. Ela nunca se incomodara com o fato de Daniel estar lá e com as ocasiões em que ele estava fora.

Ser divorciada poderia não mudar nada além de lhe dar a oportunidade de dobrar sua coleção de sapatos, mudar-se para o lado dele do armário.

Esqueça manter o casamento por causa de espaço no armário. Será que poderia por um fim nele pelo mesmo motivo?

Ela não tinha certeza. E havia algo errado nisso. Havia algo errado com ela não se importar se Daniel estava lá ou em outro lugar. Ela o amara de todo coração e alma e, apesar de não ter certeza se ainda o amava, sabia que nunca realmente decidira não amá-lo. Então o que diabos havia acontecido? Como uma mudança tão gigantesca havia ocorrido sem sua permissão? Não, pior do que isso, sem ela nem mesmo perceber.

Ela tinha muitas coisas para descobrir e nenhuma delas estava ficando mais clara, então pediu outra meia garrafa de vinho, um vinho de sobremesa e, como pareceria inadequado não comer sobremesa, pediu uma dessas também.

— Tiramisu? — sugeriu o garçom enquanto ela folheava o menu com os olhos um pouco turvos. Ela supôs que era isso que a maioria dos americanos pedia.

— *Sí, grazie* — respondeu Lily com um aceno breve.

Quando o tiramisu chegou, logo depois, ela o empurrou para longe sem nem mesmo mergulhar a colher nele e concentrou-se em vez disso no vinho e em seu plano.

Ela podia se divorciar de Daniel ou não, o que quer que decidisse, e parecia não importar. Isso parecia desanimadoramente inconclusivo. Mas conforme a luz da tarde diminuía para noite ao longo das colinas, o que finalmente ficou claro era que o que quer que fosse fazer, ela não precisava realmente encontrar Daniel para fazê-lo.

Ele não era um requisito em seu futuro imediato.

Ela podia simplesmente voltar para seu quarto na casa de Violetta, fazer as malas e voar direto para casa em Nova York. Fim da história.

Se decidisse manter o que tinha, Daniel nunca precisaria saber que ela estivera na Itália. Se decidisse que queria o espaço do armário dele, ela podia falar com um advogado antes que ele voltasse e começar os trâmites.

Ela não precisava ver seu marido de novo nunca mais.

Lily deixou aquela possibilidade se assentar completamente, mas ela pareceu apenas quicar pela superfície vítrea de seu coração, apenas quebrando-a um pouco, sem nunca mergulhar em suas profundezas sombrias.

Tentou imaginar Daniel como ele costumava ser, da forma como ele era quando ela não conseguia se imaginar um minuto sem ele, que dirá uma vida inteira. Ele costumava olhar para ela como se Lily fosse a mulher mais linda do mundo, e ele o cara mais sortudo. Ela sabia que isso era verdade, vira aquele olhar mil vezes, mas agora, sentada nos quarteirões dos fundos de Pienza enxugando seu copo, não conseguia enxergá-lo assim, por mais que tentasse. Só o que conseguia ver era seu cinto Prada com um quadril largo na frente e a perna listrada de um bebê gordo presos a ele.

Um bebê gordo. Não vá por esse lado, urgiu ela. Não agora. Apenas não vá.

— *Grappa, signora?* — perguntou o garçom, levando tranquilamente a garrafa de vinho vazia, mas deixando o tiramisu.

Lily olhou para ele surpresa. Não podia acreditar que terminara o vinho. Parecia que acabara de dar o primeiro gole.

Ela estava absolutamente sóbria, mas ainda assim inacreditavelmente sedenta. Insaciavelmente sedenta. E ainda não havia elaborado o plano. Ela precisava finalizar o plano. *Grapa* era uma aguardente, ela sabia, e, apesar de geralmente se manter longe dessas coisas, achou que fecharia perfeitamente sua refeição completamente não comida.

Ela sorriu serenamente.

— *Sí, grazie* — murmurou.

A *grapa* tinha gosto de removedor de tinta. Era tão forte que seus olhos se encheram de lágrimas quando a levantou perto dos lábios. Quase não conseguiu dar um gole, apesar de, no final, ter conseguido. O segundo copo desceu com muito mais facilidade.

O bom é que não haveria estigma atrelado ao divórcio de Daniel, porque quase todo mundo se divorciava hoje em dia. E não haveria estigma atrelado a ficar com ele, porque ninguém iria saber o que ele havia feito.

Ninguém sentiria pena dela, murmurando por cima das velas nos jantares que ali estava Lily, a pobre esposa estéril, trabalhando dia e noite para manter o marido na moda, enquanto ele brincava na Itália, arrumando para si tudo o que havia prometido a ela.

Se não soubessem o que ele havia feito, a vida continuaria como sempre foi. Daniel teria seus amigos e seu golfe e suas viagens para a Itália, e Lily teria seu guarda-roupa, sua ginástica, seu dia de 16 horas no escritório. Este era o mundo que ela construíra para si. Este era o mundo que ainda permanecia de pé, que podia permanecer de pé, intocado pela traição de Daniel, se ela decidisse que era o melhor.

Ela podia continuar vivendo daquele jeito, sabia que podia. Mas a imagem de uma menina de olhos verdes, pele olivácea e pernas compridas apareceu em sua mente.

— O que há de errado com você? — perguntara Francesca.

Lily afastou a imagem e olhou para o tiramisu.

— Não continue sendo essa pessoa tão fria e solitária — disse o doce, dando-lhe um susto tão grande que ela gritou.

O garçom largou uma bandeja de bebidas na mesa mais próxima e veio correndo.

— *Signora*, está tudo bem? — perguntou, olhando em volta, confuso.

Lily olhou para o tiramisu novamente, a boca aberta, enquanto o creme em cima cintilava.

— Não é você de verdade — disse ele.

Ela pulou para fora da cadeira e afastou-se da mesa como se o tiramisu estivesse prestes a dar continuidade à conversa com um ataque físico.

— Há algo errado com a sua sobremesa? — perguntou o garçom.

Se havia algo errado? A sobremesa havia *falado* com ela.

— Você viu isso? Você ouviu? — perguntou Lily a ele. — Não ouse falar comigo assim! — falou para o tiramisu.

— Como disse, *signora*? Só perguntei se havia algo errado com a sobremesa.

— Não, você não — falou Lily. — Aquilo. — Ela apontou para a mesa. — Aquilo.

— Posso lhe trazer um copo d'água, *signora*? Ou talvez chamar um táxi?

O garçom não estava mais do lado dela, Lily podia ver. Ele chegou para trás, irritado. Dois casais sentados à outra mesa tiraram os olhos dela e começaram a sussurrar entre si. O tiramisu brilhava de uma maneira afetada e continuou resolutamente calado.

— É, você está certo, está na hora de eu ir embora — disse Lily, jogando dinheiro demais na mesa. — O queijo era gorduroso demais, eu acho... Sinto muito. Obrigada. Adeus.

Ela tropeçou para a pracinha, desceu uma via sinuosa e emergiu no ar frio da praça principal, que se esvaziava, onde o choque deu lugar à tontura, à confusão e à vergonha. Teve que se apoiar na pedra quente do palácio do papa para se equilibrar. Aquela *grapa*!

Acabou cambaleando até uma fonte em um canto da praça e tomou um longo gole de água. Deveria ter bebido água o dia todo. O que havia de errado com ela? Todo mundo sabia que depois de um voo longo você fica desidratado e precisa se cuidar. Todos aqueles doces no café da manhã e os pratos de pecorino — não importava que ela não tivesse comido nada daquilo. A questão não era essa. A questão era... ah, que se danasse a questão. A questão não era a questão. Não havia questão.

O tiramisu havia falado com ela. Isso era ruim. Isso era muito ruim. Ela bebera três meias garrafas de vinho (ou seriam quatro?) e um pouco de *grapa* e então o tiramisu havia falado com ela.

— Eu devia ter comido o maldito negócio — disse Lily para si mesma. — Isso o teria feito calar a boca.

— Como disse? — Um senhor inglês idoso que por acaso estava passando com a esposa achou que ela havia falado com eles. — O que foi?

— Não é nada — resmungou Lily, horrorizada ao ouvir sua voz soar arrastada. — Está tudo perfeitamente bem. Mesmo.

O homem empurrou a esposa protetoramente para longe, olhando para Lily por cima do ombro enquanto a observava.

— Acho que ela bebeu demais, querido. — Lily ouviu a mulher dizer, para sua completa mortificação.

Era culpa da *grapa*. Ela estaria bem se tivesse ficado só no vinho. A *grapa* fora forte demais e perturbara seu equilíbrio. Ela só precisava encontrar o carro e voltar para a casa de Violetta para se deitar naqueles lençóis crepitantes cor de damasco. Havia se entusiasmado elaborando seu plano e fora tolice aceitar uma aguardente de estômago vazio. Ela só precisava dormir, aí tudo ficaria bem.

Quando se sentiu firme o suficiente sobre os pés, ela refez seus passos e milagrosamente encontrou o carro, fracassando nas primeiras tentativas de enfiar a chave na fechadura, mas finalmente abrindo a porta e escorregando para o banco do motorista.

Enfiou a chave na ignição, mas não conseguia encontrar a luz e, enquanto se apoiava sobre o painel, apertando comandos e botões diferentes, Dermott se iluminou como uma árvore de Natal.

— Por favor, por favor, eu lhe imploro, não varra isso para debaixo do tapete — disse ele com seu sotaque irlandês. — Por favor, por favor, eu lhe imploro.

— Você só pode estar brincando comigo! — gritou Lily, desabando em cima do volante, os braços passados em volta dele, a cabeça caindo por cima dos braços. Era demais. Era tudo demais. Todo mundo estava contra ela: Rose, Daniel, Carlotta, o tiramisu e agora até mesmo Dermott, a quem ela confiava sua vida. Sua vida! — Achei que você era meu amigo — falou a ele, cansada. — Você deveria ser meu amigo.

Ele não respondeu, mas não precisava. Lily sabia quando estava derrotada. Ela fechou os olhos e dormiu.

Capítulo 22

Violetta recostou-se em sua cadeira e perguntou-se se jamais ficaria de bom humor de novo. Tudo doía.

— Conte-nos o que aconteceu mais uma vez — pediu, cansada, para a viúva Del Grasso.

— Eu lhe disse, Lily foi ao Poliziano e tomou duas taças de prosecco, aí ficou retida enquanto a *signora* Borsolini demitia um certo alguém novamente, mas acabou na loja do Alberto, como havíamos planejado.

— Bem, se ela acabou na loja do Alberto como havíamos planejado, por que não sabemos onde está agora?

— Esperei do lado de fora o máximo que pude — disse a viúva Del Grasso —, mas a natureza chamou e eu saí só por um instante. Usei o banheiro da loja de suvenires e aí acho que eu, bem, eu fiquei confusa e então, eu, então ela... uma pessoa só consegue se segurar por algum tempo, sabe.

— Sei, sei — disse Violetta impacientemente. Quem entre elas podia dizer por quanto tempo ou não uma pessoa conseguia se segurar hoje em dia? — Está tudo bem, viúva Del Grasso, é claro que está, mas, viúva Mazzetti, fico imaginando se precisamos de uma nova regra para cobrir essa questão de ir ao banheiro. Isso não vai se tornar mais fácil daqui para a frente.

— Você e suas regras! — gargalhou Fiorella. — Que tal uma regra para impedir mais regras? Só podem comer *cantucci*, têm que se vestir de preto, não podem ir ao banheiro enquanto estão xeretando, e o que mais?

— Você tem que ter conhecido o amor verdadeiro de um homem decente — intrometeu-se a viúva Mazzetti, que levou a pergunta a sério. — Na verdade, essa é a primeira.

— É, eu já entendi — disse Fiorella.

— Para se beneficiar do trabalho da Liga, para se qualificar como *calzino rotto*, você tem que ter um bom coração e uma consciência limpa — continuou a viúva Mazzetti.

— Uma consciência limpa? Hum. Complicado. Sim, mas compreensível.

— E nossa ajuda é uma oferta especial apenas uma vez — acrescentou a viúva Pacini. — Essa é bem recente.

— O que isso quer dizer?

— Tem a ver com uma adorável costureira que encontramos para um criador de porcos perto de Aquaviva — explicou a viúva Mazzetti. — No final de novembro de 1982, se minha memória não me falha, e foi uma parelha extremamente boa. Teriam sido muito felizes, mas ele deixou a pobre mulher quando ela ficou doente e foi aconselhada a parar de comer carne.

— Ordens médicas — gritaram duas outras viúvas simultaneamente. Elas viviam com medo de que a mesma coisa acontecesse a elas.

— O criador de porcos disse que havia algumas coisas que ele não podia aceitar — continuou a viúva Mazzetti —, e a recusa em comer carne de porco era uma delas.

— Ele voltou a ser triste e solitário — acrescentou Luciana —, mas começou a soltar indiretas a torto e a direito para todo mundo que encontrava sobre estar à procura de outra esposa, mas uma com intestinos melhores. Isso causou uma bela comoção.

Uma bela comoção, sem dúvida. Duas das viúvas (as duas que mais gostavam de produtos suínos, é necessário dizer) queriam dar a ele outra chance, quatro outras queriam matar essas duas, e toda a questão de quem merecia amor e quem não merecia foi debatida ardentemente durante semanas.

— O resultado final — explicou a viúva Mazzetti — foi que votamos uma regra declarando que iríamos ajudar os de coração partido uma vez, mas, se eles estragassem tudo, estariam por sua própria conta.

— Uma cláusula separada — acrescentou Violetta —, apresentada por Luciana, apoiada por mim, amplamente aceita e acrescentada como uma nota, foi que o amor tem a ver com abrir mão.

Ela olhou para sua irmã, que olhou direto de volta. Elas mal haviam trocado uma palavra civilizada desde a briga a respeito dos *cantucci*. Era tudo o que Violetta precisava: outro nó na garganta.

— E se ela tivesse escolhido por conta própria não comer carne? — perguntou Fiorella. — Essa esposa do criador de porcos de Aquaviva. Aí teríamos mais compaixão pelo criador de porcos?

— Sim, é claro — disse metade das mulheres no aposento.

— Não, de jeito nenhum — disse a outra metade.

Outro debate inflamado estava prestes a começar e não de um jeito bom, então Violetta chamou a atenção do grupo com um único berro.

— Conviria a todas nós lembrarmos — continuou ela, bastante ameaçadoramente, com um olhar fulminante para Fiorella em particular — que, quando uma única meia some, às vezes nunca é encontrada. Isso é uma catástrofe para a meia que sobra. Acabamos de deixar essa meia escapar da nossa rede, portanto agora não é hora de ficar causando problemas e procurando cabelo em ovo. Agora é hora de consertar esse desastre.

A viúva Del Grasso aproveitou a oportunidade para escapulir para o banheiro e dar uma boa chorada. Eram seus olhos, seus malditos, turvos e débeis olhos. Ela havia sentado em cima de seus óculos no mês anterior e não tinha dinheiro para comprar um par novo. A verdade era que, depois de ter ido ao banheiro, achou que seguia Lily para fora da loja de vinhos de Alberto. No entanto, estava praticamente dentro de uma das máquinas de lavar na Laundromat do outro lado da cidade antes de perceber que a pessoa que estava seguindo na verdade era muito mais jovem, muito mais baixa e tinha o cabelo muito mais ruivo do que Lily.

Era culpa das calças brancas. Ela simplesmente seguira as calças brancas e esse fora seu erro.

No aposento principal, a porta atrás da pia batismal se abriu de supetão e a viúva Ciacci entrou apressada, arfando e com o rosto vermelho. Ela havia passado as últimas horas procurando Alberto, seu neto, e finalmente o encontrara em uma casa de pôquer atrás da *piazza grande*. É claro que ele sabia para onde a *bella* loura havia se dirigido, falou orgulhosamente para a avó.

— Ela está em Castelmuzio — relatou a senhora, sem fôlego, a suas amigas. — Ou Montefollonico. Ou Pienza.

— Minha irmã mora em Castelmuzio — disse uma viúva. — Posso fazer umas perguntas discretas a ela.

— Conheço o padeiro em Montefollonico — disse outra. — Posso falar com ele.

— Meu primo é garçom em Pienza — comentou a viúva Del Grasso, entrando novamente na sala, com os olhos vermelhos, mas esperançosa de poder desfazer um pouco dos danos que havia causado. — A mulher dele é meio briguenta e não vai gostar se eu ligar tão tarde, mas posso tentar, de qualquer modo.

Capítulo 23

Ingrid e Daniel sentaram-se cada um de um lado da mesa ao ar livre na Piazza della Signoria. Ambos haviam pedido atum grelhado com molho de aspargos, mas só Ingrid estava comendo.

— Sabe, acho que Florença pode ser meu lugar favorito no mundo inteiro — disse ela, tomando um gole de seu vinho.

— E para você?

— Não tenho certeza — respondeu Daniel, empurrando sua comida pelo prato. Ele não tinha apetite para nada.

Ingrid o olhou de esguelha, avaliando se ela devia enfiar outro remo em águas turvas ou deixá-lo quieto. O surto emocional inicial de Daniel havia acabado sem explicações. Ele simplesmente parara de chorar, pedira licença e voltara meia hora mais tarde parecendo perfeitamente normal.

Ainda assim, na opinião dela, Daniel Turner era um exemplo de homem ferido saindo-se quase bem em segurar as pontas. Ele tinha um bom coração, ela podia ver isso tão facilmente quanto conseguia notar que um abacate estava maduro apenas ao apertá-lo. Mas ele estava com problemas.

Parte dela, a parte de férias, só queria aproveitar o almoço com um homem bonito e então passear pela Ponte Vecchio até os Jardins de Boboli como uma turista normal. Mas outra parte, a parte maternal, queria saber o que havia acontecido com ele e se havia algo mais que ela pudesse fazer.

Ingrid se lembrou de um dia em uma parte mais obscura de seu passado, quando havia abandonado seus filhinhos em casa sem supervisão e corrido para um parque próximo onde se escondera em um banco, soluçando, até sua vizinha idosa por acaso encontrá-la. Ela os teria deixado para sempre, achava, se não fosse pelo conselho sábio da Sra. McArthur de que às vezes chegar ao fim do dia sem matar ninguém era o melhor que acontecia — mas isso ainda era muito bom.

Elas haviam ficado de mãos dadas, ela e a velha vizinha viúva até Ingrid sentir a volta de uma pequena falha sísmica de amor por seus filhos barulhentos e o marido distraído. Aí as duas foram para casa e a Sra. McArthur a ajudara a alimentar e a dar banho nos meninos e colocá-los na cama.

Às vezes, pensou Ingrid, você só precisa que alguém lhe diga que não cometer um crime hediondo já é uma realização incrível.

Ela largou o garfo e a faca e inclinou-se por cima da mesa para pegar o queixo de Daniel com a mão, levantando os olhos dele a encontrarem os dela.

— Olhe para mim — instruiu. — Não estou interessada em dificultar nada para você, então pode simplesmente relaxar, está bem? Vou encontrar meu marido, a quem adoro, em Milão quando a conferência terminar e você nunca mais vai me ver ou ouvir falar de mim. Enquanto isso, porém, eu gostaria de curtir meu almoço absurdamente caro nesta parte sensacional do mundo, então só me agrade um pouquinho, por favor?

— Sinto muito, Ingrid — disse Daniel, tirando o rosto da mão dela. — Sinto mesmo. Apenas não sou boa companhia neste momento.

Ela pensou em perguntar se ele queria seu conselho, mas decidiu que o daria de qualquer jeito.

— Você é um homem bonito e charmoso no auge da vida, Daniel. Deveria ser a melhor companhia. Quer me contar o que está havendo de errado? Estou há 53 anos no planeta, 30 deles bem-casada com o mesmo indivíduo imperfeito, mas amoroso, e sei de uma ou duas coisas. Talvez possa ajudar.

Ele gostou que ela dissesse sua idade porque certamente não parecia ter 53 anos. Ele sorriu e, conforme o rosto relaxava, outra parte dele também relaxou.

— Você diz que é bem-casada, mas está aqui em Florença comigo — falou, meio brincando.

— Não estou "com" você de uma maneira que iria preocupar meu marido — disse Ingrid. — Estou preocupada com você. E não falei que meu casamento era perfeito, nenhum casamento é, na verdade, mas o meu é definitivamente feliz. Como chegamos lá é problema nosso. Eu tenho as minhas manias e sem dúvida Richard tem as dele, mas a questão é que nós chegamos lá.

Daniel podia ver com tamanha facilidade Ingrid e seu marido médico rindo enquanto comiam uma travessa de pasta e bebiam uma garrafa de vinho tinto em sua grande e calorosa casa em Boston, os filhos passando para visitar seus antigos quartos, trazendo namoradas, roupa suja, histórias sobre a vida fora do ninho. Ele a invejava. Ele invejava todos eles.

— Minha esposa não pôde ter filhos — contou Daniel. — Tentamos durante anos, mas por algum motivo não era para ser.

— Sinto muito saber disso — disse Ingrid.

— Tentamos adotar — continuou ele. — Particular, por meio de uma agência. Por meio de três, na verdade. Durante alguns anos, toda vez que o telefone tocava, eu juro... — Ele parou, lembrando-se da cara que Lily fazia quando a ligação era inevitavelmente sobre alguma outra coisa que não uma mulher grávida querendo que eles fossem pais de seu bebê que estava para nascer.

— Ela queria ser mãe mais do que tudo no mundo, e isso simplesmente nunca aconteceu.

Ingrid empurrou seu prato para o lado, pensando na facilidade com que produzira aqueles três meninos sensíveis.

— Não posso imaginar como isso foi difícil — disse ela.

— Fica pior — continuou Daniel. — O telefonema finalmente veio um dia. Brittany, de Chattanooga, Tennessee, tinha visto nossa ficha e escolhido Lily e eu para criarmos seu bebê, então um mês depois nós fomos para lá, dirigimos direto para o hospital e conhecemos nossa filha recém-nascida, Grace.

— Ah, Daniel! — O sorriso dele partiu o coração de Ingrid.

— Só de ver Lily pegando aquele pacotinho... Ver que ela finalmente tinha o que havia sonhado por tanto tempo e se esforçado tanto para conseguir... Deus!

Ele parou. Afastou a lembrança.

Ingrid pensou em esticar o braço e pegar a mão dele, mas em vez disso ficou em silêncio, pronta para ouvir.

— Nós a visitamos, a bebê, durante os dias seguintes no hospital e então pudemos levá-la para esse lugarzinho que Lily havia alugado, todo bonitinho e com carinha de casa, sabe, com uma cadeira de balanço e... de qualquer modo, ela tinha tanto talento, a minha esposa, que você teria jurado que ela já tinha vários filhos. Era incrível de ver, de verdade. Eu estava admirado com Lily. Era como ver uma pessoa completamente diferente. Ela simplesmente foi feita para ser mãe.

Ela estava com Grace, de 6 dias de idade, em uma bolsa canguru passada pela frente do corpo quando veio o telefonema do advogado de Brittany. Daniel estava fazendo um lanche na cozinha e Lily estava no jardim.

De acordo com a lei do Tennessee, no sexto dia de vida de um bebê, os novos pais podem se tornar guardiões legais, o primeiro passo para a adoção. Daniel e Lily iam ao escritório do advogado para assinar os papéis naquela tarde.

Mas no sexto dia de vida de um bebê, a mãe biológica também podia mudar de ideia, e foi isso que Brittany fez. Ela mudou de ideia.

Como o advogado explicou, a avó materna de Brittany não fora informada sobre a gravidez, mas de alguma forma ficara sabendo e então fizera uma visita à sua neta. Colocara então na menina de 22 anos o temor a Deus sobre abandonar seu "problema" com completos estranhos.

Brittany morava em um trailer com o namorado desempregado, que não era o pai de Grace. Ela havia dito à Lily que queria fazer faculdade e se tornar professora, mas que não podia fazer isso com um bebê, e que queria que sua filha tivesse uma vida melhor do que a dela.

Ainda assim, tinha mudado de ideia.

Daniel não conseguia deixar de pensar nisso sem ver sua esposa encurvada por cima daquela bolsa canguru, o som saindo dela baixinho, para não assustar Grace, mas de algum lugar tão fundo que ainda fazia os pelos na nuca dele se eriçarem.

Lily queria pegar o bebê e fugir, ir para o México ou para a Austrália ou para algum lugar, qualquer lugar, onde ela pudesse manter o que havia descoberto na semana em que fora mãe de Grace.

Daniel dissera pouco, sabendo que essa era uma solução impossível, sabendo também que, independentemente de como ela se sentia naquele momento, sua mulher no final não privaria Brittany de sua própria maternidade.

No final, Daniel pensou, ela ficaria calada e o deixaria levar a Pequena Grace para o escritório do advogado para que pudessem entregá-la como se fosse um pacote bem-embrulhado sendo devolvido a uma loja.

Estava certo. As lágrimas de Lily secaram, ela embalou todas as coisas do bebê e eles dirigiram em um silêncio vazio pela cidade até o prediozinho feio onde Brittany estava esperando. A avó estava lá, carrancuda e parecendo perigosa, enquanto o rosto de Brittany permanecia branco como leite enquanto ela pegava Grace adormecida desajeitadamente em seus braços.

— Mantenha-a segura — falou Lily, e foi só.

Eles entraram no carro e dirigiram, novamente em silêncio, direto para o aeroporto, parando uma vez para Lily vomitar, e uma segunda para ela se desfazer da cadeirinha para o carro que haviam trazido e usado duas vezes: uma para levar Grace do hospital para casa e outra para devolvê-la para quem sabe o quê.

Lily a colocou cuidadosamente em uma caçamba de lixo do lado de fora de uma lanchonete.

— Não vamos precisar disso — falou quando voltou para o carro e não disse mais muita coisa pelo resto da viagem. Ou do dia. Ou, na verdade, da semana seguinte.

Ela se calou definitivamente. E assim permaneceu.

Capítulo 24

Lily acordou ao amanhecer com o emblema da Fiat do meio do volante gravado em sua bochecha e um torcicolo que nenhum osteopata no mundo cristão seria capaz de consertar sem remover a cabeça de seus ombros, um dos quais, aliás, estava congelado em uma corcunda perto da orelha.

Sua bexiga estava tão cheia que doía. O interior de sua boca parecia um capacho de cortiço que nunca fora sacudido, que dirá limpo. Até seu cabelo doía.

Esses eram seus problemas físicos atuais, mas não eram, sob a luz fria do dia, os maiores.

Essa honra ia para o fato de que bebera a ponto de discutir com uma sobremesa de creme e começar um relacionamento com seu GPS.

Lily não conseguia imaginar-se mais envergonhada até ouvir o *tap-tap-tap* de alguém batendo na sua janela. Ergueu os olhos para ver, com um horror abjeto, que era mais uma vez Alessandro, o italiano da camisa de linho de onde quer que ela tivesse chegado na horrorosa, horrenda, odiosa Toscana.

Instintivamente, ela arrancou o fio de energia de Dermott do isqueiro do painel para mantê-lo em silêncio e pelo menos conseguiu baixar a janela sem problemas.

— Então você nunca encontrou Montevedova — disse Alessandro com um sorriso. — Talvez devesse ter me seguido, afinal de contas.

Lily abriu a boca para falar, mas sua língua estava colada no topo dela.

— Talvez eu possa ser de alguma ajuda agora — ofereceu Alessandro.

A língua dela ficou onde estava enquanto seu cérebro tentava avaliar as opções.

Ela podia afirmar mais uma vez sua independência e ir embora de carro, deixando Alessandro em uma nuvem de gás carbônico. Ele era um estranho, afinal de contas, e ela tinha sua dignidade para levar em conta.

Um pequeno mas violento arroto escapou dela.

Ela fechou os olhos e sentiu o mundo girar.

Sua dignidade, precisava admitir, no momento estava fora de cogitação.

Ela não tinha plano, seus cabelos pareciam um ninho de passarinho e seu exterior anteriormente frio agora estava decididamente quente e pegajoso. Ela desistiu. O lindo italiano estava oferecendo ajuda e a coisa mais fácil a fazer era aceitá-la.

Ela abriu os olhos novamente e fitou os dele, identificando desta vez aquela intensidade que tivera dificuldade de determinar na primeira vez em que o vira. Tristeza. Enterrada bem no fundo da superfície lisa de sua pele olivácea, mas tão óbvia para ela naquele momento quanto se fosse um casaco de pele de carneiro.

— Eu encontrei, na verdade... Montevedova, quero dizer — coaxou ela, conseguindo dar um sorriso pesaroso. — Mas acho que a perdi de novo. Um caso de *vino* demais e pecorino de menos, temo.

— Ahá, bem, então sou Alessandro D'Agnello, a seu dispor — disse Alessandro novamente, com um aceno de cabeça deferente.

— Lily, Lillian, precisando de qualquer coisa — falou ela e esticou a mão pela janela para ele apertar. Em algum momento da noite ela havia tentado tirar o sutiã sob a camiseta de manga comprida e ele estava saindo pela manga, embolado em seu pulso.

Ambos olharam para a peça, ela com horror, ele achando divertido.

Mas Alessandro era impecavelmente educado.

— Não estamos longe da minha *villa* — disse ele, desviando os olhos para o rosto dela e mantendo-os lá. — Quer tomar café comigo? Eu faço um café excelente e estou precisando de um. Passei a manhã meio que pintando o pato.

— Bancando o pato — sugeriu Lily.

— Um pato estranho, de qualquer modo — concordou Alessandro. — Recebi um telefonema muito cedo hoje de manhã para encontrar um mensageiro, como acho que a mulher disse, em um endereço nesta rua, mas não há ninguém aqui. Ninguém além de você — falou e sorriu para ela.

Ela sorriu de volta, abatida.

— Então, posso convencê-la a tomar um espresso matutino comigo no caminho de volta para Montevedova?

— Na verdade, pode sim — disse Lily. — Isso seria adorável.

— Excelente — disse Alessandro. — Só me siga. E se você se perder, apenas encoste o carro e eu a encontrarei novamente. Parece que tenho talento para isso.

— Não diga uma palavra — falou Lily a Dermott enquanto entrava na estrada atrás do Range Rover preto. — Nem uma palavra.

De volta às proximidades de Montevedova, a *villa* de Alessandro ficava aninhada em um bosquezinho de árvores no final de uma entrada de lascas de pedra branca.

— Gostei da sua casa — elogiou Lily, quando saiu do carro.

— Está aqui há muito tempo?

— Há uns 576 anos — respondeu Alessandro, guiando-a na direção da porta da frente. — A casa, quer dizer, não eu. Pertencia à família do meu pai, mas foi perdida em algum momento no século XIX. Eu a comprei de volta há alguns anos e a tenho restaurado.

— Foi perdida? — perguntou Lily enquanto eles andavam pela entrada grandiosa e depois atravessavam para uma cozinha surpreendentemente acolhedora nos fundos. Havia eletrodomésticos de última geração cintilando onde quer que ela olhasse, mas ainda assim as bancadas estavam cheias de tigelas de frutas, legumes e ervas, e havia alguma espécie de torta em um pedestal, recém-salpicada com açúcar de confeiteiro. Era um espaço que parecia ser usado e muito apreciado.

— É, meu tataratataravô entrou em uma briga com um vizinho vilão por causa de um cavalo — respondeu Alessandro —, e na vendeta que se seguiu, perdeu a casa, duas de suas filhas e, no final, a sanidade.

Lily riu. Vilão? Essa era uma palavra que ela não dizia com muita frequência. Sua risada se esgotou, no entanto, quando viu a expressão de Alessandro.

— Sinto muito, eu não quis ser grosseira. É só que soou tão dramático: vilões, vendetas, loucura. Como uma peça de Shakespeare. Não quis desrespeitar seus ancestrais.

Alessandro ergueu uma sobrancelha e assentiu, mas continuou calado enquanto se atarefava na cozinha, então Lily perguntou se podia dar uma olhada na casa e atravessou a área de jantar até uma sala de estar ensolarada. Toda a parte de trás da casa dava para uma piscina enorme, cercada por teixos em vasos gigantescos de terracota. Por trás, o terreno ondulante se estendia por quilômetros, povoado a esmo por fileiras retorcidas de oliveiras antigas de aparência artrítica.

Era mais uma vista ridiculamente linda.

— Na verdade, acho mais provável que Puccini tivesse escrito uma ópera a respeito da história da minha família — disse Alessandro, aproximando-se por trás dela, seu bom humor restaurado. — Uma tragédia, pois é isso o que é.

— Mas você tem a casa de novo agora e isso tudo foi há tanto tempo. Será que a rixa familiar não deveria ser deixada de lado?

— Você não está na Itália há muito tempo — disse ele, sorrindo. — Então pode não saber que valorizamos nosso passado aqui muito mais do que vocês americanos. E, com ele, nossas rixas e tragédias. Não achamos tão fácil quanto vocês separá-las do nosso presente, por algum motivo. É difícil.

Ela estava prestes a desafiá-lo, mas aí pensou em Rose, sua única irmã, a quem ela adorava, mas com a qual vinha brigando pelo que pareciam cem anos.

Olhou para Alessandro enquanto ele observava sua propriedade e foi atingida de novo por sua tristeza profunda e silenciosa. Ela ficou imaginando quais outras tragédias de seu passado ele estava valorizando e achou que era um conceito antigo, que essas rivalidades fossem estimadas, mas não tinha ânimo para continuar discutindo. Ela estava em desvantagem, afinal de contas. Estava na casa dele, claramente com a pior vestimenta e desesperada por um café.

— Espresso? — sugeriu Alessandro, no momento certo. — *Machiatto*?

— Um *machiatto* é o pequeno só com um pouquinho de leite?

— É, sim.

— Então vou tomar um desses, obrigada — disse ela, seguindo-o de volta para a cozinha. — Suponho que você não tenha leite de soja?

— Acho que ninguém tem leite de soja — concordou Alessandro. — Estamos cercados de vacas.

— Sim, mas são orgânicas? Tenho a impressão de que orgânico ainda não decolou por aqui.

— Não temos a obsessão moderna com isso, é verdade — falou Alessandro. — Mas também na Itália nós não comemos tanta comida não orgânica, se essa é a palavra certa, para começar. O leite que tenho na minha geladeira, por exemplo, vem de vacas que moram a dois vales de distância. Dá para vê-las do canto da piscina perto do chalé. Eu planto meus próprios legumes, algumas frutas, um amigo em Puglia me manda as nozes e faço azeite das minhas próprias azeitonas. A *signora* Benedicti, minha empregada, faz o meu pão com farinha moída perto de Lucca e eu compro minha carne ou frango no açougue em San Quirico onde minha família compra há centenas de anos, nos bons e nos maus momentos. Sei de onde vem tudo o que como e, para mim, isso é melhor do que o fato de serem orgânicos, e é assim que sempre fizemos na Itália. É verdade, isso está mudando, mas é como sempre foi feito até agora.

— Bem, eu venho de uma cidade com mais de um milhão e meio de pessoas cobrindo uma área mais ou menos do tamanho da sua fazenda — disse Lily. — Então, vai ter que me desculpar se não planto minhas próprias azeitonas. Tenho sorte por ter espaço para ficar de pé.

— Você mora em Manhattan?

Ela assentiu.

— Já estive lá — comentou Alessandro. — Sim, Nova York, uma cidade magnífica. Cara, pelo menos para mim, mas ainda assim magnífica. Então, quer um *machiatto* com leite fresco comum de vaca?

Ela assentiu novamente.

— E precisa comer uma fatia dessa torta — disse ele, cortando um pedaço grande da torta que estava em cima da bancada. Ela tinha uma base de massa e geleia de frutas vermelhas no meio, bem o tipo de coisa na qual Lily não tinha o menor interesse.

— Para mim não, obrigada — falou Lily, erguendo a mão, mas Alessandro não iria aceitar um não como resposta.

— A *signora* Benedicti é famosa por sua *crostata di more* — insistiu. — Eu peço para fazê-la o tempo inteiro, mas ela normalmente me ignora. Mas hoje aqui está!

Ele empurrou uma fatia da torta escura com cheiro de caramelo para Lily pela bancada do café da manhã e, para surpresa dela, sua boca encheu de água ao vê-la.

— Desculpe, mas realmente não como doces — disse.

— Mas é o café da manhã!

— Bem, eu especialmente não como doces no café da manhã.

— Lily, se você vai ficar na Itália, precisa saber que comemos doces o dia inteiro.

— Bem, posso saber disso sem comer. — Ela riu.

— Mas por que não comeria? — Alessandro estava genuinamente perplexo. — Foi a *signora* Benedicti que fez, para variar, e ela está bem na sua frente. Metade da população de Montevedova daria o olho direito para estar no seu lugar.

— Está bem, está bem.

Lily podia ver que ele não iria deixar para lá, então cortou a ponta de sua fatia de torta com um garfo e a jogou na boca.

A geleia doce de amora combinada com as frutinhas frescas empilhadas no topo da torta explodiu em sua língua.

— Humm, delicioso — disse ela, aí comeu outra bocada. Alessandro riu.

— Você não é a primeira pessoa a achar a *crostata di more* da *signora* Benedicti irresistível.

— Irresistível? É praticamente viciante. Talvez ela a batize com cocaína — brincou Lily.

— Bem, ela é só uma simples velhinha italiana viúva. — Alessandro encolheu os ombros. — Então eu ficaria surpreso, mas nunca se sabe.

Lily observou Alessandro devorar o resto de seu pedaço de torta, então outro e finalmente o que havia sobrado do dela. Era óbvio como ele adquirira seu contorno, mas mantinha um bom porte, independente dos quilos extras, considerou Lily, enquanto ele cobria o restante da torta com camadas e camadas de filme plástico para se impedir, achava ela, de terminar o negócio todo antes da hora do almoço.

Parecia uma coisa estranhamente íntima de se fazer, ver um homem arrumar sua própria cozinha.

— Você mora aqui sozinho? — perguntou ela.

— Desde que minha esposa morreu — respondeu Alessandro, e ela pôde ver a tensão subindo por seus ombros enquanto ele falava.

— Sinto muito, Alessandro, não queria me intrometer.

— Você não se intromete. É só... difícil.

Então, ali estava a raiz da tristeza dele. Estava em carne viva: pudera que ele ainda a carregasse na superfície. Gentilmente, Lily pediu licença para se refrescar e colocar o sutiã de volta no lugar e então, quando voltou, pediu para ver o resto da propriedade dele.

Lá fora, na horta, ela começou a sentir uma dor de cabeça que latejava, mas conseguiu fingir que estava interessada em como Alessandro conseguia fazer seus tomates crescerem tão saudáveis e seus feijões, tão retos. Também cultivava maçãs, disse-lhe ele, e uvas, com as quais pedia a um vizinho para fazer o próprio vinho, e havia as azeitonas, é claro, muito melhores que as espanholas e ainda mais superiores às extremamente piores gregas, que, de acordo com ele, faziam um azeite parecido com combustível de aviação.

Mas, dentro do celeiro, a dor de cabeça de Lily foi momentaneamente afastada quando ele abriu as portas e ali, como um grande esqueleto de baleia, estendendo-se por quase o comprimento da construção, estava uma gôndola.

Estava inacabada, mas até alguém que nunca estivera em Veneza reconhece uma gôndola quando vê uma. E até alguém que nunca esteve em Veneza sabe que o motivo pelo qual as gôndolas são tão populares lá é porque há muita água e nenhuma rua.

A Toscana, por outro lado, não tinha nenhuma água e possuía muitas ruas. Ruas íngremes. Mesmo se o lugar inteiro inundasse, uma gôndola não teria a menor utilidade. Nenhuma.

— Alessandro, é uma... bem, é...

— Incrível, não? Estou construindo do zero no estilo tradicional, não que ainda haja muita tradição, a construção de gôndolas é uma arte moribunda, como mais ou menos todo o resto.

Ele pegou uma plaina e começou a lixar a lateral da embarcação inacabada. O sol estava entrando pelas portas abertas do celeiro, jogando uma luz dourada no barco e em Alessandro, cujas belas sobrancelhas franziam-se concentradamente.

Lily olhou pelos quilômetros e quilômetros de terra seca e luxuriante e, então, de volta para Alessandro, trabalhando cuidadosamente em seu barco.

— Sei que não tenho o melhor senso de direção — disse ela —, mas não estamos muito longe de Veneza?

Ele parou, descansou o braço em cima da lateral do barco, enxugou a testa.

— Ninguém mais liga para tradição — falou e parecia triste com isso também. — Ninguém se importa que os construtores de gôndolas estejam morrendo e ninguém os esteja substituindo e que, um dia, não haverá mais gôndolas tradicionais

— Mas elas precisam ser tradicionais? Não pode haver uma versão moderna que talvez faça mais sentido econômico em construir?

— Algumas coisas podem mudar com o tempo e ainda serem fiéis a seu propósito, sim, eu acredito nisso. Mas se você moderniza uma gôndola, ela não é mais uma gôndola. Nem tudo *precisa* ser tradicional, mas algumas coisas sim. Se não nos agarrarmos às nossas tradições, o que vai acontecer? Se não há tradição, não há nada. Somos iguais a todos os outros.

— E qual é o problema com isso?

— Ah, Lily, vivo me esquecendo, você acabou de chegar aqui. Na Itália, o povo de Montevedova se considera muito diferente do povo de Montalcino, que podemos ver das janelas dos nossos quartos. Nossos espirros podem acertar a cabeça deles, mas é como se fossem alienígenas. Nós comemos comidas diferentes, bebemos vinho diferente, temos costumes diferentes. Gostamos de ser diferentes uns dos outros, prosperamos com isso e são as nossas tradições que nos fazem diferentes. Senão, seríamos apenas um bando de gente burra vivendo em um país cada vez mais corrupto, cuja economia está indo pelo ralo.

Lily sabia pouco sobre a economia e a política italianas, então não estava equipada para oferecer uma opinião. Sua dor de cabeça havia voltado. Estava na hora de se despedir.

— Só para deixar claro — disse ela enquanto entrava no carro —, não sou do tipo de mulher que simplesmente segue alguém até a casa dele e come sua torta.

— É claro, sim, entendo, principalmente porque você mal tocou na torta — respondeu Alessandro e aqueles olhos castanhos tristes tocaram na parte maternal desperdiçada dela. — Talvez da próxima vez você fique um pouco mais, hum? Talvez coma uma fatia inteira.

— Não tenho certeza de quanto tempo vou ficar por aqui, mas quem sabe? E obrigada, Alessandro.

— O prazer foi meu. E se houver mais alguma coisa em que eu possa ajudá-la, por favor, permita-me fazer isso.

Capítulo 25

— Ah, bom trabalho, Violetta! Bom trabalho! — A cabeça da viúva Ciacci subiu pela janela aberta das irmãs.

Violetta assentiu, como se estivesse tão satisfeita quanto as demais com a forma como o negócio de Alessandro estava se desenrolando, mas não estava. Seu estômago estava embrulhado e a indigestão não ajudava.

Notícias de que Lily fora encontrada e reunida com o *calzino* delas haviam deixado as demais viúvas de bom humor, mas Violetta, com seu instinto ainda preso no esterno, não sentia nada além de medo e mau humor.

Lily havia bebido demais e desmaiara dentro do carro. Essas não eram as atitudes de uma mulher que nasceu para curar o coração do filho favorito de Montevedova. Ainda assim, quando Violetta e Luciana negociavam a estreita escada secreta para o porão da igreja, as outras viúvas reunidas lá haviam chegado ao auge do entusiasmo. Elas zumbiam como abelhas em um trevo.

— Vocês ouviram? Alessandro a resgatou.

— Ele podia ter chegado em um cavalo branco!

— Ela foi à *villa* dele.

— Ela comeu a *crostata di more* da viúva Benedicti.

— Aaaah, aquela *crostata di more*. Hum, se tivéssemos um pouco daquilo aqui. É exatamente do que estou com vontade. Aquelas amoras...

— O que você acrescenta, Benedicti, para conseguir aquela ardência extra?

— Ah, Violetta! Você conseguiu de novo! — A viúva Pacini sorriu de orelha a orelha enquanto as irmãs Ferretti entravam no aposento. — Essa foi boa. Essa foi muito boa.

— Meu Alessandro finalmente vai conseguir a felicidade que merece — gorjeou a viúva Benedicti, extraorgulhosa porque sua *crostata* fora admirada mais uma vez. — Nosso maior triunfo até hoje. Querido, querido, querido Alessandro.

Praticamente todas as mulheres no aposento suspiraram, um som que Violetta achava tão irritante que tinha que se conter para não bater em ninguém. Eram realmente muito bobas quando o assunto era Alessandro.

Para sua surpresa, Fiorella Fiorucci parecia tão pouco tocada pela adulação quanto ela. Fiorella apenas revirou os olhos e puxou um iPod do bolso, encaixando os fones de ouvido nas orelhas como se não quisesse ouvir mais nada.

— Qual é o problema? — perguntou, quando viu Violetta encarando-a. — Não me diga que há uma regra que proíbe música. Da próxima vez você vai dizer que uma pessoa que comeu três porções de *ribollita* não pode desabotoar o primeiro botão da saia.

A paixonite coletiva das viúvas por Alessandro cessou subitamente. *Ribollita* era uma sopa feita de feijão — *muito* feijão. Era um fato conhecido, especialmente em um porão secreto com ventilação limitada, que muitas mulheres idosas e muito feijão não eram um boa combinação.

— Bem, mudando de assunto — disse uma das viúvas —, e agora, Violetta? O que vamos fazer em relação aos nossos pombinhos?

— A viúva Benedicti disse que o mais quente que ficou foi uma xícara de café — comentou outra pessoa. As viúvas aprovavam um namoro decoroso, mas gostavam de saber que os fogos de artifício estavam logo ali na esquina.

— Vamos atrair Alessandro para a *pasticceria*? — sugeriu outra pessoa.

— Fazer Lily voltar à casa dele já?

— Deixar os dois isolados em algum lugar no meio do caminho?

— Isolados, pode ser. Isso funcionou com aquela linda florista e o ceramista, não foi?

— Não foi a linda moça que fazia chapéus e o barbeiro?

— Sim, sim, Violetta. Que tal isolamento? Ou você tem algum outro truque inteligente na manga?

Mas as mangas de Violetta estavam vazias.

Só o que ela tinha guardado em algum lugar eram dúvidas enormes e dores agudas.

— Querem me deixar em paz? — explodiu ela com suas amigas. — Essa perturbação constante é o suficiente para me dar hemorroidas!

— Por falar nisso — disse Fiorella, virando-se para a viúva Ercolani. — Aquele creme está funcionando? Ou você está usando nos olhos? Eles fazem isso em Hollywood, eu soube.

A viúva Ercolani olhou para um ponto no chão como se ele fosse abrir um portal para uma catacumba logo abaixo e engoli-la. Mas, antes que isso pudesse acontecer, Fiorella passou a atenção para a viúva Ciacci.

— Está se sentindo mais animada? — perguntou. — Você ficaria surpresa em saber quantas pessoas nesta cidade estão tomando esses comprimidos. É surpreendente que todas não estejamos cantando e dançando durante o dia inteiro.

A viúva Ciacci murchou em uma cadeira.

— E quanto a você? — disse Fiorella para a viúva Mazzetti.

— Espero que tenha afiado as agulhas de tricô. Aquela sua neta mais nova vai formar família.

— Mas ela não é casada — insistiu a viúva Mazzetti. — Ah! Aquela vagabundazinha!

— Ah, calma — falou Fiorella. — Não, eu me enganei. Pare de tricotar. Não é a mais nova, é a segunda mais nova. E ela nunca vai formar família se continuar tomando aqueles anticoncepcionais.

— Mas ela *é* casada! Ah, aquela vagabundazinha!

O humor coletivo no aposento de repente não estava tão bom.

Capítulo 26

Lily acordou cedo na manhã seguinte, o cheiro doce de *cantucci* assando subindo pelas escadas e fazendo cócegas de leve em suas papilas gustativas. Era uma maneira adorável de saudar um novo dia e isso fez seu humor melhorar consideravelmente.

Sentou-se no beiral da janela, absorvendo a vista gloriosa e imaginando qual pedaço de sua vida arruinada ela devia começar a recolher hoje, mas aquelas colinas ondulantes, aqueles telhados que pareciam joias, aquele céu azul nebuloso por cima de horizontes verdes e distantes...

Um dia empoleirado no topo de uma vista tão deslumbrante não podia ser tão tenebroso.

A visão que a encontrou no espelho não era nem de perto tão agradável. As raízes escuras de Lily precisavam de um retoque urgente e isso, pelo menos, ela sabia como consertar.

Seguiu seu nariz escada abaixo até a cozinha, empurrando a porta para encontrar as duas irmãs encurvadas por cima da mesa de refeitório mais uma vez coberta de farinha.

— Não há descanso para os ímpios, pelo que vejo — brincou ela, e Luciana largou a vasilha que estava segurando com um *clang*, açúcar se derramando como tinta pelo chão de pedra.

Violetta deu uma bronca na irmã, o que Luciana devolveu robustamente, então, ambas olharam arrasadas para a bagunça no chão e igualmente arrasadas para Lily.

Com um suspiro profundo, Violetta tentou se abaixar até o chão, mas não foi além da mais suave flexão de joelho. Luciana, então, se apoiou na mesa para manter o equilíbrio, mas se retraiu com a dor de colocar uma simples fração do peso em um pulso.

— Esperem aí — disse Lily. — Nenhuma das duas vai chegar perto do chão sem uma grua, um trampolim e, possivelmente, o corpo de bombeiros local. Aqui, deixem que eu faço.

Ela pegou a pá de lixo e a vassoura para as quais viu Violetta se dirigir e começou a varrer a bagunça.

— Posso já ter mencionado — disse enquanto limpava —, que não sou realmente chegada a cozinhas. Minha irmã, Rose, é que é doméstica. Ela teria limpado isso antes mesmo que caísse no chão. E vou lhes dizer outra coisa: se Rose estivesse aqui, aposto que os *biscotti*, desculpem, quero dizer os *cantucci* dela seriam perfeitos. Nunca vi nada sair da cozinha de Rose que não fosse maravilhoso.

Ela achou a lata de lixo e despejou o açúcar dentro.

— Quer dizer — continuou, enquanto se agachava para varrer o chão de novo —, se Rose estivesse aqui, não estaríamos falando uma com a outra porque ela acha que estou virando uma alcoólatra cruel como nossa mãe e eu acho que não é justo que ela tenha tido todos os filhos.

Quando se levantou novamente, Luciana estava segurando um ovo no ar.

— Ah, veja só isso — disse Lily. — Um ovo. Mas, sério, eu sou aquela pessoa que sequer sabe cozinhar um.

— *Uova* — falou Luciana, apontando para ele com um dedo torto. — *Uova.*

— *Uova?* — repetiu Lily.

Luciana assentiu, segurando o ovo ainda mais alto.

— *Uova.*

— *Uova* — disse Lily novamente, colocando a pá de lixo no lugar de novo. — Ah! *Uova.* Entendi. Ovo! *Uova!* Que tal? Sinto-me como Helen Keller com a água. *Uova.* Uma cama confortável, uma vista linda e uma aula de italiano também. Obrigada, senhoras, fico muito grata, mas agora, se me derem licença, vou sair e deixá-las continuar.

— *Burro* — falou Luciana, segurando uma panela com manteiga derretida. — *Burro.*

— Sim, *burro* — concordou Lily. — Manteiga. Obrigada. Tenho certeza de que é, mas, olhe, eu realmente preciso ir.

Luciana despejou a manteiga na mistura em cima da mesa.

— *Mescolare* — disse para Lily. — *Mescolare.* — Ela se virou para Violetta, que não parecia nada impressionada, apesar de ser difícil dizer: ela sempre parecia um pouco assim. — *En inglese?* — falou Luciana para a irmã — *Mescolare?*

O cheiro do açúcar, os ovos frescos e a manteiga quente flutuou em volutas em volta do rosto de Lily, destrancando uma porta secreta em sua memória com tanta clareza que ela quase podia ouvir uma chave girar. Não fazia a menor ideia do que havia dentro, mas por um momento foi tomada por uma enchente indescritível de algo quente e delicioso. E feliz, muito feliz.

— Ah — disse, com a mão no peito. — Minha nossa.

— *Mescolare* — insistiu Luciana. — *Mescolare!*

— Olhe — começou Lily —, me desculpem por não falar italiano, mas não quero aulas de culinária ou aulas de idio-

178

ma. Não sou uma turista de verdade, sabem. Nunca nem quis vir para a Toscana até descobrir que meu marido tinha uma namorada e dois filhos aqui.

Desta vez foi a tigela de avelãs nas mãos de Violetta que caiu no chão. A tigela se quebrou em duas e as avelãs quicaram alegremente para os quatro cantos do aposento.

— *Santa merda!* — murmurou Violetta.

— *Santamerda?* — ecoou Lily, conforme se abaixava novamente para pegá-las. — *Santamerda, santamerda, santamerda* — repetiu enquanto perseguia as avelãs pelo chão da cozinha. — Está tudo ficando estranho demais para palavras — falou de debaixo da mesa. — A questão é que eu estava tentando permanecer discreta enquanto bolava um plano, mas aí ontem, foi ontem?, Sim, aí ontem lá estava ela, a filha dele, dentro da sua loja olhando para mim com seus grandes olhos verdes.

Ela remexeu debaixo da cômoda, enquanto, acima dela, Violetta, um pouco tremulamente, pegava mais avelãs na despensa.

— Essas *santamerda* sabem mesmo se mexer — disse Lily, vendo um monte delas no canto mais afastado. — O que eu não daria para aquela menininha ser minha — continuou, colocando a última das avelãs derramadas no lixo e saindo da frente de Luciana enquanto ela tirava um tabuleiro de toras de *cantucci* do forno.

Estavam perfeitamente cozidos, ainda que moldados um pouco estranhamente.

— Francesca — continuou Lily, voltando distraidamente até a mesa e mergulhando as mãos na mistura à frente, dobrando-a entre os dedos e misturando lentamente o novo suprimento de avelãs enquanto as irmãs idosas a encaravam. — Quem não ia querer uma filha como aquela? Quer dizer, ela é perfeita. E é totalmente louco mas nem consigo odiá-lo, odiar Daniel, por ter aquela menina linda. Eu sei que deveria e sei que no fundo eu realmente, realmente, tenho que odiar. Certamente sinto a onda ocasional de algo obscuro e possivelmente um pouquinho homicida, mas, na maior parte do tempo, o que sinto é inveja. Inveja! Estão vendo? Isso é loucura. É patético. Não pode ser normal. Pode ser normal?

Debaixo de suas mãos, a mistura estava emergindo como uma massa lisa borbulhando com nozes marrons redondas.

— E agora tem esse outro cara — falou, enquanto Luciana começava a cortar as toras assadas em discos fatiados no formato de *biscotti* e botava as rodelas em outro tabuleiro. — Ah, então é assim que eles viram *cantucci*: vocês assam de novo.

Lily dividia a mistura na qual estava trabalhando, então a dividia novamente.

— De qualquer modo, esse cara... Não vou nem mencionar o nome dele porque vocês podem reconhecer... esse cara é o tipo do homem que você sonha que apareça para lhe dar uma ajuda e parece que ele vive fazendo exatamente isso. Se posso ser sincera com vocês, o que acho que posso, já que não fazem ideia do que estou dizendo, nunca recebi uma ajuda assim e não é tão ruim. Na verdade, é bom pra caramba.

— Eu faço ideia — disse Violetta, mas Lily, que não esperava ouvi-la falando inglês, não ouviu dessa maneira.

— Eu fui à casa dele, pelo amor de Deus — contou ela. — Eu fui à casa dele no meio do nada sem dizer para ninguém e comi torta, uma torta muito boa.

— Eu conheço tortas — insistiu a velhinha, encarando-a com seus olhos escuros e redondos.

— Não precisa olhar para mim desse jeito, Violetta, foram só algumas mordidas.

— Por que tanta comoção por causa de uma *crostata*?

— Então, continuando, vejam só isso! Aqui estão suas toras de *cantucci* prontas para assar, e bastante lisas e homogêneas também, se é que posso me gabar. Eu fiz mesmo isso? Então, escutem, isso foi divertido e fico feliz em poder ajudar, mas minhas raízes estão aparecendo e estou perdendo minha hora de sempre no salão no meu país, então vou encontrar um cabeleireiro e não faz sentido perguntar a vocês. Não que haja nada errado com um coque em uma determinada idade, mas acho que vou até o escritório de turismo para ver quem eles podem recomendar. Boa sorte com o produto final. *Ciao, ciao*!

Deixou as senhoras no que parecia ser o estrondo de uma danada de uma discussão e se dirigiu para o Corso, mas parou quando lembrou que, a essa altura, Carlotta bem que podia ter sido readmitida na confeitaria no sopé da colina.

Em vez de arriscar um encontro com ela de novo, decidiu pegar um dos minúsculos becos que levavam para longe da rua principal, para cima em direção à *piazza grande* e à outra rua do lado oposto da colina.

Assim, ela podia evitar a confeitaria de Carlotta e ainda chegar ao escritório de turismo. No entanto, a primeira coisa que viu na via Ricci após serpentear por um punhado de ruazinhas para chegar lá foi um salão de beleza, a vitrine cheia de fotografias desbotadas de penteados louros bufantes dos anos 1980.

Em Nova York, ela retocava as raízes a cada três semanas a um custo alto em um salão na Quinta Avenida, onde blinis com caviar eram servidos com Veuve Clicquot geladíssima.

Esse não parecia ser o tipo de estabelecimento que servia blinis e Veuve Clicquot, mas suas raízes precisavam de cuidados — e ela não deixaria seu padrão cair só por causa de seu problema atual. Sendo assim, entrou e explicou para a mulher cafona na recepção o que queria. A mulher cafona não falava inglês, mas pareceu entendê-la mesmo assim, apontando para a divisão de seu próprio cabelo e então para uma foto de uma linda loura com luzes perfeitas em uma revista.

— *Sí, sí.* — Lily sorriu e foi levada a uma cadeira. A mulher cafona então gritou alguma coisa em italiano para quem quer que estivesse na sala nos fundos do salão, disse *"Uno momento"* para Lily e saiu pela porta da frente.

Um óleo aromático lançava um cheiro agradável e verde no canto enquanto música clássica suave tocava exatamente na altura certa. Lily estava começando a relaxar com uma revista italiana de moda quando a cabeleireira emergiu das cortinas atrás da recepção carregando uma bandeja de tinta e pincéis.

Ela afundou em sua cadeira o máximo que pôde.

— *Buongiorno* — disse a cabeleireira inexpressivamente e olhou para ela pelo espelho.

Mate-me agora, implorou Lily silenciosamente para qualquer que fosse o espírito cósmico encarregado de puni-la com tanta violência. *Mate-me agora.*

A cabeleireira tinha os lábios finos, o sorriso desconfiado, a mesma juba comprida, mas sem o balanço. Como Lily pudera ser tão burra? Carlotta não era a mulher na foto: esta mulher era. Irmãs!

A cabeleireira era mais curvilínea do que Carlotta, e ela definitivamente tinha quadris. No momento, eles estavam forçando os botões de baixo de seu vestido, e seu olhar perigoso, apesar de não estar então tão evidente quanto na foto, ainda não parecia distante.

— *Mi chiamo Eugenia* — disse com uma voz cansada. — Meu nome é Eugenia. Você quer fazer a raiz, não? Não quer cortar alguns centímetros das pontas?

Ela segurou o cabelo de Lily para fora e fez um gesto como se estivesse com uma tesoura.

Lily, a famosa solucionadora de problemas, não conseguia de jeito nenhum descobrir a solução para isso.

Se Eugenia soubesse quem ela era, Lily ficaria em uma posição muito vulnerável. A mulher podia deixá-la careca com apenas algumas gotas tóxicas da tinta ou podia sacar a tesoura e lhe fazer um moicano.

Se Eugenia não soubesse quem ela era, Lily podia simplesmente se levantar e sair, o que poderia causar um alvoroço, mas ainda assim era a melhor opção. No entanto, conforme começou a se levantar da cadeira, sentiu o formigamento frio da solução clareadora em seu couro cabeludo.

— Está bem? — perguntou Eugenia, confusa, a tigela de plástico com a água oxigenada na mão.

Lily esperou, mas não ficou pior do que um formigamento frio. Ela se acomodou rigidamente na cadeira de novo. Seu cabelo, naquele momento, estava em segurança, e ela não tinha escolha além de se sentar ali e olhar no espelho enquanto Eugenia trabalhava lenta e metodicamente em sua raiz. Eugenia (nem de longe o nome de uma sedutora ruiva) não era a sereia que ela havia imaginado. Usava pouca ou nenhuma maquiagem, a bainha estava caindo de um dos lados do vestido, seus saltos altos eram gastos do lado de fora e ela mordia nervosamente o lábio inferior enquanto aplicava a solução no cabelo grosso de Lily em pedaços regulares.

Quando estava mais ou menos na metade, seu celular tocou. Eugenia o arrancou do bolso, disse "*Scusi*" e correu para a sala dos fundos. Lily se esforçou para ouvir a conversa, mas acabou rápido demais e Eugenia logo voltou, ainda mais desgrenhada do que antes.

Ela não parecia nada com uma ladra de maridos feliz e confiante. Ela parecia um caco.

Foi quando aplicou mais tinta na raiz de Lily que ela percebeu como suas mãos estavam trêmulas.

— Você está bem? — perguntou Lily cautelosamente.

Eugenia assentiu violentamente.

— Ótima — disse. — Verdade, está ótimo.

Mas ela não parecia ótima. Na verdade, parecia estar desmoronando diante dos olhos de Lily.

— Sério, não é nada — insistiu e aplicou ainda mais tinta. — Não é nada, absolutamente nada — repetiu, quase zangada, e mergulhou o pincel que estava usando de volta na tigela, mexendo enfurecidamente, tão enfurecidamente que pedacinhos da solução azul caíram no chão, em seu vestido, em seu pé.

Os ombros de Lily estavam de novo perto das orelhas. Para onde isso estava indo? De repente, porém, Eugenia parou, o corpo inteiro se afundando, e sacudiu a cabeça infeliz.

— Não é nada — falou.

Encurralada dentro da capa de plástico e com o couro cabeludo cheio de solução clareadora, Lily sentiu seu coração martelar, sentiu o sangue trovejar pelas coxas, pelos braços. Ela estava pronta para ficar de pé e correr.

— Meu namorado... — começou Eugenia.

As mãos de Lily agarraram os braços da cadeira.

O *namorado* dela.

Isso seria ruim.

Ela olhou para a imagem de Eugenia no espelho, mas a mulher miserável não a estava encarando ameaçadoramente. Apenas permanecia de pé ali, encurvada, olhando para o chão, tremendo ligeiramente. Ela não parecia que iria despejar toda a tinta na cabeça de Lily e jogar uma xícara de ácido por cima só para garantir. Não parecia inclinada a pegar a tesoura e cortar seu cabelo rente.

Na verdade, ela desabou na cadeira ao lado de Lily e caiu em prantos.

— Meu namorado fugiu! — gritou ela. — Ele fugiu de mim!

A amante de seu marido claramente precisava ser reconfortada, mas, enquanto Lily estava sentada ali, com o cabelo em pé sobre sua cabeça como um Smurf, ela não conseguiu fazer nada além de se remexer constrangida enquanto o choro de Eugenia abafava a música.

— Você está muito chateada — acabou dizendo. — Eu sinto muito, este deve ser um momento muito difícil para você, mas talvez seja melhor lavarmos a tinta agora e depois eu volto... em outra hora.

— Desculpe, desculpe. — Eugenia soluçava, as lágrimas caindo como a chuva do começo da semana. Era impossível não sentir solidariedade por ela, mas aquela ainda era a mulher que estava roubando o marido de Lily, e ela não podia só ficar sentada ali aconselhando-a, mesmo que soubesse o que dizer.

— Certo, bem, acho que vou começar a fazer isso eu mesma, se não tiver problema para você — falou, andando até a pia e abrindo as torneiras.

— Desculpe, desculpe. — Eugenia soluçou ainda mais enquanto observava a cliente lavando o próprio cabelo. — Eu sinto muito.

— Tenho certeza de que ele não fugiu — disse Lily, aplicando xampu. — Provavelmente só foi a algum lugar a trabalho.

— Uma semana ele sumiu — contou Eugenia. — Uma semana ele não está querendo me ver.

Uma semana, pensou Lily, com a cabeça para baixo e enxaguando enquanto calculava quando saíra de casa. Ela havia presumido o fato de que Daniel ficaria mais tempo na Itália por causa da amante e dos filhos mas, se não estava com eles, onde diabos ele estaria?

— Há quanto tempo você tem esse namorado? — perguntou Lily o mais casualmente que podia, esfregando condicionador no cabelo.

— Há muito tempo. Nós temos um filho. Nós temos filhos. Mas ele é um namorado ruim. Ruim, muito ruim! — E lá foi ela novamente, chorando.

As crianças! Haviam praticamente sido esquecidas por ela. Essa infeliz em frangalhos que mal podia pintar metade de uma cabeça estava encarregada dos filhos de Daniel.

Como ele podia tê-la deixado assim? O Daniel dela, conhecido por sua gentileza, compreensão, personalidade adorável e paciência infinita? Já era ruim o suficiente que ele estivesse traindo Lily e levando uma vida secreta em outro lugar, mas estragar isso também? Se Daniel entrasse no salão naquele momento, ela teria feito um moicano nele como ninguém.

Mas ele não entrou. E Eugenia obviamente não estava esperando que entrasse. A mulher chorosa enfiou a mão no bolso e tirou alguns comprimidos de um vidro de remédio com rótulo.

Enquanto Lily secava e penteava o próprio cabelo, Eugenia ficou encurvada em sua cadeira, chorando.

— Minha bolsa — disse Lily assim que acabou, apontando para sua bolsa, que estava nos pés de Eugenia.

— Desculpe, desculpe — disse ela chorando enquanto a entregava. — Você tem um cabelo lindo. Volte amanhã e eu faço uma escova grátis.

Lily mal conseguiu resmungar um adeus de desculpas e sair, deixando a pobre Eugenia despencada na frente do espelho, balançando-se para a frente e para trás e roendo um Kleenex.

Capítulo 27

— Você vai me dizer o que está acontecendo? — perguntou Luciana depois que Lily saiu da cozinha. — Parece que você foi atropelada por uma carroça. O que ela disse?

Violetta sentou-se. Sua cabeça estava girando.

— O que foi aquilo? Fazê-la ajudar a fazer os *cantucci*? Acha que qualquer um pode fazer nossos *cantucci*? — perguntou.

Luciana ergueu as sobrancelhas espigadas.

— Pode falar. O que foi aquilo de fazê-la catar as "*santa-merda*"?

— Sabe, estou ficando bem cansada de você questionando cada coisinha que eu faço, Luciana!

— Bem, também estou ficando cansada. Se você apenas respondesse às minhas perguntas, talvez nós duas ficássemos felizes!

— Você não pode simplesmente deixar qualquer um entrar na nossa cozinha e fazer os nossos *cantucci*. Não é assim que funciona.

— Não, funciona melhor! Você viu como ela misturou a massa? Ela tem um talento nato. Aquelas mãos lindas, jovens e fortes. Olhe para essas toras lisas e homogêneas, Violetta.

Ela fez isso em dois tempos enquanto pensava em outra coisa. Do que diabos você tem tanto medo?

— Tenho medo de que o pouco que nos restou vá pelo ralo e nos leve junto — argumentou Violetta, mas isso não era verdade.

— Sei que minha memória está falhando, mas tenho certeza de que você costumava ser mais divertida do que isso.

— E você costumava ter um metro e oitenta de altura! — rebateu a irmã.

— Bem, se eu tivesse um metro e oitenta agora, eu a levantaria e a jogaria pela janela.

— E eu rolaria colina abaixo e não pararia até chegar ao litoral, onde abriria outra *pasticceria* para competir com a sua e a esmagaria como se fosse uma baratinha minúscula.

— Uma baratinha minúscula de um metro e oitenta. Boa sorte com isso!

Elas ficaram nessa birra por mais algumas horas enquanto assavam a massa de Lily e faziam, com um humor nada agradável, mais da delas, nem de perto no tempo ou da maneira que Lily fizera.

Aí a cabeça da viúva Ciacci despontou na janela.

— Tenho uma coisa para relatar — gorjeou. — Não é necessária uma reunião já que é só uma atualização.

— Ande logo com isso — explodiu Violetta.

— Queimamos os *cantucci* de novo, não é? — perguntou a viúva Ciacci alegremente. — Sinceramente, vocês duas juntas não têm um molar sobrando, deviam tentar fazer marshmallow.

— Eu disse para andar logo com isso!

— Bem, acabei de ir ao banco para... aaah! — Ela desapareceu da janela. — *Allora!* De novo não. — Ouviram-na dizer da rua. Sua cadeira já vira dias melhores, isso era certo.

Luciana enfiou a cabeça para fora da janela, mas seu pescoço estava duro demais para olhar para baixo.

— Estou bem — gritou a viúva Ciacci para cima e logo estava lá de novo. — É bem-feito para mim por usar farinha e água em vez de ir ao *alimentare* para comprar cola. De qualquer modo, como eu estava dizendo, tive que ir ao banco para tirar dinheiro porque perdi 13 euros jogando *pachesi* com a minha cunhada. Ela é muito boa, podia ganhar uma fortuna nas vielas de Palermo, vou lhes dizer. Mas, de qualquer modo, quando ela veio me encontrar para pegar o dinheiro (a primeira vez que apareceu em qualquer lugar na hora, até onde eu sei), disse que havia escapulido de seu trabalho no salão na via Ricci enquanto "uma americana loura e bonita", que seria o *amore* do nosso *calzino*, estava retocando a raiz. Imaginem isso! A raiz! Sabem o que isso significa?

— O salão na via Ricci? — perguntou Violetta.

— Ela não é loura de verdade! — exultou a viúva Ciacci.

— Acho que ninguém é louro de verdade — falou Luciana.

— Você disse o salão na via Ricci? — perguntou Violetta novamente.

— Sim, sim, na via Ricci.

Violetta virou-se para sua irmã.

— Você não falou com ela para dizer à viúva Ercolani para recomendar qualquer outro salão que *não* fosse o da via Ricci?

Luciana pareceu confusa.

— Acho que sim, apesar de você não ter se dado ao trabalho de me dizer por quê. Ou será que não falei?

— Sim, sim, você falou — assegurou a viúva Ciacci —, mas ela acabou não indo ao escritório de turismo. A viúva Pacini a viu cortando caminho bem aqui no alto da colina. Ela encontrou o salão da via Ricci sozinha, mas eu não me preocuparia muito com isso se fosse você, Violetta. Eugenia Barbarini pode ter seus problemas, mas é uma cabeleireira muito boa, de acordo com a minha cunhada, desde que se lembre de tomar seus remédios. Ou será que é quando não os toma?

— Eugenia Barbarini — ecoou Violetta.

— É, Eugenia Barbarini, você sabe: a filha rameira da falecida Maria maluca, irmã da doida Carlotta, mãe da criança peculiar que esteve na sua loja ontem.

— Eu sei quem ela é — falou Violetta, sua mente zumbindo enquanto a cadeira da viúva Ciacci despencava mais uma vez. — *Allora*! — elas ouviram de novo, aí Violetta enfiou a cabeça para fora da janela.

— Cubra o perímetro da cidade e, quando encontrar Lily, tente mantê-la no lugar. Não pergunte por quê, só faça isso. E mande a viúva Del Grasso ir direto para o Poliziano e diga a ela para usar o banheiro primeiro desta vez. Se Lily aparecer e ficar por mais do que duas taças de vinho, eu quero saber imediatamente. — Aí ela fechou a janela e puxou as cortinas.

— O que diabos está acontecendo? — perguntou-lhe Luciana. — Pela sua cara, parece que a mesma carroça voltou e a atropelou uma segunda vez.

Capítulo 28

O que quer que Lily tivesse pensado que ia conseguir vindo para a Toscana, estava muito, muito fora de seu alcance.

Em apenas 48 horas, tinha ouvido um tiramisu falar, fora repreendida por seu GPS, procurou refúgio em um completo estranho e quase tivera os cabelos arruinados pela mãe desequilibrada dos filhos bastardos secretos de seu marido.

A verdade era, pensou depois de meia hora perdida nas vielas entre o salão de Eugenia e a *pasticceria*, que ela se sentia muito, muito longe de qualquer coisa.

Mas, quando finalmente emergiu de volta no Corso, viu-se em um local familiar, bem ao lado da pequena *gelateria* que vira no dia anterior quando Carlotta estava sendo demitida no meio da rua.

O mesmo homem bonito estava de pé no vão da porta e a presenteou com um sorriso lindo.

— *Signora* — disse ele —, posso interessá-la em um *gelato*?

Ele era baixinho, mais baixo do que ela, mas tinha os mais fascinantes olhos castanhos que já vira. Os homens italianos realmente sabiam o que fazer com aquela parte estranhamente sedutora de sua anatomia. Se os olhos de Alessandro eram poças profundas de tristeza nas quais, mesmo assim, uma pessoa ainda gostaria de mergulhar, os do homem do *gelato* eram uma Jacuzzi borbulhante igualmente convidativa, mas fervilhando de energia.

— Sinto muito, não sou muito fã de *gelato* — disse Lily, sorrindo de volta para ele.

— Não! — exclamou ele, erguendo a mão fingindo horror. — Acredito que não exista algo como "não sou muito fã de *gelato*". Você obviamente não provou o meu *gelato*. Venha, vamos, experimente. Só um pouquinho?

Lily balançou a cabeça, mas antes que pudesse sair correndo, ele andou até ela com a mão esticada.

— Mario Cappelli — falou enquanto a cumprimentava. — Entre, eu vou lhe dar um por conta da casa. Não conseguirei descansar pensando que há uma mulher tão linda bem aqui em Montevedova que não é muito fã de *gelato*.

De perto, ele parecia quase comestível. Sua pele era como caramelo ligeiramente queimado e ele tinha aqueles olhos de chocolate que a faziam sentir fome. Seria uma ótima ideia uma taça de vinho, considerou Lily, enquanto permitia que ele a guiasse até o freezer com a frente de vidro no qual seus *gelati* estavam cintilando.

Havia cerca de uma dúzia de sabores, mas foram as três variedades de chocolate, em níveis diferentes de decadência, que chamaram a atenção dela.

Três taças de vinho seriam ainda melhor, pensou Lily, olhando o chocolate triplo.

— Se vai de *cioccolata*, está indo na direção certa — disse Mario. — Este é o meu favorito: *gelato* de chocolate com gotas de chocolate e *crema* de chocolate. Minha avó e eu fazemos tudo aqui, *fatto a mano*. O melhor na cidade inteira, se não em toda a Toscana.

Era errado, considerou Lily, estar olhando para *triplicare di cioccolata* mas querer vinho em vez disso. Era errado querer beber qualquer vinho depois de se desgraçar tão horrivelmente em Pienza. A lembrança do que havia acontecido ainda fazia sua pele se arrepiar e conjurava uma imagem da mãe dormindo à mesa de jantar, enquanto Lily e Rose mastigavam silenciosamente macarrão com queijo queimado.

— Bem, acho que vou comer o de chocolate triplo — disse de repente. Fazia anos desde que tomara sorvete, mas ela não tinha nenhum outro lugar em especial para estar, apenas lugares nos quais não estar. Este não era um deles, então por que não?

Ela se sentou na única mesa da loja perto da janela, enquanto Mario tirava com a concha uma grande porção dos *gelati* deliciosamente lustrosos e a colocava diante dela. Estava erguendo a primeira colherada até os lábios quando Francesca, ainda usando suas asas esfarrapadas, enfiou a cabeça pelo vão da porta.

O coração de Lily deu um pulo: ela tinha tanto do Daniel em si! Era realmente extraordinário. Não eram só os olhos, os malares, o queixo: havia uma ligeira reticência incomum em pessoas bonitas, o oposto da arrogância. Fazia gente como Francesca e seu pai ainda mais atraentes.

O rosto da menina se iluminou, mas Lily não tinha certeza se era pela visão dela ou do *gelato*.

— Isto é demais para uma pessoa só — falou ela para Mario. — Teria outra colher?

Ela fez sinal para Francesca se aproximar e a menina voou para a cadeira oposta, borbulhando de entusiasmo.

— Por que você não está em casa? — perguntou Lily, depois de fazerem um estrago decente no sorvete.

— A minha *mamma* chegou em casa do trabalho — respondeu Francesca. — Ela precisa de silêncio na nossa casa.

— Onde está Ernesto? — perguntou Mario de detrás do balcão.

— Com a tia Carlotta — respondeu Francesca. — Para sempre, eu espero.

— Você não gosta de ter um irmãozinho? — perguntou Lily.

— Às vezes não é ruim, mas normalmente ele prefere ficar com Carlotta — explicou Francesca pragmaticamente. — Em casa, minha *mamma* chora, ele chora, todo mundo chora e é muito barulhento.

— Sinto muito ouvir isso. — Lily olhou para Mario, que deu de ombros evasivamente.

Ela sentiu o *gelato* deslizar frio e pesado em seu estômago. Presumira que Daniel a traíra por uma vida idílica, mas este obviamente não era o caso, e Lily não conseguia decidir se isso era melhor ou pior. Ela o imaginara em um ninho de amor aqui, com a amante que o idolatrava envolta em vestidos envelope agarrados ao corpo e constantemente sorrindo para ele enquanto cozinhava suas refeições e cuidava de seus filhos. Em vez disso, o próprio Daniel havia sumido, a amante era um desastre, uma criança fora despachada para uma tia e a outra fora expulsa de casa e estava perambulando pelas ruas. Felizmente, só havia duas para perambular.

— Você trabalha em quê nos Estados Unidos? — perguntou Francesca.

— Sou vice-presidente de logística em uma grande empresa de Nova York — explicou Lily, grata pelo refúgio em sua persona da Heigelmann's. — Isso significa que sou encarregada de transportar nosso produto das fábricas na Costa Leste para o resto dos Estados Unidos. Transportamos mais de 18 milhões de unidades por mês, então é muito importante que tudo chegue onde tem que estar a tempo, para que nossos clientes possam comprar e nós possamos alcançar nossas previsões orçamentárias. Isso é tarefa minha.

— Ah — fez Francesca, lambendo a colher. — O que é uma unidade?

— Uma unidade é um dos nossos produtos. Temos mais de 185 produtos diferentes e eles todos são codificados, embalados e enviados separadamente.

— Mas o que eles são? — persistiu Francesca.

— São um único artigo. Um único item de um produto é o que chamamos em inglês de uma *unidade*. Se fizéssemos colheres como a que você está segurando, ela não seria chamada de colher em nenhuma das reuniões que tivéssemos a respeito, seria chamada de unidade.

— *Allora*, inglês é complicado — falou a menininha. — Ainda não entendi. *Capito*, Mario? *Io non capisco*.

— Acho que ela quer saber por que não chamam simplesmente de colher — disse Mario.

— Eu não expliquei muito bem, não é? Normalmente não fabricamos colheres, então eu estou confundindo vocês.

— Mas o que vocês fazem? É isso que eu quero dizer — falou Francesca.

— Bem, fazemos muitas coisas, mas são todas basicamente alguma espécie de edível pré-misturado ou pré-fabricado — explicou ela, perdendo a fé em sua persona da Heigelmann's, que estava provando ser de pouca ajuda na atual companhia.

Francesca a encarou por um instante, então se virou para Mario.

— Ela está falando outra língua?

Ele balançou a cabeça.

— Acho que não, mas também não sei do que está falando — disse Mario. — O que é um edível?

— Acho que é outra língua — respondeu Lily. — Um edível é algo que você pode comer.

— Ah! O que é pré-misturado? — perguntou Francesca.

— Pré-misturado é quando já fizemos a maior parte do trabalho na fábrica e só o que você tem que fazer em casa é cortar a ponta de uma caixa ou de um pacote e terminar. Então, se você quiser fazer um bolo, por exemplo, você compra um pacote da nossa mistura para bolo em vez de ter que comprar todos os ingredientes separados como farinha, açúcar e... — Ela pensou no doloroso tormento que Violetta passava para fazer seus *cantucci* e imaginou que talvez misturas para doces não tivessem feito sucesso na Itália. — Ou você poderia comprar seus *biscotti* ou sua massa de *cantucci* pré-preparada congelada e em uma bisnaga. Só o que precisaria fazer seria fatiar, assar de novo e aí teria seus *cantucci*.

— Você faz *cantucci* nos Estados Unidos? — perguntou Francesca, finalmente entendendo alguma coisa. — Como faz na loja de Violetta?

— Não estou fazendo *cantucci* na loja da Violetta, querida, só estou hospedada lá e, de qualquer modo, no meu país nós os chamamos de biscoitos e eles vêm em toda espécie de sabores como gotas de chocolate ou manteiga de amendoim ou cranberry com limão, este último é novo, por falar nisso. Mas eu certamente também não os faço por lá.

— Mas este é o seu trabalho!

— Não, não, não, meu trabalho é em um escritório, na verdade, só organizando e ajeitando as coisas, e indo a reuniões. E, na realidade, provavelmente não é nem um pouco emocionante para uma menininha como você.

— Mas eu gostaria de fazer os biscoitos com você, Lillian. Isso seria emocionante! Vamos fazer? Na cozinha das irmãs Ferretti? Vamos?

Lily riu.

— Não, querida, não tenho nenhuma mistura para biscoitos comigo, e mesmo que tivesse...

Ela sentiu aquela portinha em sua mente se abrindo e se fechando novamente. O que havia atrás dela?

— Mas antes de você ter esse produto das unidades com a pré-mistura você tem que tê-los feitos com os ingredientes naturais, não? — perguntou Mario. — Com farinha, açúcar... você sabe, todas essas coisas antiquadas?

Ele havia ficado um pouco azedo com ela, percebeu Lily, o que talvez não fosse tão surpreendente, já que tudo ali era *fatto a mano*. Mas no país dela, bem, era assim que o mundo havia ficado com a Heigelmann's forçando cada passo do caminho. Misturas eram mais baratas e mais rápidas, e estatísticas disseram a ela e a todo mundo que nada ganha do mais barato e do mais rápido.

Francesca estava ao lado de Lily agora, asas de fada tremendo ligeiramente enquanto ela implorava em seu cotovelo.

— Por favor, por favor, por favor, Lillian Watson, podemos fazer os biscoitos americanos juntas?

— Não sei como — disse a Francesca. — Eu simplesmente não sei como.

— Você nunca os fez quando era uma garotinha como eu?

Lily olhou no rostinho agora virado para ela e viu que ele podia ter nascido com os traços de Daniel, mas levava os próprios anseios da infância de Lily: por amor, por atenção, por tudo que fosse normal.

A mãe de Francesca estava trancada em sua casa tomando comprimidos e chorando por causa de um romance destruído com o homem errado. Essa não era a história da própria Lily? Sua mãe batendo, xingando, chorando... lá estava aquilo novamente: a inesperada sensação agradável soprando por sua consciência, a mesma sensação que ela tinha com o teto em seu quarto e o cheiro da cozinha das Ferretti.

Uma centelha de luz brilhou pela porta de sua memória. Será que...?

— É, acho que talvez os tenha feito quando era uma garotinha como você — falou suavemente, incapaz de se conter para esticar a mão e acariciar a pele lisa e morena da bochecha de Francesca. — Biscoitos de aveia. Eram os favoritos da minha irmã.

— Eu queira que Ernesto fosse uma irmã. Mas ele acabou sendo um menino.

— Bem, tenho certeza de que você vai amá-lo de qualquer modo, como eu amo a minha irmã — disse Lily e nunca havia se sentido tão covarde e falsa.

— Será que a sua irmã sabe como fazer os biscoitos de aveia? — perguntou Francesca. — Podíamos pedir a ela para nos mostrar.

— Ela não mora aqui, meu amor. Ela está nos Estados Unidos.

— Mas você pode ligar pra ela. Ou pode mandar um e-mail ou uma mensagem no celular.

— Eu poderia — disse Lily, baixinho. O mundo moderno tornava muito difícil não manter contato com as pessoas. Você precisava querer.

— Bem? Você pode? Perguntar a ela? Por favoooor? Podemos fazer os biscoitos juntas? Por favorzinho?

Fazer biscoitos era a última coisa que Lily estava disposta e pronta para fazer, mas a verdade era que uma mulher não podia passar metade da vida sonhando em ter uma criança pequena implorando por sua companhia e então, quando encontrava uma, tentar dissuadi-la.

— Sabe de uma coisa? — disse ela. — É claro que podemos. Vou encontrar a receita de alguma maneira e aí você e eu vamos fazer biscoitos de aveia.

O sorriso no rosto de Francesca valia toda a bagunça que ela pudesse fazer na cozinha das Ferretti — e talvez até mesmo um fogo de tamanho médio, mas controlável.

Um fogo menos controlável era o que ela corria o risco de acender ao se aproximar tanto da mãe e da tia de Francesca.

— Quer que eu pergunte a alguém se tem problema você ir lá em casa? — perguntou Lily.

— Eu posso fazer isso — ofereceu Mario, para seu alívio.

— Com Carlotta, quer dizer. Ela vai gostar da ajuda, tenho certeza. Sabe quando vai poder fazer isso?

—Acho que às onze horas amanhã, a não ser que eu o avise de alguma mudança. Carlotta não vai ficar preocupada por não me conhecer, por eu ser uma estranha?

— A *signora* não é tão estranha. Devia ver algumas das outras pessoas que ficaram na *pasticceria*. E você é boa com ela — disse Mario, apontando para Francesca com a cabeça.

— É só com o que Carlotta vai se importar.

Ele tinha uma quedinha por Carlotta, percebeu Lily, tentando não inchar de orgulho por ser "boa" com essa criança que estava tão perto de ser sua — e ainda assim tão longe.

— Vou fazer biscoitos! — vibrou Francesca. — Biscoitos de aveia americanos! — E ela dançou porta afora e pela rua acima.

Capítulo 29

A cada passo que Violetta dava pela *pasticceria* na direção da próxima reunião da Liga Secreta das Cerzideiras Viúvas, ela sentia sua confiança ser sugada e se acumular nos tornozelos inchados como vincos em suas meias.

A Liga lhe dera tanto pelo que viver durante as últimas décadas: todos aqueles corações partidos remendados e despachados para a frente. Tantos futuros! Tanta esperança! E agora, esse fracasso espetacular com Alessandro iria deixá-la de joelhos: os mesmos que atualmente estalavam e rangiam como as inúteis articulações gigantes que eram.

Lily não era a pessoa certa para Alessandro, isso agora estava dolorosamente claro como o dia. Violetta deveria ter confessado, quando o dedão de Luciana começara a latejar, que ela não sentia coceira alguma. Ela deveria ter admitido que não havia nenhuma flor de laranjeira.

Aí Alessandro teria conversado com Lily na beira da estrada sem que nada tivesse sido presumido e a pobre infeliz poderia ter seguido em frente para encontrar seu marido adúltero e resolver qualquer que fosse a confusão em que se encontrava.

Em vez disso, o orgulho tolo de Violetta colocara Lily no caminho do candidato favorito das viúvas e, quando elas descobrissem, iriam esfolar Violetta viva e fazer cintas-ligas com ela, como se ela própria tivesse partido o coração de Alessandro de novo.

— Você está com cara de peixe que sobrou no dia da feira — disse Luciana conforme se aproximavam da prateleira secreta e trabalhavam juntas para empurrá-la para o lado.

— Quer calar a boca e me deixar em paz? — explodiu Violetta. — Você não faz ideia de quanta coisa eu tenho para me preocupar neste momento. Tem o Alessandro, tem os *cantucci*, tem os seus ossos e o meu peito e os ouvidos e olhos de todo mundo e santa Ana di Chisa sabe lá mais o quê! Vocês todas ficam muito felizes em deixar tudo nas minhas mãos, mas quando surge um problema, eu estou sozinha e estou cheia disso. Estou completamente cheia disso.

Com isso, a prateleira escorregou, se abrindo, e ela entrou no recesso escuro, tremendo de raiva e medo.

Luciana, sobressaltada com a explosão da irmã, foi lenta ao seguir, então Violetta agarrou-a pela manga e a puxou. Mas, ao passar por cima do beiral, Luciana tropeçou, seu pé torceu para o lado no estreito degrau de cima e seu pulso fraco não teve força para se segurar no corrimão escorregadio ou mantê-la ereta contra a parede.

Diante dos olhos de Violetta, ela caiu silenciosamente como um saco cheio de batatas macias até o patamar seis degraus abaixo delas.

— Não, não, não! — gritou Violetta, descendo atabalhoadamente o mais rápido que conseguia atrás dela. — Ah, não, não, não!

Luciana estava em um amontoado imóvel. Ela parecia tão pequena. Estavam desaparecendo, as duas, mas ela ainda não estava pronta para desaparecer e muito menos Luciana.

Ela se abaixou rangendo até o patamar, sentou-se ao lado da irmã caída e, com dedos trêmulos, virou seu rosto. Os olhos de Luciana estavam fechados, seu rosto, imóvel. Era impossível dizer se estava respirando.

— Por favor, não morra, Lulu — implorou Violetta, acariciando a pele fina como papel do rosto da irmã. — Por favor, não cale a boca e me deixe sozinha. Não posso fazer isso sem você. Simplesmente não posso.

Sua irmã permaneceu imóvel, sem oscilação no peito encaroçado, sem tremor nas pálpebras enrugadas.

— Estamos juntas nisso, Lulu — falou Violetta, pegando a mão quente e frouxa de Luciana. — Sempre estivemos. E sobrevivemos a coisas piores, minha querida irmãzinha. Sobrevivemos a coisas muito piores. Sobrevivemos a nossos amados serem tomados de nós. E antes disso sobrevivemos a eu ter confundido os nossos amados, o que você me deixou corrigir, meu amorzinho, e pelo qual me perdoou há tantos anos. Tantos anos! Decidimos então que ficarmos juntas era mais importante do que qualquer outra coisa no mundo inteiro, e eu sinto muito pelos *cantucci*. Sinto muito por ter sido teimosa. Sinto muito se não andei lhe dando ouvidos. Estou com medo, é só isso. Estou com medo do que está acontecendo comigo, do que estou perdendo, da vida que parece estar sendo sugada de mim a cada respiração. Estou com medo de não me quererem, de não ser útil, de não estar aqui. Porém mais que qualquer coisa, estou com medo de não ter você, Lulu. De não ter você. Então, por favor, por favor, por favor, acorde. Por favor.

E Luciana, que mesmo inconsciente realmente só queria agradar à sua irmã mais velha, obsequiosamente acordou.

— Precisamos de ajuda, Violetta — lamuriou-se ela. — Precisamos de ajuda.

Capítulo 30

Apesar do recente constrangimento em Pienza e da tigela cheia de *gelato* de chocolate triplo, a atração do Poliziano provou-se forte demais. Lily entrou de fininho no café bem-iluminado, evitando a mesa romântica, e pediu uma taça de prosecco.

Daniel, Eugenia, Francesca, Rose: as complicações de sua vida sentaram-se em volta da mesa com ela como fantasmas, suas costas para o vale verde e fértil que caía ao longe atrás deles.

Ela bebeu o drinque tão rápido que mal sentiu o gosto. Assar biscoitos? De que cartola mágica ela tiraria isso? Piscou para dispensar os convidados invisíveis e indesejados e olhou em volta.

O café estava praticamente vazio, só alguns turistas sentados em um canto distante olhando fotos em suas câmeras e uma velhinha inquieta na mesa ao lado.

— Outro prosecco, *per favore* — pediu Lily quando a garçonete veio encher seu copo d'água. Porém, quando voltou, não foi com uma bebida mas, para horror de Lily, com um prato de vidro cheio de tiramisu.

Lily chegou para trás para se afastar.

— Não, não, não, isso não é meu — falou, apontando para a senhora sentada perto dela. — Deve ser dela.

A garçonete pareceu confusa, então falou alguma coisa em italiano para a idosa.

— Ela disse que pode ficar com ele, se quiser — falou a garçonete, mas Lily já estava de pé, dirigindo-se para a porta.

— Não, obrigada, estou bem — insistiu, sem esperar pela conta, mas jogando o dinheiro no balcão ao lado da caixa registradora. — Estou bem.

Ela não precisava de outro incidente com tiramisu, então foi com certo alívio que empurrou a porta da *pasticceria* e parou por um momento na frieza silenciosa do aposento escuro com cheiro doce.

As tigelas familiares de *cantucci* velhos e silenciosos estavam sentadas em seus tronos, absorvendo a luz através da vitrine da loja.

— Eeeooooh — disse a grande tigela azul diretamente à sua frente. — Eeeooooh.

Lily deu um pulo para trás, com o coração martelando. Tomara apenas uma taça de vinho. Como isso podia estar acontecendo novamente?

— Eeeooooh. — Ouviu de novo. E de novo. E mais uma vez. Mas foi só isso. Nenhuma repreensão, nada que ela reconhecesse como uma instrução de vida, só um grito distante. Ela deu um passo na direção da tigela. O barulho continuou, mas não estava vindo dos *cantucci*, e sim de detrás do balcão.

Cautelosamente, ela se aproximou mais e espiou por cima. Não havia nada lá.

— Eeeooooh. — Ela ouviu novamente, mas agora que estava mais perto, percebeu que o som parecia estar vindo das prateleiras empoeiradas contra a parede dos fundos.

Ela passou para o outro lado do balcão e as inspecionou mais atentamente.

— Eeeooooh! Eeeooooh! — O barulho vinha detrás das prateleiras empoeiradas.

Lily não tinha tempo para pensar em assombrações ou em Hogwarts. Fora só uma taça, lembrou a si mesma. Devia ter uma explicação lógica. Ela não estava imaginando. Isso estava realmente acontecendo.

— Olá? — gritou. — Olá!

— Lily! — Veio a resposta. Parecia Violetta. Presa atrás das prateleiras?

— Sim, é a Lily — gritou ela para a parede. — Onde você está?

— Deslize! Deslize!

— Deslize? — repetiu Lily, pensando no que isso significava. — Como assim?

— Deslize! Deslize as prateleiras. Para o lado.

Lily empurrou o ombro contra as prateleiras empoeiradas e, com quase nenhum esforço, elas realmente escorregaram para o lado e revelaram uma escadinha minúscula e escura.

— Você fala inglês? — perguntou Lily conforme seus olhos se acostumavam à escuridão. — Esse tempo todo você foi capaz de...

Violetta estava sentada no patamar abaixo, dando tapinhas suaves no que parecia ser uma pilha de trapos.

— Ela está machucada — falou a senhora. — Luciana está machucada.

— Vou chamar uma ambulância — disse Lily, virando-se de costas.

— Não! Temos que levantá-la — falou Violetta. — Para cima. Para a cama.

— Sério, não devemos movê-la. Pode piorar a situação.

— Ela não quer ambulância. Ela quer a cama.

— Eu realmente acho que devia...

— Por favor! Me ajude — implorou Violetta. — Levante.

Parecia não haver sentido em discutir mais e, depois que havia realizado a tarefa desajeitada de levantar a idosa caída no espaço apertado, foi fácil carregá-la para a cozinha e colocá-la cuidadosamente na cama.

— Ela não pesa quase nada — falou Lily. — Acho que devo chamar a ambulância agora, Violetta, sério.

— Eu vou cuidar dela.

— Você pode não ser o suficiente. Ela precisa de ajuda especializada.

— Eu sou o suficiente! — argumentou Violetta zangada, mas conforme ela pegava a mão frouxa de Luciana e a esfregava, lágrimas caíam por suas bochechas enrugadas. — Por favor, por favor acorde, Lulu — falou em italiano. — Por favor, por favor, acorde de novo.

Lily não precisava entender o que ela estava dizendo para compreender a situação. Colocou uma mão no ombro pequeno e trêmulo de Violetta.

— Posso ver que você ama muito sua irmã — disse baixinho. — E sei que quer o melhor para ela, então vou chamar uma ambulância agora.

Violetta abriu a boca para protestar — ambulâncias levavam ao micro-ondas e, frequentemente, essa era uma viagem só de ida —, mas conforme começou a falar, sentiu Luciana apertar sua mão, debilmente no começo, mas aí com mais firmeza.

— Você me prometeu — resmungou a irmã, os olhos ainda fechados. — Você prometeu.

Violetta ergueu os olhos e assentiu, no que Lily correu para o Hotel Adesso, onde contou à recepcionista o que havia acontecido e se assegurou de que uma ambulância fosse chamada.

Quando voltou à cozinha das irmãs, Violetta ainda estava sentada ao lado da cama segurando a mão de Luciana, mas não se saía mais uma companhia particularmente reconfortante. Ela gritava com a irmã em italiano.

— Violetta, por favor! — insistiu Lily. — A pobre mulher sofreu uma queda terrível!

— Ela devia ter olhado para onde estava indo! É isso que estou dizendo a ela.

Luciana abriu os olhos e murmurou hesitantemente alguma coisa, que sua irmã respondeu com outra repreensão.

— Talvez você possa discutir com Luciana quando ela voltar do hospital — sugeriu Lily. — Ela está fraca agora. Ela teve um choque. Pode estar gravemente ferida. Agora não é hora de brigar.

Violetta estreitou os olhos. Quando ela voltasse do hospital? Há!

— Na nossa idade, pode não haver outra hora — falou, mas ainda assim sua voz ficou embargada.

— Não é mais um motivo para não discutir agora?

— Mas se não discutirmos como vamos saber o que a outra está pensando? — perguntou Violetta. — Nós discutimos há quase cem anos e isso faz barulho, sim, mas nunca há confusão. Ela sabe como eu me sinto. E eu sei como ela se sente.

O som raro de um veículo motorizado se aproximando encheu o aposento e, momentos depois, dois paramédicos entraram. Sob a supervisão mal-humorada de Violetta, eles manobraram Luciana para cima de uma maca e a carregaram para a rua — que pareceu à Lily apenas alguns centímetros mais larga do que a ambulância.

Sem dúvida, o veículo era tão pequeno que, quando Violetta tentou entrar pela parte de trás, os paramédicos fizeram sinal para que descesse, dizendo que não havia espaço suficiente para ela e que devia encontrá-los no hospital.

A sugestão não foi interpretada de uma boa maneira.

— Tenho certeza de que vão cuidar dela muito bem — disse Lily prestativamente, aproximando-se da pequena mulher enquanto a ambulância descia pela colina em uma velocidade perigosa, considerando-se o quanto estava perto das paredes de cada lado.

— Bah! Cuidar bem? Não é por isso que o hospital é famoso — falou Violetta e, apesar de soar zangada, suas bochechas enrugadas estavam molhadas de lágrimas novas. — Estou perdida sem ela — disse, deixando escapar um soluço, apesar de soar um pouco como uma colher de chá descendo pela lixeira. — Estou perdida.

Suas palavras ecoaram em volta do coração já bem apertado de Lily.

Ela pegou a mão de Violetta e a guiou para dentro, sentou-a à mesa da cozinha e lhe deu um copo d'água, incerta do que fazer em seguida até que uma vizinha apareceu na janela da cozinha, obviamente querendo saber o que estava acontecendo.

— Ela vai me levar para ver Luciana — explicou Violetta para Lily no final da conversa, seu rosto menor e mais pálido a cada palavra.

A vizinha idosa parecia feliz de estar no comando e, com sua senhoria sob cuidados, Lily subiu e sentou-se à janela, respirando a linda Toscana, meditando sobre os eventos caóticos do dia e lentamente deixando a porta em sua memória se abrir o bastante e por tempo suficiente para que ela visse o que havia atrás.

Capítulo 31

Ingrid e Daniel perambularam para longe do rio pela via Tornabuoni.

Ela ficara comovida, quase que insuportavelmente, ao ouvi-lo falar sobre o pesadelo de devolver seu bebê quase adotado, mas ele mesmo parecia um pouco distanciado daquilo. Havia mais coisa nessa história, ela tinha certeza.

— Então, o que aconteceu? — perguntou, conforme diminuíram a velocidade do lado de fora de uma das lojas de grife para que ela admirasse a vitrine. — Sua esposa deixou de amá-lo depois que desistiu de ter filhos?

— Ela deixou de amar qualquer coisa — disse Daniel. — Acho que só fui incluído no pacote.

— Acha que ela estava deprimida?

— Não, acho que não. Só ficou mais envolvida com o trabalho (ela é vice-presidente na Heigelmann's), começou a malhar muito, ficar menos em casa. Mantendo-se ocupada, eu acho, até parecer que estávamos vivendo vidas praticamente separadas. Não foi como se tivéssemos brigado nem nada. Só paramos de estar juntos.

— E estavam tentando?

— Não sei.

— Como assim, você não sabe?

— É complicado.

— Bem, talvez não tenha que ser. Quer dizer, você ainda a ama?

— Ingrid, eu ainda a amo tanto que mal consigo sair da cama de manhã sabendo o quanto estraguei tudo.

Ahá, pensou Ingrid. *Lá vem.*

— Ah, é? E como você conseguiu isso? — perguntou despreocupadamente, enrolando na frente da vitrine suntuosa ao lado.

— Eu cometi um erro.

— Quão colossal?

— Eu conheci uma pessoa.

— Bem, isso dificilmente...

— Ela engravidou. Eu tenho uma filha de 6 anos e, para todos os propósitos, um menino de 2 anos em Montevedova.

Isso fez Ingrid parar bruscamente.

— Você quer me bater, eu sei que quer — falou Daniel. — E eu mereço, mas a verdade é que não poderia me fazer sentir pior do que já me sinto. É a pior traição, a maior enganação, o mais baixo do baixo. Sei de tudo isso. Acredite, eu sei.

Eles ficaram ali, encarando um ao outro por alguns instantes frígidos, então Ingrid ergueu o braço, mas não para bater nele. Em vez disso, ela segurou uma mão fria contra a sua bochecha. Queimou como se ela tivesse batido. Talvez ele fosse o homem mais triste que ela jamais conhecera.

— A mulher em Montevedova... — começou ela.

— Não foi nada, só um momento de fraqueza.

— Mas as crianças tornam difícil.

Ele assentiu.

— É complicado, mas não posso abandonar a mãe delas e, por isso, não posso ser feliz com a minha esposa.

— Tem certeza disso?

— Possuo tudo o que Lily quer, só que com alguém que a impede de ter qualquer coisa a ver com isso. Já avaliei as opções na minha cabeça mil vezes, mas ainda não sei o que fazer.

— O que há de errado com as coisas do jeito que são?

— Eugenia é o que há de errado com as coisas do jeito que são. Ela me deu um ultimato: tomar jeito ou ir embora. Eu quis ir embora desde o comecinho, mas depois que Francesca nasceu... Eugenia tem problemas. Ela não é forte. Precisa de muita ajuda.

— Então, o que você está fazendo aqui em Florença? — perguntou Ingrid.

Daniel não tinha mais nada para esconder.

— Estou fugindo — disse-lhe ele.

— Agora eu podia bater em você — falou Ingrid conforme a multidão se movia em torno deles. — Fugir nunca resolveu o problema de ninguém, você sabe disso. Acho que você sabe exatamente o que tem que fazer, só precisa que alguém concorde com você.

Daniel pensou em como os três filhos dela tinham sorte por tê-la como mãe.

— Venha — falou Ingrid. — Vamos tomar um drinque e pensar em um plano. Você precisa voltar e resolver a sua vida.

Capítulo 32

Felizmente não havia ninguém na única cabine telefônica de Montevedova, porque Lily só precisava da menor desculpa para que sua coragem a abandonasse. Depois que havia entrado na caixinha empoeirada, ela discou rapidamente o número de telefone de Rose e prendeu a respiração enquanto chamou.

— Alô, Harry falando — tilintou uma voz juvenil pela linha do outro lado do oceano.

— Olá, querido, é sua tia Lily — disse ela, incapaz de impedir o tremor em sua voz. — Como você está?

— Bem — respondeu Harry. — Posso ler quase tão rápido quanto o Jack agora, mas ele é muito melhor no futebol.

— Fico tão feliz por você, amor. É uma ótima notícia. Você está tão grande agora! Ei, sua mãe está aí?

Ela ouviu o fone cair no chão e Harry rugir ao fundo que Lily estava ao telefone, e também que ele havia lhe contado sobre a leitura e o futebol.

Rose chegou em um instante.

— Lily? É você mesma?

— Sou, sim, estou na Toscana.

— Ah, meu Deus, não acredito! Parece que você está bem na esquina. AL! LEVE AS CRIANÇAS PARA FORA E NÃO

VOLTE ATÉ EU MANDAR, ESTOU NO TELEFONE COM LILY NA ITÁLIA. É, ITÁLIA! Então, o que aconteceu? Encontrou o Daniel? Como é aí? Como você está?

— Estou bem, mas não encontrei o Daniel. Ele não está aqui.

— Não está na Itália?

— Não tenho certeza, mas ele não está no lugar onde achei que estaria, onde ele normalmente está, que é onde estou agora.

— E quanto à vagabunda?

— Bem, ela está aqui mas, para ser sincera, não se encaixa muito bem no papel de vagabunda. É uma longa história, mas acho que Daniel também a deixou.

— Está brincando — arfou Rose. — Tem certeza?

— Sim. Não! Na verdade, eu não sei. Não faço a menor ideia. Eu só não... Deus, Rose, simplesmente não acredito que é do Daniel que estamos falando. O meu Daniel. O que aconteceu? Num minuto éramos só nós, um casal comum e bem-casado, e no instante seguinte é como estar em um daqueles sonhos horríveis onde tudo só fica cada vez pior, mas não consigo acordar. Estou presa nisso. Estou completamente presa.

— Ah, querida, não posso imaginar pelo que você está passando — disse sua irmã, e a verdade disso enterrou-se na solidão inexplorada de Lily tão rapidamente que a deixou arrasada.

Ninguém sabia pelo que ela estava passando. Ninguém nunca soubera. Outras pessoas podiam ter sofrido os mesmos tipos de perdas que ela, mas outras pessoas não eram ela. Não sabiam o que isso havia feito com ela. Não sabiam o quanto era difícil, o quanto sempre fora difícil, conseguir sobreviver. Ela estava tão cansada daquilo.

— Aqueles bebês, Rose — sussurrou Lily. Aqueles lindos bebês perdidos. Pequenos pedaços de esperança e oração que quase haviam lhe dado tudo com que ela sonhava.

Sobrevivência? O mundo que ela criara para não suspirar pelos bebês perdidos desmoronou dentro da cabine telefônica naquele exato momento — e Lily desmoronou junto. Ela escorregou pela parede, desabando no chão sujo.

— Sinto muito, Rose — soluçou ela. — É tudo culpa minha. Tudo é culpa minha. Eu simplesmente não podia suportar vê-la tão feliz com seus filhos enquanto eu nem sequer conseguia ter um. Eu sinto muito, de verdade, e se pudesse voltar no tempo, eu voltaria, mas senti tanto a sua falta. Senti mesmo e peço desculpas.

Com a cabeça nas mãos, ela empurrou o telefone para a orelha como se fosse a própria Rose.

— Ah, Lily — falou sua irmã. — Por favor, eu também sinto muito. Eu podia ter resolvido tudo, sabe, mas não resolvi. É você quem conserta as coisas e então deixei para você, mas não devia. Portanto, nós duas temos culpa. E posso ter todos esses filhos, mas a verdade é que também já invejei sua vida. EU DISSE LÁ FORA, AL, TODOS VOCÊS! Eu invejei suas roupas lindas sem estarem cobertas de cuspe, suas pernas sem veias com varizes, sua silhuetazinha minúscula, todo o seu sono, o silêncio. Parece que nunca queremos exatamente o que temos, não importa o que seja. E a forma como me sinto em relação a Al agora... Daria tudo para que ele fugisse com outra pessoa, só que eu nem iria procurá-lo. Eu me mudaria de casa para que, se algum dia o infeliz voltasse de novo, não me encontrasse.

Lily fungou.

— Está brincando, espero.

— Querida, às vezes só o que se pode fazer é brincar. Não se preocupe conosco, vamos ficar bem assim que esses meninos crescerem e ganharem bolsas de estudo para boas universidades, quando forem embora e não voltarem nunca mais. É com você que precisamos nos preocupar.

— Eu preciso de você, Rose — disse Lily. — Eu realmente preciso de você. Sem Daniel, não existe ninguém que dê a mínima para mim.

— Eu dou, Lily, e você só precisa de uma única pessoa que dê. É tudo o que qualquer um de nós precisa: só uma pessoa que ande em cima de brasas por nós.

— Achei que fosse ele!

— Sei que achou, querida. Sei que achou. E era, também, mas neste momento não é. Sou eu.

— Mas você está aí e eu estou aqui!

— Isso não importa. Não é como se eu precisasse amarrar os seus cadarços. Só preciso torcer por você onde quer que esteja: foi isso que você me disse quando éramos garotas e você estava entrando no ensino médio. Lembra? Eu posso ajudá-la daqui, Lily. Posso ajudá-la de qualquer lugar. Só me diga qual é o seu plano.

— Não tenho um plano — choramingou Lily. — No início, pensei em talvez encontrá-lo e fazer com que voltasse para casa, aí pensei em só voltar para casa sem ele e, ou entrar com um pedido de divórcio, ou fingir que nunca havia acontecido nada. Mas aí eu conheci a filha dele, Rose, e agora não sei o que fazer. O nome dela é Francesca, ela tem quase 7 anos e se parece tanto com ele, você não ia acreditar. E ela é ótima, ela é realmente ótima, mas a mãe (a vagabunda que não é realmente uma vagabunda) é um desastre, e Daniel desapareceu, então... ah, está tudo errado.

— Ah, Deus — arfou Rose. — Eu podia dar um chute naquele idiota de camisa polo!

— Você não gosta de camisa polo?

— Não gosto agora! — exclamou Rose. — Não gosto de nada a respeito dele agora. Você deve odiá-lo. Deve querer partir seu pescoço em dois ou atacá-lo com uma picareta.

— Eu nem consigo encontrá-lo — protestou Lily. — Nem tenho certeza se estou procurando por ele. Até penso a respeito da picareta e talvez tenha vontade de usar uma quando o vir, mas antes que eu possa odiá-lo só preciso saber por que ele faria isso comigo, por que ele estragou tudo e por que continua estragando. Se isso parecer esquisito e não cruel o suficiente ou sei lá o quê... É só que se você pudesse ver Francesca também não iria querer matar o pai dela. Ela é tão jovem, e sei lá. Isso poderia realmente fazer mal a ela. Veja como não ter o nosso assim chamado pai por perto fez mal a nós.

— Lily, não foi não ter um pai o que nos fez mal. Foi ter a nossa mãe.

— Mas a mãe de Francesca também está um caco! E se Daniel abandonar aquelas crianças...

— Ouça, Lily, não se precipite demais. Podemos não ter levado a vida de princesas de contos de fadas, mas na verdade até que terminamos bem.

— Bem, você pode dizer isso agora, mas sabe o quanto era horrível na época. É só que Francesca é tão... Não dá para explicar, Rose. Ela está exatamente com a idade em que pode ser o que quiser, mas em que também se pode ser despedaçada.

— Isso serve para todas as crianças no mundo, Lily. Elas são todas ovinhos frágeis cujas cascas podem ser quebradas.

— Ou não, Rose. Ou não. Acho que ela me faz lembrar de mim, de você e de mim. Na verdade, ela é meio o motivo para eu estar telefonando. Ela quer que eu a ensine a fazer biscoitos de aveia. — Uma bola dura de algo indescritível subiu de algum lugar abaixo do coração de Lily, espremendo-se o mínimo que podia, então abrindo caminho até sua garganta. — Nós costumávamos fazê-los com a mamãe, certo?

— Biscoitos de aveia? Com a mamãe? Sei, até parece!

— O negócio, Rose, é que fico tendo essa sensação estranha, essa espécie esquisita de metade de uma lembrança.

— Metade de uma lembrança normalmente é o bastante no nosso caso, Lily. A mulher era um monstro. Principalmente com você. Um monstro. Não mexa nisso.

— Rose, ela tinha um avental. Era azul-claro e tinha umas flores amarelas e cor de malva com uma espécie de trepadeira verde serpenteando em volta delas. Lembra?

Houve um longo silêncio.

— Não, não me lembro.

— Antes de ele ir embora de vez, Rose, antes da bebida, das surras e...

— E dos chutes — intrometeu-se Rose. — Não se esqueça dos chutes.

Lily piscou conforme um pedacinho rasgado de lembrança flutuava em um canto da sua mente. Ele adejou de um lado para o outro antes de se acomodar tempo suficiente para que ela o segurasse. Ela viu as pernas gorduchas de Rose usando sapatos de boneca, de pé sobre a cadeira da cozinha. Ela viu o banquinho ao lado.

— Antes de tudo isso, Rose, ela tinha esse avental azul-claro com flores amarelas e cor de malva, e nos comprou nossas próprias colheres especiais. Você ficou de pé em cima de uma cadeira enquanto eu estava em um banquinho, e nós fizemos biscoitos com ela.

— Eu não me lembro — sussurrou Rose.

Lily afastou a lembrança do gelo batendo dentro de um copo, o barulho quando o gim quente atingia os cubos congelados, o chacoalhar das pulseiras de sua mãe conforme ela erguia o copo até seus lábios vermelhos berrantes de novo, e de novo e de novo.

— Antes de tudo isso, Rose — disse ela, fechando os olhos contra a dor do cabelo sendo puxado de sua cabeça, dos vergalhões em suas pernas, dos hematomas nos braços. — Antes de tudo isso, nós fizemos biscoitos com ela, eu me lembro. Ela estava rindo e dançando pela cozinha e não parava de nos beijar, Rose, e de nos dizer como éramos bonitas. Ela estava linda. E feliz. Ela fez cobertura e tivemos permissão para comê-la às colheradas direto da tigela. E acho que ela nos amava naquela época, Rose. Acho que na época ela realmente nos amava.

— Eu sou louca por cobertura — disse Rose, chorando baixinho. — Sempre fui louca por cobertura. E ela deve pelo menos ter gostado muito de nós. Você não assa biscoitos com crianças a não ser que goste muito delas. Eu sei disso. Elas fazem uma bagunça tão grande na cozinha.

Lily riu — um som impossivelmente leve e livre que lhe parecia totalmente estranho.

— Nós até que acabamos bem, não foi?

— Vai ficar tudo bem, Lily. — Rose fungou do outro lado do mundo. — Vai ficar tudo bem.

Capítulo 33

Era um grupinho deprimido de viúvas que a esperava no porão da igreja quando Fiorella chegou, no fim do dia.

— Acabei de passar por Lily na cabine telefônica perto da *piazza* — disse. — Será que alguém estava bisbilhotando?

— Luciana sofreu uma queda — relatou uma viúva Pacini, com o rosto pálido. — Está no micro-ondas e Violetta a acompanha.

— Vai ser o fim dela — acrescentou a viúva Ercolani. — Vai ser o fim das duas.

— O que Lily estava fazendo na cabine telefônica? — perguntou a viúva Benedicti. — Estava falando com Alessandro?

— Esqueça isso — disse a viúva Pacini. — É nas Ferretti que precisamos pensar agora. Se elas não saírem vivas do micro-ondas, o que vai acontecer com a Liga? Violetta sempre tomou as grandes decisões, e, sem ela... Bem, é quase insuportável de pensar.

— Pelo menos ninguém mais vai ter que comer os *cantucci* delas — falou Fiorella. — Aquele negócio é o fim.

— Como ousa? — A viúva Ciacci levantou-se em todo o seu um metro e meio de altura e apontou um dedo trêmulo para Fiorella. — Como ousa entrar aqui e começar a criticar os *cantucci* das Ferretti? Até papas já comeram, vou lhe contar. Por papas! São os melhores da Toscana e sempre serão, e se você sugerir o contrário, quando a pobre Luciana está naquele lugar e talvez nunca saia de lá, bem, é nojento. Deveria ter vergonha. Pobre Violetta. Se Luciana se for, ela certamente irá em seguida. E aí como vamos ficar? Como qualquer uma de nós vai ficar? — Ela desabou em uma cadeira, com o rosto nas mãos, e a viúva Mazzetti se arrastou até ela para passar um braço em volta de seus ombros, fulminando Fiorella com o olhar.

— Desculpem, desculpem, desculpem, não queria ofender — disse Fiorella, empurrando os óculos para cima do nariz e fungando. — Rapaz, aqui embaixo tem mesmo um cheiro de mofo — acrescentou, para desviar o assunto.

— Ela ainda sente cheiro? — sussurrou uma viúva para outra.

— É, você tem razão, aqui tem cheiro de mofo — concordou uma terceira.

— Devíamos comprar alguns daqueles aromatizadores de ambiente que aquela menina de pernas grossas e bigode vende — falou a viúva Ciacci. — Vocês sabem qual. Ela, sua mãe e a avó ainda têm todos os maridos e aquela butiquezinha minúscula que os ingleses adoram, bem aqui atrás. Fazem tudo elas mesmas.

— Por favor, senhoras! — gritou a viúva Benedicti. — Já chega! E quanto a Alessandro?

— Sim, basta — concordou Fiorella. — Lily não estava falando com ele ao telefone.

— Como você sabe? — perguntou a viúva Del Grasso.

— Eu falo inglês — respondeu Fiorella. — Aprendi na internet. Alemão também.

— Então com quem ela estava falando? — perguntou a viúva Benedicti.

— Com a irmã nos Estados Unidos — relatou Fiorella.

— Acho que tiveram algum tipo de desentendimento, apesar de não ser como se a irmã tivesse fugido para Nápoles com o marido dela nem nada do tipo. Mas parece ter havido um *rapprochement*. Isso é francês, por falar nisso. Também falo *un peu* disso.

— Ela está sofrendo — disse, sem emitir som, a viúva Ercolani para a viúva Pacini, apontando para Fiorella.

— Eu ouvi isso — disse Fiorella, apesar de, na verdade, ter visto o reflexo na tela da TV há muito falecida da Liga.

A viúva Ercolani fechou a boca.

— Então, ela estava falando com a irmã nos Estados Unidos — intercedeu a viúva Benedicti. — O que isso tem a ver com Alessandro?

Tendo ouvido claramente Lily falar sobre um marido adúltero e sua filha italiana, Fiorella estava juntando dois mais dois em relação a Lily e Alessandro, mas sabia o suficiente da Liga para perceber que aquele não era o momento de complicações.

— Ela estava falando sobre fazer biscoitos — disse. — É assim que os americanos chamam os *biscotti*. É inglês. Talvez ela vá ajudar as Ferretti enquanto estão indispostas.

— Indispostas? — escarneceu a viúva Ercolani. — Está mais para serem dispostas numa lixeira.

Uma rodada segurando a língua era o suficiente para Fiorella.

— Sabem, vocês estão muito enganadas em relação àquele hospital — falou. — Operei meu quadril no ano passado e olhem só para mim.

Ela dançou uma valsinha pelo aposento, terminando com um chute bem-disposto.

— E sabem do que mais? A comida lá era deliciosa. Três refeições por dia trazidas para você na cama e cada uma delas era *squisita*.

— Você esteve no hospital? — perguntou a viúva Ciacci. — E saiu de novo?

— É como um hotel quatro estrelas — insistiu Fiorella. — Eu queria ficar mais tempo, mas me fizeram ir para casa.

— Não deem ouvidos a ela — falou a viúva Ercolani. — Ela está tentando se livrar de todas nós.

— Bem, consigo me imaginar querendo me livrar de você — disse Fiorella —, mas até que gosto das demais.

Antes que isso pudesse se transformar em algo mais vocal, a viúva Benedicti parou no meio do grupo e ergueu as mãos.

— Esqueçam isso tudo — falou. — Nossos pensamentos e orações (tenha piedade de nós, santa Ana di Chisa) obviamente estão com as Ferretti neste momento, mas não devemos esquecer de Alessandro. Precisamos fazer com que ele e Lily se encontrem novamente o mais rápido possível. É para isso que estamos aqui. É o que Violetta iria querer.

— Não tenho tanta certeza disso — disse Fiorella, mas a viúva Mazzetti fez um gesto de "cale a boca", a viúva Ercolani fechou as mãos em largos punhos ao lado do corpo e a viúva Ciacci fez o sinal da cruz e colocou novamente o rosto nas mãos.

— Posso fazer com que Alessandro esteja na cidade durante algumas horas amanhã por volta, digamos, do meio-dia — disse a viúva Benedicti. — Só preciso mandá-lo ao Alberto para comprar alguma bebida alcoólica inexistente para a minha *crostata*. Então, se algumas de vocês o seguirem, e outras seguirem Lily, devemos ser capazes de juntá-los e deixar a natureza (e o amor verdadeiro) tomar seu curso.

Benedicti parecia satisfeita consigo mesma. Não era tão difícil o que Violetta fazia, afinal de contas. Porém as demais viúvas olharam desconfiadamente umas para as outras.

Quem entre elas podia durar muito seguindo alguém naqueles dias?

Capítulo 34

Parecia que a aveia, ou mais especificamente, os flocos de aveia, nunca haviam passado pelas cidades nos topos das colinas da Toscana. Ninguém em Montevedova sabia do que Lily estava falando ou podia encontrar uma palavra italiana para ajudá-la a continuar procurando, e ela era incapaz de fazer a mímica do que era uma aveia. Para começo de conversa, ela não sabia realmente o que era uma aveia.

Finalmente, um supermercado sem graça em uma galeria perto de uma aldeia vizinha forneceu as tigelas, apetrechos de medida e a maior parte dos outros ingredientes necessários, mas ainda assim, nada de flocos de aveia.

Pelo menos lá ela encontrou uma inglesa que disse que morava na Itália havia quase vinte anos e nunca encontrara nada parecido.

— Então o que você usa no lugar? — perguntou Lily.

— Quando em Roma... — A inglesa riu. — Eu costumava comer mingau de aveia no café da manhã e agora como um doce, como todo mundo.

Lily meditou sobre isso até dar de cara com uma coleçãozinha peculiar de coisas em promoção em uma caixa de papelão rasgada entre os raladores de queijo e as luvas térmicas.

Ela estava em Roma, não estava?, pensou enquanto vasculhava a caixa, encontrando algo que lhe trouxe um sorriso tão largo quanto o de Francesca. Ela ia fazer biscoitos italianos — com um toque americano.

De volta à padaria, não havia sinal de Violetta desde que ela fora para o hospital, mas Lily não podia imaginá-la fazendo objeção a que a cozinha fosse usada. Ocupou-se em deixar os ingredientes prontos e, às onze em ponto, ouviu o sino acima da porta da *pasticceria* soar.

Quando Francesca apareceu na loja, uma Carlotta de aspecto feroz estava lá de pé, segurando a mão dela. A menina ainda estava com as asas esfarrapadas, mas seu cabelo fora escovado e ela usava um vestido diferente, um pouco grande demais para ela, mas estava limpo.

Lily sorriu, mas estava nervosa, não tanto com cozinhar — apesar de ter todos os motivos para estar —, mas por se colocar deliberadamente tão perto da irmã da amante de Daniel.

— Olá, queridinha — falou para Francesca, seu charme corporativo sutil emergindo enquanto ela agradecia a Carlotta por trazê-la.

Carlotta mordeu o lábio, então disse algo para Francesca, que deu de ombros e ergueu os olhos para Lily.

— Ela falou que sabe quem você é.

— Como disse? — Lily não tinha certeza se ela sabia, por meio de Mario, que ela era a fabricante de biscoitos ou se de alguma outra maneira sabia que era a esposa de Daniel. — *Non capito?*

Carlotta falou novamente para Francesca, que traduziu impacientemente:

— Ela disse que sabe quem você é, que a minha mãe está muito doente e ela não quer problemas.

As duas mulheres ficaram olhando fixamente uma para a outra e ocorreu à Lily que o que ela inicialmente considerara como agressão em Carlotta podia, na verdade, ser algo menos ameaçador. Ela levara Francesca, afinal de contas.

— Diga a ela que eu também não quero problemas — falou Lily. — Diga que nós só vamos nos divertir um pouco e fazer alguns biscoitos, e que não vamos incomodar em nada a sua mãe.

Francesca repetiu a fala enquanto Carlotta e Lily continuavam sustentando o olhar uma da outra.

Ela só está preocupada com a irmã, pensou Lily. *Está fazendo o que pode para ajudá-la, mesmo que signifique deixar Francesca comigo.*

Podia muito bem ser Rose lutando por Lily. Esta Carlotta inflamada não era feroz, ela estava assustada.

Lily sorriu e uma espécie de compreensão secreta passou entre as duas mulheres.

Carlotta se inclinou para baixo para dizer algo para Francesca e lhe deu um beijo.

— Ela perguntou se você pode me levar para a casa dela quando terminarmos — repetiu a menininha, soltando-se de sua mão e saltitando para trás do balcão com Lily. — Eu lhe mostro o caminho.

— Mas e quanto ao bebê? — perguntou à Francesca, pensando de repente naquelas pernas gordas e listradas em casa com Eugenia. — Pode perguntar a ela o que está acontecendo com o bebê?

— Ele não é um bebê — falou Francesca, amuada. — Ele tem quase 3 anos.

— Bem, pode perguntar para mim, de qualquer modo? — indagou Lily e a menina fez isso devidamente, relatando de volta que Ernesto não era problema dela. — Não é problema meu? — repetiu Lily, olhando para Carlotta, cujos olhos castanhos continuaram tão perturbados quanto antes, enquanto ela balançava a cabeça e repetia:

— *Non è il suo interesse.*

— Deveria ficar feliz — falou Francesca. — Ele chora quase tanto quanto a mamãe. E fede.

— Não entendo — disse Lily, mas Carlotta apenas repetiu o que havia dito e, então, com uma jogada daquela cabeça cheia de cabelos esvoaçantes, saiu porta afora e rumo ao Corso.

Lily arrumara tudo na cozinha do jeito como Rose havia recomendado, para facilitar, caso ela ficasse nervosa ou algo desse errado, o que era o esperado. As velhas irmãs italianas podiam simplesmente tirar coisas da despensa e jogá-las na mesa, mas Lily não ia fazer assim tão *alle naturale.*

No começo, ela tentou misturar a farinha e o açúcar juntos com um aparelhinho elétrico parecido com uma varinha, mas a mistura seca voou para fora da tigela nova com uma ferocidade alarmante, fazendo Francesca guinchar e espalhando farinha até as paredes. Na vez seguinte, elas misturaram da maneira tradicional, com uma colher.

— Agora, acrescentamos as *uova* — anunciou Lily com mais segurança do que realmente sentia.

Sua primeira tentativa de quebrar um ovo acabou com a maior parte da casca dentro da mistura e pelo menos metade do ovo na mesa. Sua segunda tentativa não foi muito melhor. Na terceira vez, ela entregou a tarefa à Francesca, que no começo recusou-se a ter qualquer coisa a ver com aquilo, então relutantemente bateu o ovo com um cuidado exagerado na lateral da tigela, só para que o negócio todo se quebrasse e explodisse pela mesa e escorregasse na direção da beirada, como um alienígena amarelo do mal. Nesse momento, Francesca lançou-se em cima dele para impedir seu progresso, mas derrubou o resto da caixa de ovos no chão também. Oito deles aterrissaram de cabeça para baixo e espirraram na pedra e o nono caiu rudemente em cima de um dos sapatos de Lily e escorreu por seus dedos em uma poça amarela brilhante.

Francesca pulou para longe da mesa, com as mãos para o alto, e Lily teria rido, mas viu imediatamente que aquela não era uma situação cômica. Não era travessura o que enxergava naqueles olhos verde-claros: era uma coisa completamente diferente, algo que ressoou em seu próprio ser de 7 anos há muito perdido.

Francesca estava olhando para ela com pavor.

— Eu sinto muito — sussurrou a menina, à beira das lágrimas. — Não foi de propósito, eu sinto muito, Lillian.

O coração de Lily afundou até as pontas de seus mocassins mergulhados em ovo.

Naquele instante, ela entendeu algo monumental. Não sobre ela própria ou Daniel ou seu casamento ou a namorada dele ou sua mãe ou seus próprios medos escondidos e segredos enterrados. Nada, na realidade, sobre algo no passado, no dela ou no de qualquer outra pessoa. O que ela entendeu foi sobre o futuro: que o futuro podia ser mudado se alguém soubesse que precisava ser. "Você só precisa de uma única pessoa que ande em cima de brasas por você", sua sábia, carinhosa e linda irmãzinha caçula havia acabado de lhe dizer isso. Só uma pessoa.

— Ah, esses *uova* danados — falou para Francesca, pegando um ovo fresco de uma nova caixa. — Você não odeia quando eles fazem isso? Sabe, é quase como se fizessem de propósito porque sabem que somos novatas, mas podemos mostrar a eles uma ou duas coisas. Ah, sim! Podemos mostrar quem é que manda, é o que eu acho. Sabia que quando eu era menor eu costumava saber fazer malabares?

— Malabares?

— É, você sabe, como um palhaço.

— Com sapatos grandões e um nariz vermelho?

— Ah, fico com o nariz vermelho de vez em quando, mas geralmente só faço isso aqui.

Dito isso, ela pegou três ovos e jogou o primeiro no ar, seguido pelo segundo e o terceiro, mas em vez de pegá-los na outra mão, ela os deixou cair — *splash, splash, splash* — no chão.

— Pronto! Tomem isso seus ovos malvados — repreendeu a bagunça Lily. — Só vou pegá-los se tiver vontade e não se esqueçam disso.

Francesca ficou olhando para ela com os olhos arregalados de descrença.

— Quer tentar? — perguntou Lily, esticando um ovo fresco para ela. — Temos muito mais. E é muito gostoso.

Cautelosamente, Francesca pegou um ovo, aí outro, e jogou ambos no ar ao mesmo tempo. Aí ela chegou para trás e escondeu o rosto, dando um gritinho quando eles explodiram aos seus pés.

Quase duas dúzias de ovos depois, a velha coordenação entre a mão e os olhos de Lily estava voltando após Francesca desistir de jogar os ovos no ar e treinar como quebrá-los gentilmente na lateral de uma tigela menor e extrair o conteúdo das cascas perfeitamente.

Parecia que um festival de omeletes que dera errado acontecera na cozinha, mas, tirando isso, a atmosfera era de triunfo contido.

— Quer saber? Acho que mostramos uma ou duas coisas para eles hoje, não acha? — Lily chegou para trás, tentando não deixar o orgulho transparecer em seu sorriso enquanto Francesca quebrava cuidadosamente outro ovo na tigela.

A garotinha assentiu, um sorriso modesto retorcendo os cantos de sua boca.

Tendo dominado a arte de quebrar ovos, elas passaram a misturar as avelãs e a enrolar a massa em toras arrumadinhas e homogêneas, mais redondas e gordas do que as que as irmãs vinham tentando fazer — mas isso era por um motivo que ficaria claro mais adiante, explicou Lily.

Quando o tabuleiro de toras estava finalmente no forno, elas se viraram para a bagunça ao redor e começaram a limpar.

As duas estavam em baixo da mesa varrendo os pedacinhos quebrados de casca e raspando as gemas secas quando, protegida pela luz baixa e a floresta de pernas de madeira, a vassoura de Francesca parou abruptamente, sua pá de lixo caindo no chão.

Ela se ajoelhou ali, perfeitamente imóvel, as pontas de suas asas roçando a parte de baixo da mesa.

— Ela não faz por querer — falou, sem olhar para cima. — Ela só faz isso porque está triste.

O coração de Lily estava martelando. *Esta era eu*, pensou. *Esta era eu!*

— Eu entendo — disse, baixinho. — Sua mãe não está bem. Mas, só para você saber, isso não está certo. E eu ainda não sei exatamente como, mas vou tentar ajudar, está bem?

A pá de lixo permaneceu imóvel por mais um momento, então Francesca assentiu brevemente e começou a varrer de novo. Lily queria abraçar a menina e não largá-la nunca mais. A visão daquela espinha pequena curvada sob as asas esfarrapadas lhe dava vontade de chorar. Ela podia ajudar Francesca e a ajudaria, mas nem todos os erros eram seus para consertar. Ela tinha que ter cuidado com o que prometia.

— Está com um cheiro tão bom — comentou Francesca, saindo de debaixo da mesa e voltando a ser ela mesma. — Venha, Lillian, vamos ver o que fizemos.

Quando Lily tirou os *cantucci* do forno, as toras pareciam tão boas quanto o cheiro: marrom douradas e gloriosas — não cruas, assadas demais, achatadas, explodidas ou qualquer das coisas que ela esperara que dessem errado.

Quando esfriaram, ela pegou a faca afiada como já vira Luciana fazer e fatiou as toras em fatias finas, colocando-as deitadas em outro tabuleiro e só então puxando o cortador de biscoitos que encontrara na caixa de promoções no mercado.

Sob o olhar atento de Francesca, ela pressionou o cortador contra o primeiro disco para fazer um formato perfeito de coração.

Ela ergueu o biscoito e o sorriso radiante no rosto da menininha quando viu o que era, naquele momento, quase fez seu próprio coração partido ter valido a pena.

Francesca pegou o cortador de biscoitos e pressionou dúzias de formatos de coração, com o sorriso no rosto, que então voltaram ao forno para serem assados pela segunda vez.

— O que vamos fazer com a parte de fora dos corações? — perguntou Francesca, juntando os pedaços restantes de biscoito semicozido em uma pilha e mordiscando-os. — Eles são tão gostosos quanto os corações, apesar de não se parecerem com nada.

— Não se preocupe, vamos pensar em alguma coisa. — Lily sorriu e as duas começaram a misturar uma segunda fornada de *cantucci*, desta vez com limão e, na falta de cranberries, cerejas desidratadas.

Finalmente, quando os biscoitos de avelã haviam sido assados uma segunda vez e tinham esfriado o suficiente para que elas pudessem comê-los, as duas se sentaram cada uma de um lado da mesa de Violetta, pegaram um coração cada e, ao mesmo tempo, depois de contarem até três, deram uma mordida.

— Francesca, você realmente faz biscoitos divinos, do outro mundo — disse Lily.

— É. — Francesca deu um sorriso largo, com os olhos brilhando. — Divinos, do outro mundo.

Capítulo 35

Luciana acordou após uma noite no hospital para descobrir que estava quase como nova, a não ser por alguns rangidos e estalidos extras. Mas, sério, o que eram alguns rangidos e estalidos extras a esta altura do campeonato?

Os analgésicos que lhe haviam receitado para o tornozelo gravemente torcido haviam lhe dado o sono mais repousante que ela tivera em anos, ajudado sem dúvida por uma concussão leve, então ela estava de bom humor e tinha cor nas bochechas pela primeira vez naquele ano.

Violetta, por outro lado, parecia ter acabado de ser desencavada das ruínas de Pompeia. Ela não havia trocado de roupa ou dormido desde que Luciana caíra da escada.

— Parece que devíamos trocar de lugar — falou Luciana quando viu sua irmã sentada ali, afundada na cadeira desconfortável como uma pilha de casacos de segunda mão.

— Tenho uma coisa para lhe contar — disse Violetta.

— Eu perdi um membro? — perguntou Luciana, tateando os braços, as pernas, o nariz.

— Não, eu praticamente não deixei que chegassem perto de você — falou Violetta. — Não é sobre você, é sobre mim. É sobre a Liga. É sobre esse casal.

— Não me importo se for o meu baço, dá para se viver sem um baço. Acho que nunca nem usei o meu baço.

— Não é sobre baços! Escute, Luciana. Eu não faço a menor ideia de Lily e Alessandro. Nunca senti o cheiro de flor de laranjeira, nunca senti o formigamento, nunca senti nada especial. Meu sexto sentido sumiu. Sumiu completamente. Lily é a esposa do benfeitor americano da pobre e doente Eugenia. Você sabe, o homem do vinho. O pai de Francesca. Lily é a esposa dele! Ela veio para encontrá-lo e, em vez disso, eu a empurrei para os braços de um homem cujo coração já foi despedaçado e agora será despedaçado todo de novo e vai ser minha culpa, tudo minha culpa. É bem o oposto do que a Liga Secreta das Cerzideiras Viúvas deve fazer. É como se eu tivesse pegado uma meia com um furinho minúsculo e a rasgado em farrapos. Não, pior. É como se eu tivesse pegado duas meias e feito isso. Eu sou uma fraude e um fracasso, e mereço ter todos os membros arrancados.

— Bem, você está no lugar certo, se o que procura são membros arrancados — falou Luciana, esforçando-se para sentar-se um pouco mais ereta em sua cama de hospital.

— Isso não é uma piada! — gritou Violetta. — Isso é o fim!

— Acalme-se, irmã, acalme-se — tranquilizou Luciana. — Não é o fim nem nada parecido. Ah, a diferença que uma boa noite de sono pode fazer! Escute-me, por favor. Vamos só ignorar por um minuto a flor de laranjeira, o formigamento e o sexto sentido, e considerar somente as formas como as coisas acabaram.

— Elas acabaram sendo uma catástrofe!

— Possivelmente para o Alessandro, sim, mas não para todo mundo.

— Bem, se ele é o *calzino rotto*, então é só o que interessa.

— Exatamente! Mas e se ele não for o *calzino rotto*, Violetta?

E se Lily for o *calzino rotto*? Talvez seja o coração dela que precise ser curado. Talvez Alessandro não tenha nada a ver com isso.

— Lily, o *calzino rotto*?

— Nós já estabelecemos que ela não é mais estrangeira do que ninguém.

— Mas Lily e mais quem? Alberto? Mario? Não faz sentido.

— Bem, e quanto ao marido?

— Mas ele dificilmente é um homem decente, ele é um adúltero.

— Ele tomou conta da Eugenia e dos filhos dela quando a maioria dos homens em seu lugar teria saído correndo há anos. Nós todas já não percebemos que há mais nessa situação do que podemos ver? Eugenia pode ser caprichosa e ele nem fica com ela quando está aqui.

— E daí?

— E daí, será que preciso lembrá-la, Violetta, que às vezes os adúlteros podem ser burros e decentes ao mesmo tempo?

Muitos, muitos anos antes, quando as irmãs estavam comprometidas com seus noivos gêmeos, Violetta havia se esgueirado para o que ela achava ser a cama de seu amor, só para descobrir duas coisas terríveis: a primeira, que o homem na cama não era o seu amor e, a segunda, que deveria ter sido.

— Só foi preciso um beijo — lembrou-a Luciana — para você perceber que estava noiva do homem errado, mas você soube, assim, do nada. Só um beijo, hein? E você fez algo a respeito, apesar de estar arriscando tanto. Você disse a ele, você disse para mim, você disse ao Silvio. Podia ter perdido todos nós, mas acreditou no amor verdadeiro, acreditou em si mesma e nós acreditamos em você, Violetta. Todos acreditamos em você. E você estava certa. Tudo acabou sendo o que devia ser para todos nós. Imagine se você tivesse ficado com medo de tomar aquela atitude? Imagine se nós duas tivéssemos terminado com o marido errado?

— Mas você mesma disse, foi um engano.

— Sim, no começo foi um engano. Mas todo mundo comete enganos. É ser capaz de reconhecê-los e ter a coragem para consertá-los que a torna especial.

— Não sou especial, é o que estou tentando lhe dizer.

— Você é especial, Violetta, é o que eu estou tentando lhe dizer. Você sabia quem pertencia a quem naquela época e fez o que precisava ser feito para consertar a situação. E vai ser exatamente a mesma coisa desta vez. Você é especial e eu ainda acredito em você.

Violetta ficou em silêncio por um instante enquanto pensava sobre isso.

— Santa Ana di Chisa — sussurrou Violetta finalmente, erguendo-se lentamente da cadeira e ficando mais ereta do que havia ficado em meses. — Ah, santa Ana di Chisa, acabei de perceber uma coisa monumental!

Ela olhou para Luciana.

— É você — falou. — É você. Você é o meu sexto sentido. Eu não o perdi! É você! Enfermeira, chame a ambulância!

— Violetta, você já está no hospital.

— Sei disso, mas preciso de uma carona para a cidade, e eles me devem uma. Não fique com essa cara, não vou deixá-la aqui sozinha. Você me parece perfeitamente bem agora, então é ladeira abaixo se ficar parada. Vou ajudá-la a se vestir e depois vamos para casa.

Capítulo 36

Lily estava atravessando a magnífica *piazza grande* segurando a mão de Francesca e só escutando parcialmente sua tagarelice quando viu seu marido do outro lado da praça.

O coração deu um pulo à moda antiga.

Ele estava esperando na sombra do poço na frente do *duomo*, uma perna cruzada por cima da outra, mãos nos bolsos, óculos escuros escondendo os olhos.

Usava uma das camisas polo que ela havia lhe dado, um fato que apertou e torceu em seu peito com a força de uma adaga.

Ele parecia tanto consigo mesmo, esse era o problema: tanto com o homem que Lily achava que ele era, o homem que achava que conhecia. Ela havia esperado que ele parecesse diferente agora que não era seu marido perfeito, e sim um estranho, um mentiroso e um ladrão do futuro que ela presumira que teriam juntos.

Mas lá estava Daniel, parecendo igualzinho ao homem por quem ela se apaixonara com tanta facilidade havia tantos anos e, se ela não estivesse na *piazza grande* de Montevedova segurando a mão de sua filha bastarda secreta, não teria acreditado que algum dia ele pudesse ser qualquer outra coisa.

Elas haviam perdido o ritmo, os membros de Lily subitamente tão pesados que ela mal podia arrastar um pé na frente do outro. Francesca parou de tagarelar para identificar o que as estava fazendo ir mais devagar, mas então viu Daniel.

— Aquele é o meu pai! — gritou ela, soltando a mão de Lily. — Não pensei que ele fosse estar aqui. — Ela correu na direção dele, cada batida de suas sandálias nos paralelepípedos da *piazza* queimando como um tapa nas bochechas de Lily.

Ela não poderia ter planejado isso, percebeu. Não podia ter calculado o efeito que o simples fato de vê-lo causaria nela. Com toda a sua habilidade executiva em contornar percalços, absorver variações, evitar armadilhas, naquele momento ela apenas se sentia sem ideia do que fazer. Isso não eram caixas de mistura para bolo e planilhas. Isso era carne e osso, e aqueles eram outros ingredientes impossíveis, amor e passado.

Ela não podia se afundar na confiabilidade segura de uma planilha de cadeia de fornecimento agora. Ela só podia afundar.

Observou Daniel quando ele percebeu a presença de Francesca e o olhar em seu rosto quando ele abriu os braços para sua filhinha torceu a adaga no peito de Lily ainda mais fundo.

Sofrimento. A palavra ecoou em sua cabeça tão claramente quanto os sinos da igreja que ela ouvira todos os dias em que estivera fora. Sofrimento. Era isso o que ela sentia e ah, a dor, o vazio daquilo. Tudo o que haviam desejado juntos, Daniel tinha. Lá estava, aninhado nos braços dele. Ele beijou o topo da cabeça de Francesca e Lily ficou imaginando como podia continuar respirando, se importando, esperando, como ela poderia continuar fazendo qualquer coisa depois daquilo.

E então ele a viu.

Todo o controle precioso que ela passara anos aperfeiçoando a abandonou, apertando bem forte seu coração, rasgando-lhe a pele, deixando-a em carne viva e exposta no sol escaldante da tarde.

Seus ombros começaram a sacudir, suas pernas tremeram e ela apertou ambas as mãos por cima da boca para sufocar o que quer que estivesse tentando sair. Ela não queria passar por isso. Era pedir demais, era demais para suportar.

Começou a afundar no chão, mas, conforme seus joelhos se dobraram, uma senhora a empurrou, chocando-se contra ela e deixando cair sua sacola de compras, da qual saíram quicando centenas de bolas de gude. Bolas de gude? Elas dançaram em volta dos tornozelos de Lily, clicando e batendo enquanto a idosa a empurrava para fora do caminho e fazia tsc-tsc conforme as caçava, como se fosse culpa de Lily as bolas de gude terem caído para começo de conversa.

— *Scusi, scusi, scusi* — disse a senhora, batendo nas pernas de Lily, forçando-a a ir de um lado para o outro e, do nada, a histeria foi sugada por baixo dela e rolou para longe, como se também fosse uma bola de gude perdida.

Quando ela ergueu os olhos, seu marido estava congelado sob o arco elaboradamente entalhado acima do poço, Francesca agarrada a ele enquanto Daniel olhava fixo para a esposa sendo manobrada para lá e para cá por uma idosa grisalha vestida de preto.

Francesca olhou para ela e acenou, pulando com entusiasmo.

Lily lutou para se conter, engolindo um uivo de desespero, respirando profundamente e tentando alcançar mais uma vez aquela única centelha de certeza: de que, o que quer que acontecesse, independentemente do quanto a confusão fosse terrível e o preço fosse alto, Francesca merecia ter um pai que a amava e que demonstrava esse amor.

Se isso tivesse a ver com essa criança linda e não com seu coração esfarrapado, ela poderia fazê-lo. Lily deu um passo à frente. Daniel ergueu a mão até os óculos escuros e os empurrou para o topo da cabeça.

Ela deu mais um passo, aí outro, forçando-se a continuar andando calmamente na direção dele, concentrando-se em manter o rosto tão neutro quanto possível.

Daniel não fez nada, permaneceu paralisado no lugar até ela estar tão perto que podia ver o medo em seus olhos, marcas de insônia sob eles, o cinza de sua pele pairando logo abaixo de seu bronzeado superficial.

— Esta é a Lillian — disse Francesca.

Lily podia ver a veia no pescoço dele latejando, a que ela costumava beijar e provocá-lo a respeito. Havia quanto tempo que não fazia isso?

— Sua filha e eu andamos fazendo *cantucci* juntas — falou Lily sem se alterar, olhando para Francesca, que sorriu de volta para ela. — Você tem uma garotinha muito especial aqui.

Daniel olhou para sua filha e então para Lily, seu cérebro cansado ainda se esforçando para entender a combinação.

— Vocês fizeram *cantucci*? — perguntou ele à esposa. Era uma pergunta ridícula de se fazer, tendo em vista quantas outras havia, mas fez todo sentido para Francesca.

— Íamos fazer biscoitos de aveia dos Estados Unidos — disse a menina —, depois que a irmã dela passou a receita pelo telefone, mas aí Lillian não conseguiu encontrar as aveias, então decidiu que podíamos fazer *cantucci*, só que um novo tipo, no formato de um coração!

Ela pescou entusiasmadamente no bolso de seu vestido, no qual havia guardado alguns dos biscoitos enquanto Lily não estava olhando, mas o primeiro que puxou estava quebrado, assim como o segundo e o terceiro.

O sorriso escorregou de seu rosto e ela foi para o lado de Lily, subitamente tímida, pegando uma de suas mãos, seus quadris girando, os braços das duas balançando em uníssono.

— Carlotta tem tomado conta de nós — falou Francesca para seu pai, fechando os olhos contra o sol. — *Mamma* está ficando *pazza* de novo.

Daniel então pareceu ficar como Lily se sentira antes das bolas de gude da senhora caírem no chão, como se ele não pudesse aguentar, como se quisesse desabar e deixar a *piazza* absorvê-lo através das rachaduras empoeiradas nos paralelepípedos quentes, como se não conseguisse continuar respirando.

— Eu sei — disse ele. — Eu sei, querida, e sinto muito.

Ele olhou para Lily, os olhos turvos de segredos e vergonha.

— Eu sinto muito — disse novamente. — Não sei mais o que dizer. Mas eu sinto muito, você tem que saber disso.

— É, bem, isso tudo pode esperar — disse Lily rigidamente. Logística, ela estava pensando, logística. Assegurar a segurança do produto, no caso, Francesca; aí abordar o colapso na cadeia de fornecimento, no caso, a sua vida; e depois, pensar em estratégia de reparos, no caso, sabe lá Deus o quê.

— Acho que você precisa levar sua filha para casa, Daniel — falou energicamente. — Ou para a casa de Carlotta. Foi isso o que combinamos. Francesca precisa saber que vai ficar tudo bem. E vai ficar tudo bem — acrescentou, suavizando o tom pelo bem da menininha. — Não estou aqui para criar problemas, acredite.

— Mas...

— Mas que tal discutirmos isso mais tarde? Talvez nós possamos...

Um pensamento ocorreu à Francesca, e então ela virou-se suplicantemente para interromper:

— Posso ficar com você, Lillian? Por favor! Por favor, por favor, por favor! Ninguém vai se importar. Pelo menos mamãe não vai. Papai pode pedir para ela e então ela não vai se importar. Por favor!

Lily manteve seu tom o mais brincalhão que pôde:

— Queridinha, você precisa ir para casa e contar à sua mãe tudo sobre os seus *cantucci*. E lhe dar os que você fez especialmente para ela. — Lily ergueu um saquinho de papel cheio do trabalho delas. — Não é isso, Daniel?

— É isso mesmo, amor — disse ele, esticando a mão. — Vamos.

— Você pode voltar e fazer mais *cantucci* outro dia, lembre-se — disse Lily.

— Mas eu quero ir agora!

Ela estava zangada, agitada, e era um lado dela que Lily não vira antes, mas achava que entendia. Quando a casa de uma garotinha não era seu santuário, ela preferia fazer qualquer coisa a voltar para lá.

— Eu vou ser boazinha! Vou limpar! Não vou fazer nenhum barulho. Posso ficar com você em cima da *pasticceria*. Vou tomar banho e escovar os dentes e... — Daniel colocou a mão em seu ombro e Lily curvou-se para tirar o cabelo do rosto dela.

— Vai ficar tudo bem, Francesca — disse ela, os braços coçando para se enlaçarem em volta dela. — Papai vai tomar conta de você.

Teria sido assim com Grace, pensou Lily. *Daniel e eu juntos, reconfortando-a, tomando conta dela, nos assegurando de que ela soubesse que estava em segurança, que seu mundo estava em ordem.*

Ela olhou para Daniel e ficou imaginando se ele estava pensando a mesma coisa ou se nem sequer chegava a pensar em Grace, agora que tinha sua própria filha.

Ela a sentiu então, a necessidade de uma picareta, a raiva que faltava. Daniel também percebeu.

A incerteza estranhamente gentil entre eles mudou instantaneamente para tensão. Ela quase podia ouvi-la crepitar e chiar.

Francesca avaliou a oportunidade embaraçosa que a distração dos adultos lhe dava e soltou-se da mão de Daniel.

— Eu não vou para casa! — gritou a menina. — Nunca!

— E saiu em disparada, correndo pela *piazza* como o diabo fugindo da cruz.

Daniel e Lily, ambos ligeiramente aturdidos, foram lentos demais em segui-la e, antes que qualquer um pudesse chegar perto da menina, Francesca havia desaparecido pela viela entre a torre do sino e a prefeitura e, quando finalmente eles chegaram no topo, não havia sinal dela.

— Vá na direção da via Ricci e *Piazza* San Francesco — ordenou Lily —, e eu vou pela via del Teatro na direção do Corso.

— Há quanto tempo você está aqui?

— Daniel! Vá atrás da sua filha!

Lily o deixou ali, disparando pela viela abaixo, forçando seus ouvidos a escutar as batidas das sandálias de Francesca nas ruas e escadarias escondidas dos dois lados.

A cidade de Montevedova era pequena, mas continha mais nichos e cantos escondidos do que a Terra-Média. Lily gritou para dentro de portas, entrou em passagens mal-iluminadas, e até levantou um encerado cheio de água de uma pilha de material de construção abandonado — mas não havia sinal de Francesca.

Após meia hora de busca, ela mancou de volta até a *piazza grande* e, dez minutos depois, Daniel apareceu do outro lado, erguendo as mãos em um gesto impotente.

— Para onde ela pode ter ido? — perguntou Lily. — Ela não iria para casa, então que tal para a casa de Carlotta? Ela iria para lá?

— Você conhece a Carlotta?

— Daniel, recomponha-se. Não é a hora de sincronizar cadernos de endereços. Estou aqui há uma semana. Conheci Francesca logo de cara por puro acaso e Carlotta logo depois. Eugenia fez o meu cabelo. Estou hospedada em cima da *pasticceria* das Ferretti. Mais alguma coisa que precise saber?

— Bem, que diabos, Lily, sim. O que você está fazendo aqui?

— Está brincando comigo? Eu sou sua esposa, Daniel. Lembra?

— Se eu me lembro? — ecoou ele, passando os dedos distraidamente pelo próprio cabelo enquanto começavam a descer a viela pela qual Francesca havia desaparecido.

— Sim, lembra?! Amor à primeira vista? A melhor coisa que já aconteceu a você? Para o melhor e o pior? Alguma dessas coisas parece familiar?

— É claro, Lily. Deus do céu, é só que...

— Que nós fomos feitos um para o outro? — Era o que todo mundo dizia e ela havia acreditado. Mesmo durante os tempos difíceis, ela havia acreditado.

— É verdade — disse Daniel desesperadamente, ainda se debatendo pelas palavras certas. — É verdade.

— Se é verdade, então talvez você possa ser bonzinho e me explicar o sapato de golfe.

— O sapato de golfe?

Ele pareceu tão perplexo que por um instante ela achou que talvez tivesse entendido tudo errado, que havia alguma explicação lógica, que haveria um final feliz para a história deles.

Mas aí a cara dele mudou para absoluta consternação. Ele parou.

— Ah, Lily. Meu Deus, eu sinto muito. Foi assim que você...? Eu sou tão... Ah! Escute, não é o que você pensa.

— Não é o que eu penso? Ah, eis uma resposta revigorante. O que é, então?

— Bem, é complicado — disse ele —, e eu não tenho certeza...

— Não parece tão complicado para mim, Daniel. Francesca é sua filha?

— Por favor, Lily, não posso simplesmente ficar aqui e...

— Daniel, estou lhe perguntando uma coisa: Francesca é sua filha? É uma pergunta que só aceita sim ou não como resposta.

— Nada é sim ou não, Lily. Eu queria que fosse, mas nada é sim ou não.

— Só me responda! Ela é sua filha? Tenha coragem, por favor, de pelo menos me dizer a verdade na minha cara em vez de se esconder e mentir, de trair e continuar me traindo. Já passei por coisa suficiente, pelo amor de Deus. Já sofri o suficiente. Não faça isso comigo. Não ouse fazer isso comigo.

Ela estava gritando, suas palavras iradas quicando pelos dois lados da pedra preta dos prédios tortos, zumbindo nos ouvidos dela.

— Sei que você sofreu — falou Daniel, sua voz também alta. — Mas eu também sofri, Lily. Eu também passei por isso. E estava bem ali do seu lado.

— Não, não estava! — berrou ela. — Você estava transando com a Eugenia!

— Não foi assim, Lily. Foi um engano! — gritou Daniel. — Um grande e enorme engano.

— Um engano? Nada é um engano, Daniel. Nada. Nós escolhemos o que fazemos. Eu escolhi você. Podia ter tido qualquer um. Podia ter me casado com qualquer um. Nunca passei um dia sem um homem que me amasse durante toda a minha vida adulta, mas escolhi você para ser meu marido (meu marido no papel, meu marido para o melhor ou para o pior) em vez de todos os outros, porque eu o amava. Eu confiava em você e achei que, de todas as pessoas no mundo, você nunca, jamais, jamais faria nada para me magoar assim.

— Ah, Lily, eu sei. Estraguei tudo! Não queria magoá-la, por favor, acredite em mim. Isso é a última coisa que eu ia querer. Eu te amo. Eu sempre amei você.

— Bem, eu te odeio! — gritou ela. — Você estragou tudo. Eu te odeio! Queria que você estivesse morto, Daniel. Queria que você estivesse morto! — Ela voou para cima dele, batendo em seu peito, desejando ter força para machucá-lo como ele a havia machucado, deliberadamente ou não. Não tinha importância, a dor ainda era a mesma.

Daniel agarrou os braços que se debatiam, segurou-os no lugar, então lentamente os abaixou. Ele tinha lágrimas nos olhos.

— Se isso a faz sentir-se melhor, a maior parte do tempo eu também queria estar morto — falou Daniel.

Lily puxou os pulsos para longe dele.

O chiado de uma máquina de cappuccino próxima subiu pela viela entre eles. Um pombo bateu as asas acima de suas cabeças. Um aglomerado de meninos conversando em uma excursão passou pela boca da viela que se abria na Via del Corso.

Então houve silêncio. A raiva bateu em retirada.

— Devo sentir pena de você agora? — perguntou Lily a ele.

Ele esticou o braço para a esposa de novo, arrasado, mas ela chegou para trás.

Os dois viram, ao mesmo tempo, Francesca passar pela rua.

— Vá você — disse Lily. — Ela é sua filha.

Capítulo 37

As viúvas estavam aglomeradas em volta da mesa em seu quartel-general subterrâneo olhando para os *cantucci* em formato de coração de Lily e Francesca.

— Bem, vamos ficar aqui de queixo caído ou vamos comê-los? —perguntou Fiorella, com a boca aguando.

— Não são do formato certo — disse uma viúva.

— Não são da cor certa — acrescentou outra.

— Não foram feitos por Violetta e Luciana — observou uma terceira.

— Ah, por favor — desdenhou Fiorella. — Esses *cantucci* têm uma aparência boa, um cheiro ótimo e temos certeza de que foram feitos hoje de manhã, não em algum momento dos anos 1970, então o que estamos esperando?

Sua mão com manchas senis esticou-se na direção da tigela de vidro canelado que ela trouxera escada abaixo, pairou brevemente — na maior parte para efeito dramático — e agarrou finalmente um dos *cantucci* em formato de coração.

— Santa Ana di Chisa! É sensacional — disse, depois de devorá-lo de uma só vez como um lobo de contos de fada. — Acho que o formato faz diferença. Doce e picante, tudo ao mesmo tempo. Poderia ser mergulhado em *vin santo* (bem, e o que não poderia?), mas poderia ser comido do jeito que está. Como *cantucci*, mas com *amore* extra. *Amorucci!* Vamos, suas covardes. O que estão esperando?

Não era preciso muito mais encorajamento para que as demais viúvas comessem, e a impressão geral foi que o formato de coração sem dúvida fazia os biscoitos ficarem ainda mais gostosos e que Lily e a filhinha de Eugenia — que estranha combinação essa! — haviam feito os *cantucci* das Ferretti renascerem dos mortos, ou pelo menos dos intragáveis.

Suas lambidas nos dedos e a tarefa de catar migalhas nos decotes foram interrompidas, no entanto, pela viúva Del Grasso cambaleando para dentro do aposento, totalmente afobada e chiando tanto que mal conseguia falar.

— Lily... a *piazza*... aquela garotinha... aaaah, *cantucci*. — Ela enfiou um biscoito em formato de coração na boca e mastigou alegremente, tentando recuperar o fôlego novamente. — Está *delizioso*.

— São *amorucci* — disse uma viúva. — É novo.

— O que você estava dizendo sobre Lily? — perguntou outra.

— Sim, ah, só mais um *amorucci* e então, hum, delícia... muito para contar. Ah, essas cerejas! De qualquer maneira, bem, eu as estava seguindo pela *piazza* e elas estavam perambulando felizes como garças, mas então algo aconteceu, algo estranho, algo que me fez pensar que essa armação com Alessandro talvez não esteja funcionando bem do jeito que deveria.

— Ah, é mesmo? — perguntou Fiorella. — E por quê?

— Bem, tem a ver com a menininha, Francesca. Ou mais exatamente com o pai dela — falou a viúva Del Grasso. — Vocês sabem, o americano, o cara do vinho, que vem e vai.

— S-i-i-m — todas disseram.

— Bem, Lily o viu — falou a viúva.

— S-i-i-m.

— E eu vi que ela o viu.

— S-i-i-m.

— E ela, bem, não há outra forma de dizer isso, mas temo que ela tenha ficado com os joelhos bambos.

As viúvas haviam descoberto anos antes que isso não era só uma expressão, as mulheres frequentemente ficavam com os joelhos bambos: mas só por seu *amore* verdadeiro.

— Ela ficou com os joelhos bambos por causa do americano do vinho? — perguntou a viúva Benedicti. — Bem, isso não pode estar certo.

— Eu intervim, é claro, como Violetta ia querer que eu fizesse — disse a viúva Del Grasso. — Por acaso eu estava com um saco de bolas de gude que havia confiscado do meu neto por dá-las de comer para o cachorro do vizinho (os resultados disso, deixem-me lhes dizer, não devem ser pisados) então deixei as bolas de gude caírem no chão debaixo dos pés de Lily.

— Boa ideia — concordaram as viúvas.

— Ela logo recuperou o controle de seus joelhos, então eu os segui. Bem, eu a segui. Santa Ana di Chisa seja louvada pelos óculos sobressalentes da minha cunhada! Eu a perdi mas aí a encontrei novamente, encontrei os dois. Estavam na viela que passa pela sua casa, Mazzetti, e estavam tendo uma discussão acalorada.

— Sobre o quê?

— Bem, não sei exatamente por que estavam berrando em inglês, mas ouvi uma palavra que conheço.

— S-i-i-m? — disseram as viúvas de novo.

— Marido — pronunciou a viúva Del Grasso com um grande sorriso. — Acho que o americano do vinho é marido da Lily.

Seguiu-se um silêncio pasmo.

— Como Violetta pôde ter entendido tão errado? — finalmente perguntou a viúva Mazzetti.

— Já erramos antes, mas não tanto assim — acrescentou a viúva Ciacci.

— O que eu venho tentando lhes dizer esse tempo todo? — exclamou a viúva Ercolani. — Violetta está velha demais para esse tipo de coisa.

— Não estou mesmo — anunciou Violetta, surpreendendo-as. — Eu dou as costas por um minuto e vocês deixam a porta destrancada? Quem foi a última a entrar?

— Fui eu — confessou Fiorella, apesar da culpa ser totalmente da viúva Del Grasso. — "Nasceu em um iglu", minha *nonna* costumava dizer. Eu nem sabia o que era um iglu até ter 47 anos. Eles são feitos de gelo, sabe. Não têm portas.

O humor de Violetta piorou só de vê-la.

— Sabe, desde que você chegou aqui não há nada além de...

— Esqueçam isso — interrompeu a viúva Mazzetti. — Você entendeu tudo errado em relação ao Alessandro.

— O coração dele! O coração do nosso pobre querido!

— Partido de novo, por nossa causa.

— Despedaçado, de uma hora para a outra.

— Pisoteado pela segunda vez.

— Então, como está a sua irmã? — perguntou Fiorella, surpreendendo Violetta ao tomar um rumo diferente.

— Bem — respondeu Violetta. — Ela está lá em cima. Intacta, mas ainda sem firmeza nos pés. Escutem, sobre Alessandro, não é tão ruim quanto pensam.

Então ela percebeu: o cheiro mais maravilhoso. Ele encheu suas narinas e Violetta apontou o focinho para o ar e farejou, farejou e farejou. Flor de laranjeira! Hoje, de todos os dias!

— Na realidade, é ainda melhor do que isso — exclamou com a coisa mais próxima de alegria que conseguia conjurar.

Fiorella Fiorucci, que era realmente muito astuta, a viu farejando e começou a ter uma sensação ruim.

— A verdade é que eu entendi errado, sem dúvida, mas não completamente. Não é Alessandro que é nosso *calzino rotto*, é Lily.

As viúvas irromperam em uma balbúrdia de discórdia. Alessandro era filho da aldeia, seu coração estava partido e era ele quem precisava de cura, e não uma estrangeira em um triângulo amoroso sórdido.

— Eu estou certa, sei que estou certa — disse Violetta. — Vocês têm que confiar em mim, mas para prová-lo, como se eu precisasse de provas, agora que tudo ficou bastante claro, ou talvez seja por isso que ficou, há cheiro de flor de laranjeira no ar. Posso senti-lo tão bem quanto se estivesse aqui na minha frente.

— Isso é engraçado — disse a viúva Mazzetti. — Eu também.

— Eu também — concordou Del Grasso.

— E eu — falou Ciacci.

— Bem, não estou surpresa — disse a viúva Ercolani, erguendo o aromatizador de ambiente que alguém havia comprado e colocado na cornija acima da lareira. — Ele estava *mesmo* bem na sua frente. Há praticamente uma fábrica de flor de laranjeira debaixo da sua loja, Violetta. Foi esse cheiro que você sentiu durante todos esses anos. Aromatizador de ambiente.

Capítulo 38

Lily ficou na viela sem saber o que fazer com a infelicidade que rugia dentro dela. Não queria voltar para a *pasticceria*, não queria ir ao Poliziano, não queria ir a lugar algum — não queria estar em lugar nenhum.

Ela desceu o Corso, agarrando-se às paredes de prédios inclinados, repassando a terrível briga com Daniel. Devia ter ficado em Nova York. Era melhor não saber, não ouvir, não ver.

Ela devia ter posto a foto idiota de volta no sapato e simplesmente continuado com sua vida antiga: era o que ela devia ter feito.

— *Buonasera*, Lily — gritou Mario por trás de seus sorvetes reluzentes enquanto ela passava pela *gelateria*. — Entre para tomar um *gelato*! Seu chocolate triplo está aqui esperando por você!

Ela acenou de volta mas andou mais rápido, como se estivesse sendo esperada em outro lugar.

Mais abaixo da colina, Alberto acenou para ela por cima do ombro de um cliente, então saiu correndo para o vão de sua porta.

— Uma taça de vinho, Lily? Um prosecco?

Ela conseguiu dar um sorriso torturado, mas podia sentir as lágrimas espremidas nos cantos dos olhos enquanto passava apressada.

— *Fragoli?* — ofereceu-lhe a senhora corpulenta no *alimentare* perto da igreja semirreformada, entrando em seu caminho carregando uma tina de morangos. — Frescos. *Oggi.*

Lily balançou a cabeça e continuou andando rápido, parando completamente apenas quando deu um encontrão em um homem de meia-idade vestido com um linho caro mas amarrotado. Ele havia parado no meio do Corso para examinar um mapa de turista com sua esposa.

— Ah, me desculpe — disse Lily, observando se ele estava bem.

— Graças a Deus, você fala inglês — sorriu a esposa, tentando puxar a mala para fora do caminho de outros pedestres. — Talvez você possa ajudar.

O marido enxugou a testa suada com um lenço manchado.

— Por acaso você não sabe onde podemos encontrar o Hotel Adesso, sabe?

— Na verdade, sei — respondeu Lily, surpresa por sua voz soar normal. — Vocês ainda vão ter que andar, sinto dizer, mas tem mais sombra depois que virarem à esquerda no topo da colina. Então, são mais uns dez minutos de caminhada e ele fica à sua direita.

— Pronto, querido. — A esposa sorriu. — Eu falei que alguém ia parar e ajudar.

— Obrigado — disse o marido. — Foi um dia e tanto.

— Mas é lindo aqui, não é? — comentou a esposa, seu rosto era o retrato das férias extasiantes. — Achamos Florença linda de morrer, mas este lugar ganha. É deslumbrante! Simplesmente deslumbrante!

O marido sorriu para ela e esticou o braço, tocando-lhe o ombro, como se simplesmente para lhe agradecer por estar tão entusiasmada. Ela sorriu de volta para ele, e foi um momento tão terno que Lily desviou o olhar, com um nó na garganta.

Eles lhe agradeceram, e então se esforçaram para continuar subindo, deixando-a ali, fitando o casal. O sol brilhava, batendo nas venezianas desbotadas e nos vidros das janelas de um lado da rua, jogando um tom mais escuro de pedra da Toscana nos prédios do outro lado.

Todos à sua volta pareciam estar rindo, até mesmo os gerânios em um vaso no beiral da janela ao seu lado de repente pareciam impossivelmente empertigados. Uma melodia enfumaçada de jazz adejou pelo ar vindo de uma janela acima, no terceiro andar. Através de uma fresta entre os prédios, ela podia enxergar árvores distantes sendo acariciadas por uma brisa suave que dançava pelo vale. Alguém por perto estava torrando café, um casal de adolescentes apaixonados murmurava bobagens um para o outro enquanto sentavam-se nos degraus da igreja, com braços e pernas entrelaçados como raízes de árvores.

Como o sol podia brilhar e as flores desabrocharem quando o homem apaixonado em torno do qual os braços e as pernas dela antigamente costumavam se entrelaçar havia mostrado ser pouco mais do que uma ilusão — um jogo de espelhos?

Deveria estar chovendo.

Agora era a vez de Lily ser empurrada por um pedestre apressado cujo esbarrão não intencional a fez girar quase 360 graus até ela se ver praticamente nos braços de quem a empurrara.

Era Alessandro. Apesar de os relatos em contrário, Montevedova era realmente uma cidade onde você esbarrava com todo mundo que conhecia.

— Sinto muito por encontrá-la assim — disse Alessandro, um sorriso largo dividindo seu rosto bonito —, mas também estou muito feliz por encontrá-la assim. — Ele fez uma pausa, o sorriso sumindo. — Você está bem, Lily? Parece perdida.

— Acho que posso dizer que não estou tendo um dos melhores dias — falou ela.

— Nem eu — concordou Alessandro. — Minha empregada me mandou em outra estranha tarefa inútil. Estou esperando uma garrafa de licor chegar na loja de vinhos há quase duas horas, mas desisto. Está um dia tão lindo! Bom demais para ser desperdiçado.

Na verdade, ela também estava feliz por ter esbarrado com ele. Alessandro era um sopro de ar fresco bem quando ela precisava de um.

— Você já almoçou? — perguntou Alessandro, ao que Lily balançou a cabeça.

— Quer almoçar comigo?

— Em Montevedova?

— Onde você quiser. — Alessandro sorriu.

— Qualquer lugar que não seja Montevedova.

— Sei exatamente o lugar. É algo um pouco diferente daqui e acho que você vai gostar.

— *Fragoli?* — A mulher no vão da porta do *alimentare* gritou para eles conforme atravessavam para fora do antigo portal da cidade em direção ao estacionamento. — *Fragoli?*

O "algo um pouco diferente" provou ser algo bastante deslumbrante: uma cidade próxima chamada Bagno Vignoni onde a *piazza grande* não era uma praça de paralelepípedos, mas o tanque de um antigo banho romano contido por um perímetro de pedra em volta do qual o resto da minúscula aldeia se aninhava.

Alessandro escolheu uma mesa mais perto da água no café e Lily sentou-se ao lado dele, olhando pela superfície imóvel como um espelho através de espaços entre as casas que a cercavam: mais uma cidade ridiculamente graciosa e perfeitamente simétrica no topo de uma colina empoleirada ao longe no horizonte.

— Este é o lugar mais lindo de todos — disse ela.

— É mesmo — concordou Alessandro. — Eu costumava vir aqui frequentemente com a minha esposa.

Ele tinha um cheiro delicioso, ela não podia deixar de perceber, meio fresco, como limões, ou algo mais exótico: maracujá, talvez.

— Sinto muito, Alessandro. Sobre a sua esposa. Você deve sentir muita falta dela.

— É — disse ele. — Eu sinto.

— Quer falar sobre isso?

— Não é uma conversa agradável.

— Bem, não estou muito no clima de conversas agradáveis, se isso faz alguma diferença.

A garçonete veio e anotou o pedido de Alessandro, um Campari, e Lily hesitou — com medo de acabar com o sutiã saindo pela manga uma segunda vez —, mas aí pediu a mesma coisa.

— Quando ela faleceu? — perguntou Lily, assim ficaram a sós novamente.

— Há dois anos. Há pouco mais de dois anos. — Ele estava olhando através da água, a unha de um polegar coçando o nó do outro. — Tinha algo errado com seu coração, algo que nós não sabíamos. Ela estava dirigindo para Pienza e... — Ele parou de falar, balançando a cabeça. — Foi muito súbito. Ela não sofreu. É isso que me dizem. Ela não sofreu.

257

A esposa, pensou Lily, ficou, de longe, com a parte menos ruim. Era seu marido sobrevivente que estava sofrendo.

— Estavam casados havia muito tempo?

— Quase 25 anos. Estudamos juntos na escola, fizemos faculdade juntos, viajamos juntos, fazíamos tudo juntos.

— Ela gostava de viajar?

— Gostava. — Alessandro sorriu, a lembrança de tempos mais felizes empurrando sua perda para longe. — Nós dois gostávamos. Pela Itália, no começo: Sicília, Puglia, Úmbria, *Venezia*. Ela adorava *Venezia*.

— *Venezia*?

— Veneza.

— Ah, então a gôndola...?

— Sim, uma lembrança especial. O dia em que pedi Elisabeta em casamento.

— Romântico.

— É.

O humor dele pareceu ficar mais sombrio.

— Tenho certeza de que você vai encontrar um amor novamente — disse Lily, o mais suavemente que conseguiu.

Ele olhou para ela.

— Eu quero, mas é difícil. Eu não sei o que fazer sem ela, como ser sem ela. Queria que Elisabeta estivesse aqui. Vivo desejando isso. Apenas queria que ela estivesse aqui e que tudo pudesse ser do jeito que era antes.

— Tenho certeza de que ela sabia o quanto você a amava — disse Lily. Um homem com sentimentos como os que Alessandro tinha a respeito de sua esposa devia dizer isso para ela todos os minutos.

— É gentileza sua dizer isso, mas não tenho certeza de que ela soubesse. Não éramos do tipo de dizer o tempo todo um para o outro "Ah, eu te amo, eu te adoro, não posso viver sem você", porque presumia que ela soubesse disso. Mas agora eu queria que tivéssemos falado nisso com mais frequência porque esta é a verdade.

— Tenho certeza de que, ainda assim, ela sabia.

— Se eu tivesse meu tempo de novo, se ela tivesse o tempo dela de novo, eu lhe diria todos os dias, para que se ela fosse tirada de mim subitamente, tivesse certeza de que... — Ele virou o rosto para o outro lado, o orgulho impedindo-o de mostrar as lágrimas para Lily.

Foi então que Lily soube que iria dormir com ele.

Ela suspeitava que sabia disso desde que o vira pela primeira vez através de sua janela molhada na estrada que levava à Montevedova, a chuva respingando na camisa de linho branco dele contra sua pele olivácea.

Lily estava de coração partido na Toscana, afinal de contas, sentia-se confusa a respeito de tudo, exceto sobre esta pessoa triste, gentil e solitária que o destino parecia determinado a empurrar para seus braços. Ele tinha um cheiro bom, e ela queria fazer com que ele se sentisse melhor. Ela podia fazer isso.

Ela se convidou para a *villa* dele e ele aceitou o convite.

Não tinha nada a ver com Daniel, ela disse para si mesma, com o que ele havia feito a ela, com o que havia acontecido mais cedo naquele dia. Tinha a ver com Alessandro. O triste e sexy Alessandro, e a forma como ele a fazia se sentir, como se Lily tivesse algo que ele queria, algo de que ele precisava.

As portas do celeiro estavam abertas quando eles pararam do lado de fora da *villa* e ela pôde ver a gôndola estacionada ali, encalhada na Toscana. Seu coração doeu pelas lembranças que ela continha.

Dentro da *villa* ela pediu licença para passar batom, verificar seu cabelo (Eugenia na verdade fizera um bom trabalho) e borrifar um pouco de perfume nos pulsos. Fazia muito,

muito tempo desde que seduzira alguém, mas ela achava que os homens não haviam mudado tanto nos últimos vinte anos. E sentira o que quer que havia entre ela e Alessandro tão claramente quanto podia enxergar. Química, possibilidade, tesão: estava tudo ali.

No momento em que ela entrou na cozinha onde ele estava fazendo café, Lily percebeu que não seria necessário sedução. Alessandro estava sentindo o mesmo, ela tinha certeza. Seu olhar quando ele a viu, o ligeiro formigamento no ar quente de verão, o pequeno vestígio de eletricidade que tremia e faiscava entre eles; ela e Alessandro iam se unir tão facilmente quanto ela e Daniel haviam se separado.

Ela relaxou. Tudo daria certo.

Ele levou os cafés para a sala de estar e colocou uma música — ópera, algo que Lily já ouvira antes mas não sabia o nome. Alessandro abriu as portas que davam para a piscina e o vale, então ficou ali com as costas para ela enquanto as cortinas transparentes de linho adejavam na brisa.

Finalmente ele se virou, sorriu seu sorriso pesaroso, e Lily simplesmente caminhou até ele, como em um sonho. Não conseguiu se controlar. Parecia inevitável.

Os braços de Lily ansiavam por abraçá-lo, empurrar a dor dele para longe. Ela sabia qual era a sensação, o quanto era solitário, o quanto o buraco interior podia ficar profundo quando havia sido esvaziado tão completamente e nada mais parecia preenchê-lo.

Ela ergueu o rosto para ele e o beijou, sentindo o gosto de sal em seus lábios, o tremor que percorreu o corpo dele ao seu toque.

Se ficou surpreso com a ousadia dela, Alessandro não demonstrou. Ele caiu fundo naquele beijo e Lily foi com ele.

Ele a puxou mais para perto, uma das mãos em sua nuca, a outra em seu quadril e beijou seu pescoço, sua orelha, a clavícula que havia admirado no primeiro dia em que a vira.

Lily jogou a cabeça para trás enquanto sentia uma parte da dor de Alessandro se derreter. Ouviu um pequeno gemido de êxtase, chegou mais perto, seus quadris se fundiram com os dele, uma fome insaciável queimando dos dedos do pé por seu corpo todo até os lábios.

Quando os lábios dela encontraram de novo os de Alessandro, esperando, desesperados por mais, Lily sentiu gosto de sal novamente, mas desta vez era diferente. Essas lágrimas, percebeu, eram dela.

Capítulo 39

O quartel-general da Liga nunca estivera tão silencioso. Violetta piscou e esperou que alguém dissesse alguma coisa. Ninguém falou nada. Nem quando a viúva Ciacci botou o aromatizador de ambiente em cima da lareira novamente.

— Eu achei... todo esse tempo... é simplesmente... — Violetta começou a envelhecer diante dos olhos delas, seu rosto caindo, seus ombros afundando, sua alegria evaporando no ar rarefeito e silencioso. — Amor — sussurrou. — Eu achei que sabia. Luciana tinha tanta certeza. Como pode ser?

Foi Fiorella quem veio rapidamente em seu socorro.

— Ah, pelo amor de santa Ana di Chisa — disse, com os olhos se revirando, é claro. — Qual é a importância disso?

— Qual é a *importância*? — arfou a viúva Mazzetti. — Violetta é a nossa líder espiritual! Nós confiávamos nela. Nós a seguimos.

— Mas o motivo de fazerem isso não é para que possam curar corações partidos? — atacou Fiorella. — Não consigo ver de jeito nenhum por que importa *como*. É ótimo que vejam sinais que as levem às pessoas que mais necessitam de ajuda, mas, na verdade, não precisam olhar muito longe para encontrar alguém nesse barco. Andem pelo Corso e poderão ver meia dúzia de corações partidos daqui até a *gelateria*, se estão procurando por eles. Eles estão em todos os lugares! Um formigamento aqui, uma dor ali, talvez isso tenha tido algo a ver, mas a questão é que a maioria das pessoas não está nem aí. O fundamental é que há menos corações partidos lá fora graças ao fato de vocês os terem percebido, para começo de conversa, então podemos aceitar isso e seguir em frente?

— Mas o pobre Alessandro... — começou a viúva Ciacci.

— Ah, que se dane o pobre Alessandro — desdenhou Fiorella. — Não há como negar que ele é bonitão e também um sujeito bem legal, mas há toda a questão da filha.

As viúvas resmungaram que isso já havia sido muito discutido e que o assunto foi considerado um trabalho em andamento, portanto não era um impedimento à candidatura à assistência delas.

— Bem, e quanto ao fato de que ele vem transando com a esposa do farmacêutico nos últimos 18 meses? — perguntou Fiorella. — E, apesar disso não fazer dele um completo canalha, Alessandro também tem batido coxa com a irmã dela em Montechiello, embora não tão regularmente devido ao fato de seu marido não estar doidão de antidepressivos o tempo todo (ainda que ele beba bastante). Alessandro? Consciência tranquila? Acho que não.

A viúva Benedicti parecia prestes a explodir, seu rosto roxo de raiva enquanto apontava um dedo trêmulo para Fiorella. Isso parecia acontecer muito com ela.

— É mentira! — sibilou a viúva Benedicti. — É uma mentira deslavada.

— O seu patrão foge para algum lugar por volta das três horas da tarde às quartas-feiras e volta cheirando ao perfume Pink Sugar, da Aquolina, estou certa? Fica um pouco pesado no almíscar, se quer a minha opinião, mas é nosso aroma mais caro. O sujeito não é sovina, eu admito.

— Ele está de luto pela esposa, pelo amor de Deus — insistiu a viúva Benedicti. — Ele é gentil, generoso, educado, bom e, e, e... alto!

Mas ela havia percebido o cheiro de Pink Sugar flutuando em volta dele em uma noite de quarta-feira. Ela tinha certeza porque ele lhe dera um vidro daquele troço de aniversário. E havia o recibo da camisola que ela encontrara no bolso dele enquanto lavava a roupa. Era de uma loja em Montechiello, como ela se lembrava.

— Também tenho minhas suspeitas sobre a mulher que poda as oliveiras dele — disse Fiorella. — Normalmente quando duas pessoas são picadas por mosquitos ao mesmo tempo daquela maneira e no mesmo lugar não é nenhum mistério, é só o que estou dizendo.

A podadora de oliveiras estava com as garras enfiadas em Alessandro desde que pusera os olhos nele pela primeira vez, conforme a viúva Benedicti já sabia. Ela vira muitos arranhões logo depois, mas nunca somara dois mais dois.

— Não acredito — falou, de uma forma que indicava que talvez pudesse acreditar só um pouquinho.

— Olhe, não estou dizendo que o sujeito é um completo desperdício de espaço — disse Fiorella —, mas ele tem problemas. Claro que está triste, está supertriste, mas as moças adoram isso, não é? Só não acho que ele seja o cara para Lily.

— Então você concorda que Lily é nosso *calzino rotto*? — perguntou Violetta.

— Acho que ela é tão boa quanto qualquer outra pessoa, e que há a garotinha para se pensar. A das asas.

— A filha bastarda do marido adúltero? — A viúva Mazzetti estava pasma. — Bem, agora eu já ouvi de tudo. O que ela tem a ver com isso?

— Alô! Ela tem tudo a ver com isso. Aquela criança precisa de uma mãe, e nosso *calzino* precisa de uma filha. O que mais vocês precisam saber? Corações podem ser curados de cem maneiras diferentes, sabem. Talvez esse buraco vá ser cerzido com uma linha de cor diferente. — Fiorella chegou a parar para piscar para Violetta. — Ele cumpre a tarefa da mesma maneira, apenas parece meio estranho pelo lado de fora.

— Mas aquela menininha já tem mãe — falou a viúva Del Grasso.

— Uma mãe que não está lá por inteiro.

— Sim, mas...

— Sim, mas nada. Aquela ali quer um ou seis meses no pinel e...

— Não se diz mais pinel — interpôs a viúva Mazzetti. — É politicamente incorreto.

— Não existe politicamente incorreto na minha terra.

— E onde fica isso?

— Na Itália! Você está dormindo?

— Calma, calma, senhoras! — Violetta recuperara um pouco de seu velho topete e botou ordem no grupo firmemente. — Deixem Fiorella terminar.

— Só estou sugerindo que a lourinha fique aqui em Montevedova e talvez ajude o marido adúltero a ser um pai para aquelas crianças. Aqueles dois são boas pessoas, dá para ver, apesar dos erros que cometeram. E quem aqui nunca cometeu um erro? Ah, aquela criança mais nova não é dele, por falar nisso. Alguém se lembra do bonitão escandinavo que passou por aqui há alguns anos? Clamídia, as histórias que ela pode contar... De qualquer modo, que tal isso como plano: Eugenia pode ir para uma instituição politicamente correta escolhida por alguém-em-uma-posição-melhor-para-decidir e, com um pouco de carinho e atenção, deve ficar bem. Então, ela pode voltar e encontrar o amor verdadeiro com outra pessoa, porque Eugenia não ama o marido de Lily, e ele não a ama. Quando todo mundo tiver feito as contas e resolvido tudo, devem acabar nos braços certos. Além disso, as crianças serão cuidadas nesse meio-tempo. Realmente importa quem vai fazer isso, desde que seja feito?

As viúvas se entreolharam. A maioria estava um pouco confusa, mas não Violetta. Ela encarava Fiorella como se fosse um *gelato* gigante em seu sabor favorito há muito esquecido.

— É pedir muito da pobre Lily, não é? — perguntou alguém.

— Qualquer bocó pode ver que ela gosta da menina. Será que nos importaríamos se ela ficasse presa aqui fazendo *cantucci* em formato de coração até Eugenia recuperar a sanidade? Não, não nos importaríamos.

— Ela fez *cantucci* em formato de coração? — perguntou Violetta.

Fiorella espanou algumas migalhas de seu vestido.

— Nós os chamamos de *amorucci* — falou. — Você podia dar uma surra nos Borsolini com esse negócio, vou lhe dizer.

— Ainda é muito para pedir da pobre Lily — disse a viúva Del Grasso.

— Bem, ninguém falou que seria fácil — observou Fiorella. — O amor é um negócio bagunçado, afinal de contas. Já deviam ter entendido isso a esta altura.

— Ela simplesmente entra aqui e tenta nos dizer o que fazer — falou a viúva Mazzetti para o aposento. — Há regras para esse tipo de...

— Ah, por favor! — Fiorella jogou as mãos para o alto. — Não me fale em regras. O que as regras têm a ver com amor? Não, não é justo; sim, é complicado, mas olhe para mim: fui enganada para me casar com um completo imbecil e tive que ver o homem que eu amava morrer por causa de um coração partido. E fiquei bem.

— Isso é questão de opinião — resmungou a viúva Mazzetti baixinho, mas não baixo o suficiente.

— Bem, deixe-me lhe dizer isso, *signorina* Regra Número Seis, Cláusula B, Adendo Dois Ponto Cinco — disse Fiorella, virando-se para ela. — Eu iria para o Hospital de Montevedova agora mesmo e removeria todos os meus membros e olhos e as minhas orelhas e o nariz se isso me desse só mais um dia com o meu Eduardo. Não me interessa o quanto isso fosse dificultar o resto da minha vida. Se só o que eu tivesse fosse um minuto, um único minuto, para ficar com ele de novo, valeria a pena. Isso é amor, suas patetas. Vocês deviam ser especialistas. Não se lembram do quanto é difícil? Bem, estão no negócio errado. Que vergonha. Que vergonha, que vergonha, que vergonha.

O cheiro da mortificação em massa encheu o aposento, competindo seriamente com o aromatizador de ambiente.

— Eu iria para o Hospital de Montevedova e cortaria minhas pernas por mais um momento com o meu Antonio — fungou a viúva Del Grasso no silêncio constrangido.

— Eu também — sussurrou a viúva Benedicti.

— E as minhas orelhas — soluçou a viúva Ciacci.

— Para estar nos braços do meu querido de novo? Ah! Eles podiam tirar tudo! — chorou até a viúva Mazzetti. — Tudo!

No meio das nonagenárias fungando ergueu-se a minúscula Violetta.

— Acho que Fiorella lembrou a todas nós do porquê estamos aqui e como nossa missão é preciosa — disse ela, mas foi interrompida quase que imediatamente pela viúva Pacini entrando apressada, seu peito inchado de orgulho, assim como o restante dela.

— Sucesso, sucesso, sucesso — exultou ela. — Del Grasso, seu neto não conseguiu levá-la para dentro da *gelateria*, e Ciacci, o seu não conseguiu levá-la para a loja de vinhos, mas bem na frente do meu *alimentare*, perto dos morangos frescos colhidos hoje, nosso *calzino rotto* encontrou seu par!

— O que aconteceu? — perguntou um coro de vozes.

— Eles partiram rumo ao pôr do sol — relatou a viúva Pacini triunfantemente, antes de perceber que havia algo errado. — Por que essas caras amuadas, não era isso o que queríamos?

— Há quanto tempo isso aconteceu? — perguntou Violetta.

— Há umas duas horas, acho. Talvez mais.

— E esperou esse tempo todo para vir nos contar?

— Tive que fechar o *alimentare* e parar no Poliziano para comer um ou dois *cannelloni* para comemorar. Sei que são sicilianos, mas são perfeitos para uma ocasião como esta. Por quê? O que está acontecendo?

— Houve uma mudança de planos — disse Fiorella. — Vamos mudar de timoneiro.

— Mudar de timoneiro? Violetta, isso é verdade? — A viúva Pacini estava horrorizada. Violetta era a pessoa menos provável para mudar de timoneiro, afinal de contas.

— Sim, é — confirmou Violetta. — Com certeza é.

Capítulo 40

Lily havia esquecido do drama exaustivo do primeiro beijo profundo.

Não havia nada igual no mundo: aquele momento em que tudo o mais no universo, incômodo ou não, era varrido para longe.

As finas cortinas de linho ondulavam para dentro da sala com uma rajada teatral enquanto Alessandro levava Lily na direção do sofá elegante e gracioso para um homem tão grande, suas mãos tão delicadas sobre ela que Lily poderia muito bem ser uma antiguidade valiosa.

Ele não se apressou, um amante experiente, desabotoando lentamente a blusa dela e foi admirando seu corpo conforme ele era gradualmente revelado. Ele falava em italiano e ela seria capaz de ficar escutando-o para sempre. Com as mãos dele em seu pescoço, seus seios, suas costelas, sua barriga, seus quadris, suas coxas, era impossível pensar em qualquer outra coisa que não fosse a sensação dele, o som dele, o cheiro dele.

Seus lábios ardiam onde Alessandro os havia tocado, sua pele tremia, seu cabelo caiu do nó arrumadinho. Ela se sentia livre, impossivelmente livre, como se estivesse flutuando sem peso no céu azul da Toscana, quilômetros acima do caos sórdido da vida real.

Era o êxtase.

Depois, ela não despencou de volta na terra com um baque imediato. Continuou flutuando nos braços de Alessandro enquanto ele lhe dizia como ela era bonita, como tinha sorte por tê-la conhecido, como às vezes o destino botava as almas certas nos braços certos e como ele se sentia mais feliz do que se sentira em muito tempo.

Ela queria ficar ali para sempre, suspensa na simplicidade celestial de tudo aquilo: dois adultos feridos usufruindo do corpo um do outro, do calor um do outro, do conforto um do outro. Ela formigava da cabeça aos pés de uma maneira que não se lembrava de jamais ter formigado antes.

Mas o destino, no final, não queria que Lily ficasse onde estava. O destino tinha outros planos, que envolviam a empregada idosa de Alessandro aparecendo na frente deles, com um olhar de horror contorcendo seu rosto avermelhado. Ela estava segurando um balde de metal cheio de água com sabão, que prontamente deixou cair no chão com um estrondo.

Lily, mais do que mortificada, apesar de felizmente semi-vestida àquela altura, pulou para longe do sofá, abotoando a blusa, girando a saia para o lado certo, agarrando sua calcinha que estava debaixo de uma almofada.

Alessandro, que só recentemente havia botado as calças, olhou aturdido para a obviamente agitada *signora* Benedicti, segurando erguido, como uma arma, um espanador.

— Eu vim para limpar — anunciou ela e, empurrando Alessandro para fora do caminho, pegou a manta de caxemira que havia sido jogada no chão e começou a arrumar as almofadas onde os amantes tinha estado deitados pouco antes.

— *Signora* Benedicti, o que está fazendo aqui? — perguntou em italiano um Alessandro impressionantemente calmo sob as circunstâncias. — Achei que tinha limpado a casa hoje de manhã.

— E tinha — respondeu ela em inglês. — Mas ainda está muito empoeirado. Viu? — Ela desceu o espanador no aparador com uma bordoada tão poderosa que Lily, agora pelo menos vestida e abotoada adequadamente, pulou de medo.

— Mas eu não entendo. Nós nos despedimos. Eu a vi indo embora.

— E a poeira presta tanta atenção nessas atividades? — respondeu a empregada. — Se quiser que a senhora sua amiga fique com alergia e crie um narigão e olhos cheios d'água, eu não vou chegar, mas para manter o rosto lindo é necessário que o meu trabalho seja feito, e já.

— Sabe, acho que já vou — disse a senhora amiga de Alessandro.

— De jeito nenhum — protestou Alessandro. — Eu ficaria muito triste se você fosse embora agora. Por favor, só me dê um minuto. Se eu a chateei, *signora* Benedicti, sinto muito — falou Alessandro, voltando ao seu idioma original —, mas isso realmente não é da sua conta.

— Eu não tenho uma conta — respondeu a senhora, também em italiano. — Só muita poeira da qual me livrar, suas roupas para terminar de passar, o chão da cozinha para esfregar e algo que tem um cheiro muito desagradável na sua geladeira para localizar e jogar fora. Trabalho muito para você, Alessandro, muito mais do que aquela podadora de oliveiras que você sempre elogia tanto, mas não importa o quanto eu trabalhe, isso nunca parece satisfazê-lo. Nunca!

Alessandro estava espantado. Um ataque daqueles não tinha nada a ver com a personalidade da viúva.

— *Signora*, está se sentindo bem? — perguntou-lhe.

Ela olhou para ele por um ou dois instantes — Alessandro realmente era um homem gentil, ainda que excessivamente lascivo —, então disse que na verdade não estava se sentindo nada bem e perguntou se ele podia, por favor, levá-la até a cozinha e lhe fazer um belo copo de limonada caseira com uma folha de hortelã do pedaço que crescia selvagem sob as oliveiras, as que não haviam sido podadas, algumas centenas de metros atrás do celeiro.

— Por favor, Lily, eu peço desculpas, mas se você puder só nos dar licença por mais algum tempo — falou Alessandro, acompanhando a viúva até a cozinha.

Lily ficou ali de pé por um momento, tentando se livrar do constrangimento. A empregada com o balde com sabão e espanador de pó certamente havia trazido seus pés de volta à terra. As cortinas de linho esvoaçando sonhadoramente agora faziam um barulho irritante de açoite, as portas abertas haviam recebido um trio de moscas zumbindo e estava quente demais. A pele dela não estava mais formigando. Ela sentindo o início de dor de cabeça.

Tentou recapturar a sensação flutuante de liberdade, mas havia sumido.

Uma foto no aparador que a *signora* Benedicti acabara de espanar chamou sua atenção. Meia dúzia de outras fotografias emolduradas haviam sido deixadas com a face para baixo, mas havia uma de pé na frente. Lily a pegou. Era um Alessandro mais jovem e sua esposa, ela presumiu, Elisabeta — uma beleza mignon que olhava para ele com ar de adoração —, mas aninhada entre eles havia uma garota adolescente, a cara da mãe, olhando timidamente para a câmera.

Alessandro tinha uma filha?

Ela nunca perguntara a ele se tinha filhos, ela mesma odiava essa pergunta. Ainda assim essa menina parecia tanto com ele que realmente não havia como ter dúvidas. Ela também havia morrido? Era tão estranho que Alessandro nunca a tivesse mencionado.

Ele estava mais magro na foto e seu cabelo estava mais curto, mas o que lhe chamou mais a atenção era a leveza nele. Estava mais ereto, de alguma maneira, e seus ombros não carregavam o peso de sua dor atual. Seus olhos, seu sorriso, até a maneira como ele sustentava a cabeça radiavam felicidade, contentamento.

Eles eram uma família feliz, pensou Lily, comparando a foto com a do sapato de Daniel.

Daniel.

Ela se afundou no sofá, a foto caindo de sua mão no assento ao lado dela, a cabeça jogada para trás nas almofadas enquanto ela olhava inexpressivamente para o teto.

Seu marido e Alessandro eram opostos em todos os sentidos. Daniel era louro onde Alessandro era moreno, esculpido onde Alessandro era suave, reservado onde Alessandro era apaixonado.

Ela não conseguia ver Daniel ficando tenso com algum antigo inimigo roubando o lugar da família há mil anos. Ele perdoara seus próprios pais por crimes piores.

Daniel não guardava rancores. Preferia acalmar as águas a criar marolas. Gritar com ela na rua fora o mais zangado que ela jamais o vira ficar.

O que havia acontecido com o marido que ela conhecia tão bem? Lily achara que ele parecia o mesmo de sempre quando o vira na *piazza*, mas na viela, com sua voz dura, os olhos encobertos e sua óbvia fúria, ele parecia um homem diferente. Mais velho. Mais velho?

Hoje era sábado. Era o aniversário de Daniel.

Lily fechou os olhos e sentiu uma lágrima escorrer pelo rosto, na direção de sua orelha.

Séculos atrás ela planejara passar esta tarde com seu marido almoçando no Museu de Arte Moderna e perambulando pelas coleções.

Em vez disso ela a passara traindo-o da mesma maneira como ele a havia traído.

Alessandro, tendo finalmente se libertado da empregada doente, voltou para a sala.

— Por favor, me desculpe — disse ele. — Mas acho que a *signora* Benedicti está recuperada agora. Pelo menos ela diz que pode começar a limpar de novo, apesar de eu tê-la mandado descansar por uma ou duas horas.

Ele parou quando viu as lágrimas dela.

— Você está chateada, eu sinto muito — falou Alessandro, indo até ela.

— Não, me desculpe.

Ele olhou para a foto nas mãos de Lily.

— Ah — foi tudo o que conseguiu falar.

— Você tem uma filha — disse ela, erguendo a foto.

— Sim.

— Você nunca me falou sobre ela.

— Não há muito o que dizer.

— Bem, quantos anos ela tem? Onde ela mora?

Ele pareceu zangado e ela pensou por um momento que Alessandro ia sair como um furacão da sala, mas não foi o que aconteceu. Em vez disso, ele se aproximou e sentou-se ao lado de Lily, pegando a foto.

— Ela tem 21 anos e mora em Pienza.

— Com que frequência você a vê?

— Eu não a vejo. — Ele fez uma pausa. — Sofia.

— É um nome lindo, Alessandro. Para uma menina linda.

— Ela está perdida para mim — disse ele.

— Não posso acreditar nisso.

— É verdade. Ela está perdida para mim há algum tempo. Lembra-se de quando lhe falei da família que nos enganou para ficar com esta casa? Ela se casou com um deles.

— Mas isso foi há centenas de anos!

— O mesmo veneno traidor ainda corre no sangue dos Mangiavacchi — falou Alessandro. — Isso não é segredo e ela sabe disso, mas ainda assim se casou com ele.

— Bem, isso é o que na minha terra chamamos de açoitar a si mesmo para ferir o outro — disse Lily. — Ela é sua filha, Alessandro. E ela perdeu a mãe. Deve sentir muita falta de você, e certamente você sente falta dela.

Ela podia ver pela tensão no maxilar dele que Alessandro estava prestes a brigar por sua posição, para se defender, mas, no final, ele não o fez. Ele se afundou ainda mais no sofá e suspirou.

— Sim, sinto falta dela — disse. — É claro que sinto. E agora ela tem um filho, meu neto, mas... eu nunca o vi.

— Alessandro, isso é tão triste. Não só para ela, mas para você e para aquele menininho. Não podem dar um beijinho e fazer as pazes?

— Estou esperando — falou ele. — Estou esperando até não estar mais tão zangado com ela.

— E quanto tempo você acha que isso vai levar?

— Não sei quanto tempo vai levar, Lily. Não achei que fosse levar tanto.

— Você tem que encontrar uma maneira de perdoá-la, Alessandro.

— Eu sei disso, Lily. Eu sei disso. Por favor, podemos falar sobre outra coisa? E você? Também andou se açoitando?

— Não exatamente — disse Lily. — Mas tenho um marido.

— Entendo. — Ele não pareceu muito surpreso.

— Ele tem uma namorada e dois filhos, e acabei de descobrir tudo, então vim para cá para encontrá-lo.

Com isto, ele ficou surpreso.

— Na Toscana?

— Em Montevedova.

— E você o encontrou?

— Bem, ele está aqui — falou Lily. — Eu o vi hoje.

— Ah — disse Alessandro. — E aí você me viu.

Lily supôs que era mesmo vergonhosamente óbvio assim.

— Você deve achar que sou uma pessoa terrível — falou ela.

— Eu te acho linda e acho que você está triste. Acho isso desde o momento em que a vi.

Ela conseguiu dar um sorriso.

— Isso é engraçado. Pensei a mesma coisa sobre você.

— Somos uma boa dupla por causa disso, talvez? — sugeriu Alessandro.

— Acho que não somos uma dupla — falou ela. — Acho que o que acabou de acontecer entre nós foi um erro. Um erro muito gostoso, mas ainda assim um erro.

Alessandro a fixou com seus funestos olhos castanhos.

— Você ainda ama seu marido, não é?

Ele não conhecia a Lily que construíra uma fortaleza em volta dos recessos mais escuros de seu coração e o deixou entrar.

— Não sei — respondeu ela. — Eu o amava antes de descobrir que ele estava me traindo, mesmo que, como você e Elisabeta, nunca conversássemos realmente a respeito. Mas agora não sei dizer se eu o amo ou não.

— Acho que, se você não o amasse, seria capaz de dizer — falou Alessandro.

— Por quê?

— Você está magoada, Lily. Eu sei disso, mas também sei que quando um homem trai a esposa nem sempre tem algo a ver com quanto ele a ama. Nós somos homens — disse Alessandro enquanto ela tentava protestar. — Não nos dê crédito demais. Levamos nossas promessas a sério quando as fazemos, mas somos simplórios em relação às tentações, você precisa saber disso. Nós as trairmos não é a mesma coisa que vocês nos traírem.

— Bem, eu acabei de traí-lo, então acho que estamos no mesmo barco.

— E como se sente?

— Sinto como se tivesse feito algo que nunca poderá ser desfeito. Como *você* se sente?

— Sinto como se tivéssemos aproveitado ao máximo uma boa oportunidade.

— Bem, você certamente parece saber do que está falando.

— Eu sou italiano. É claro que sei do que estou falando.

— Você teve um caso quando estava casado com Elisabeta?

— Mais de um.

— E ela sabia?

— Ela descobriu sobre o último e, até ela descobrir, eu não fazia ideia do quanto a estava magoando.

— Mas ela o perdoou.

— Foi necessário um mês no Hotel Carlyle em Nova York, um casaco de peles muito caro e um relógio, mas sim, ela me perdoou.

— Mas é diferente para mim. Meu marido teve filhos, os filhos que eu nunca consegui ter, com outra mulher. Ele poderia ter sido mais traidor?

— Desculpe-me se o que digo não é o que você quer ouvir, Lily, mas a traição é a mesma, quer haja uma criança envolvida ou não. Você se sentiria melhor se soubesse do caso mas não da criança?

Ah, mas Lily amava a criança.

— É complicado — disse ela. — Complicado demais. Eu posso ainda amá-lo, mas não sei se posso perdoá-lo.

— Sim, eu sei disso. É a mesma coisa com a minha filha. Eu a amo, é claro, ela tem o meu sangue, mas nem sempre sinto esse amor. Há tantas outras coisas que sinto tão intensamente no meio do caminho.

O inglês era apenas sua segunda língua e, ainda assim, Alessandro havia resumido o âmago embolado do problema de Lily. Ela não podia saber se ainda amava Daniel porque havia tantos outros obstáculos no meio. E ela não tinha certeza se podia lhe demonstrar piedade suficiente para removê-los.

— Acho que o perdão está além das minhas capacidades — falou ela.

— Eu sou igual — concordou Alessandro. — Está vendo? Nós formamos, sim, uma boa dupla.

Eles ficaram sentados em um silêncio amistoso por um ou dois minutos, então, com um suspiro, Lily se pôs de pé.

— Preciso ir — disse ela. O sol estava se pondo, o verde das colinas rolando para longe da *villa* de Alessandro, agora se transformando em tons de rosa e roxo enfumaçados.

— Você pode ficar — falou Alessandro. — Você pode ficar e eu vou tomar conta de você.

Era tentador, de uma maneira meio flutuante-pelo-céu-azul-da-Toscana.

Ela deu um passo à frente para lhe dar um beijo casto de despedida e ele a abraçou por um instante, tempo suficiente para ela sentir uma lufada reconfortante de maracujá, suor e café. Ela teve um vislumbre, então, de como seria permanecer em seus braços, derreter nos pedacinhos de Alessandro que ela podia ver que eram fortes, seguros e amorosos.

Mas, apesar de ter dito a ela que estava feliz, havia um peso ainda resistindo em seus ombros, algo que nem mesmo toda a conversa doce do mundo e deitar-se nu nos braços de Lily mudaria.

Este era um homem que podia construir um barco inútil em memória de uma esposa que não conseguia deixar partir, mas que ainda assim rejeitava uma filha que estava bem ali e com certeza precisava dele.

Alessandro era um erro. Um erro muito gostoso, mas ainda assim um erro.

— Eu me sinto bem — anunciou a *signora* Benedicti, entrando de novo na sala. — Mas agora vou para casa e vou levar a senhora amiga comigo.

A senhora amiga concordou e seguiu humildemente a empregada para fora da *villa* e para dentro de seu Renault enferrujado.

Capítulo 41

— Santa Ana di Chisa seja louvada — arfou a viúva Benedicti, discando o número da viúva Ciacci em seu celular depois que havia deixado Lily no estacionamento perto do escritório de turismo.

— Ela está subindo o Corso de novo agora — relatou.

— O desastre foi evitado? — quis saber a viúva Ciacci.

— É difícil dizer — relatou a viúva Benedicti. — Parcialmente, talvez.

— Parcialmente é o bastante? — perguntou a viúva Ciacci, em dúvida. — Não consigo me lembrar de como funciona.

— Não me pergunte, faz quase trinta anos. E, mesmo assim, nós só fazíamos à noite no escuro às quintas-feiras.

— Ah, mas eu sinto saudades, Benedicti, você não?

— As quintas-feiras nunca mais foram as mesmas — admitiu sua amiga. — Apesar de eu frequentemente fazer uma *crostata di more* às quintas-feiras agora, então isso me dá alguma coisa pela qual aguardar.

— Então, o que devo dizer à Violetta?

— Diga que o novo *calzino* e o velho *calzino* foram encontrados em um estado de nudez parcial na sala de estar, não no quarto, e que, ao serem surpreendidos por mim, ficaram completamente vestidos, conversaram por bastante tempo (sobre o que, eu não tenho certeza) e aí se despediram.

— A despedida foi romântica? — quis saber a viúva Ciacci.

— Ela estava nos braços dele, mas não parecia haver nada de muito apimentado acontecendo. Foi mais... amistoso, acho que você poderia dizer assim.

— Não há mal algum em ser amistoso — disse a viúva Ciacci. — Eu vejo você no quartel-general? Há muita coisa para organizarmos.

Capítulo 42

Enquanto subia a colina que seguia do estacionamento até a *pasticceria*, Lily pensou no que Alessandro havia dito sobre não sentir o amor porque havia muitas outras coisas no caminho. A verdade, se ela fosse honesta consigo mesma, era que tais obstáculos em relação a como ela se sentia a respeito de Daniel não eram acréscimos recentes. Eles já existiam há algum tempo e não eram pedrinhas, tampouco: eram rochedos. Haviam criado limo e abrigado pedras menores agora. Ela não sabia se algum dia poderiam ser mudados de lugar.

E, mesmo que pudessem, esse novo Daniel, o que havia dito que a amava, mas tinha uma família aqui, o que havia criado uma vida diferente para si do outro lado do mundo e longe dela, podia não a querer mais. Ela amá-lo ou não podia muito bem ser irrelevante.

A distância entre eles era tão grande que Lily não sabia como um pouco de perdão poderia diminuí-la. Poderia igualmente despencar para o fundo da fenda e não fazer nenhuma diferença.

E, de qualquer maneira, ela realmente precisava saber se Daniel não a queria mais? Não seria melhor presumir que ele não a queria e deixá-lo antes que tivesse a chance de abandoná-la primeiro? Mais do que já havia deixado?

Ela não podia imaginar a humilhação de perdoar Daniel só para que ele lhe agradecesse educadamente e se casasse com Eugenia.

Na verdade, ela não conseguia imaginar a humilhação de perdoá-lo, ponto. O ato de perdão em si ela quase podia aceitar, mas era um acordo particular consigo mesma, não um arranjo cara a cara com ele. Só a ideia de falar com ele a respeito, dissecando sua traição e o sofrimento dela, dava-lhe vontade de vomitar.

Até aquele ponto, Lily nunca entendera por que algumas pessoas se divorciavam tão rápido. Podia pensar em pelo menos três casais que pareciam perfeitamente felizes um dia e perfeitamente separados no outro.

Agora ela sabia por quê: quem queria ficar *post-mortem*? Se estava morto, estava morto. Para que arrastar as entranhas na frente de todos e cutucá-las com uma vareta? Isso certamente só causaria mais dor, especialmente para a parte prejudicada.

Não, ela viera à Toscana, usufruíra de sua beleza, descobrira exatamente o que estava acontecendo com o marido, ressuscitara o relacionamento com a irmã, aprendera a fazer *cantucci* e passara uma tarde fazendo amor com um lindo homem italiano — algo que ela planejava nunca contar a ninguém enquanto estivesse viva. Classificaria a viagem toda em sua cabeça como uma espécie de aventura secreta. E se manteria fiel à promessa de se assegurar de que Daniel fizesse o certo em relação à Francesca: ela realmente queria isso, mesmo que fizesse um estrago em sua conta bancária. Mas faria isso do seu apartamento na 72 Oeste, em Nova York.

Estava mesmo na hora de ir para casa.

— Continue em frente — como diria Dermott. Continue em frente. Era um alívio, ela disse a si mesma, decidir que seu casamento havia acabado, porque mais uma vez ela era uma mulher com um plano. Este *i* estava prestes a receber seu pingo.

Estava escuro quando Lily finalmente abriu a porta para a *pasticceria* o mais lentamente possível, para que o sino tocasse apenas um pouquinho. Ela parou por um momento só para olhar o lugarzinho estranho mais uma vez. Como conseguia sempre ter cheiro de rosas mesmo quando não havia nenhuma? O brilho fraco de um poste de luz lá fora entrava pela janela, iluminando a travessa de vidro verde na qual Lily e Francesca haviam arrumado seus *cantucci* mais cedo naquele dia. Na hora, parecera um buquê de corações de *biscotti*. Agora não havia nada além de algumas migalhas solitárias.

Que estranho, pensou Lily. Talvez Violetta tivesse voltado para casa e jogado os biscoitos fora.

Arrastando-se o mais silenciosamente que pôde, ela empurrou a porta vaivém para a cozinha e deslizou para dentro, só para encontrar Violetta sentada pacientemente à mesa esperando por ela. Luciana estava recostada na cama parecendo muito saudável, mãos cruzadas comportadamente em cima de suas mantas e de seus cobertores.

— Ah, nossa — disse Lily educadamente. Estivera planejando ir embora discretamente, quem sabe deixar um bilhete, mas talvez fosse melhor ser direta. — Na verdade, não, isso é ótimo. Estou feliz por estarem aqui. A questão é que eu vou embora, Violetta. Hoje. Vou só fazer as malas e ir para Roma. Vou ficar perto do aeroporto, pegar o primeiro voo de volta para Nova York.

Violetta olhou evasivamente de um lado para o outro.

— Hum, não — disse ela. Tinha uma voz bem alta para uma pessoa tão pequena e idosa. — Não, acho que não. Não, não, não.

Lily ficou surpresa, mas não por muito tempo.

— Bem, sim — respondeu firmemente. — *Sí. Sí, sí, sí.*

— Mas você concordou em ficar por um mês — falou Violetta. — Isto é um contrato verbal.

— Contrato verbal? O quê...? E sobre esse negócio todo de saber falar inglês... Quando exatamente você ia me contar sobre isso?

— Quando exatamente você ia perguntar?

— *Buonasera* — gritou Luciana da cama com um aceno animado.

— Ah, Luciana, bem-vinda de volta. Como está se sentindo?

— *Sí. Grazie.*

— Luciana não fala *inglese* — disse Violetta. — Só eu. Lily, está na hora de termos uma conversa.

— Todas aquelas coisas que lhe contei — falou Lily, lembrando-se dos discursos que fizera enquanto as irmãs estragavam os biscoitos. — Todas aquelas coisas! Você entendia e nunca disse uma palavra.

— Eu não entendia — falou Violetta. — Por que você guarda sua caxemira no forno? Não faz sentido.

— Eu achei que estava falando com uma pedra! Por que fez isso?

— Queremos saber mais sobre você — disse Violetta, dando de ombros despreocupadamente.

— Mas por quê? Por que querem saber mais sobre mim? E por que fazer isso de uma maneira tão dissimulada? Por que simplesmente não perguntam?

Luciana interveio em italiano, o que pareceu enfurecer Violetta, e elas discutiram como filhotes de passarinho disputando uma única minhoca até Luciana fazer um som de desdém com a boca e ambas se calarem.

— Desculpe, qual foi a sua pergunta? — perguntou Violetta.

— Você sabe qual foi a pergunta! Por que me enganaram?

— Porque queremos saber por quanto tempo você ficaria aqui para podermos fazê-la pagar o aluguel da nossa loja — respondeu.

Lily jogou as mãos para o alto.

— Se você acha que vou acreditar nisso, você é uma tola — disse ela. — E você não me parece tola. Muito pelo contrário. O que está acontecendo, Violetta?

Luciana balbuciou algo curto e ríspido para a irmã. Violetta traduziu:

— Ela pediu para lhe dizer que é porque nós somos duas velhas burras sem nada melhor para fazer do que meter o nariz onde não querem e nos intrometer.

— Nisso eu acredito — disse Lily.

— Mas é verdade sobre o aluguel — insistiu Violetta. — Sem você, não podemos continuar abertas nem mais um minuto.

— Continuar abertas? A sua loja? Ela não está aberta agora.

— Temos problemas — admitiu Violetta. — Desde a artrite, os *cantucci* não estão ficando tão bons e aqueles *bastardi* Borsolini no pé da colina ganham uma fortuna vendendo biscoitos feios para turistas gordos que não querem subir até a nossa loja aqui.

— Está bem, sabem de uma coisa? Obrigada por serem sinceras, mas isso não é problema meu. E sabem do que mais? Não tem importância. Eu não ligo. Estou indo embora, de qualquer modo. Podem ficar com o dinheiro que lhes dei para pagar o aluguel da loja este mês, mas eu vou para casa. Agora.

As irmãs se entreolharam.

— Estamos definitivamente ficando velhas demais para essa merda — disse Violetta à sua irmã em italiano. Então, falou à Lily: — O problema é que o dinheiro que você nos deu é para o aluguel do mês passado. Não temos dinheiro para o aluguel deste mês.

— Eu lhes dei 500 euros!

— Estamos atrasadas.

— Bem, sinto muito quanto a isso, mas a realidade é que precisam arrumar outra pessoa para fazer seus *cantucci* para que tenham uma perspectiva viável de realmente vender ou, melhor ainda, vocês precisam vencer os *bastardi* dos Borsolini em seu próprio jogo. Eu não sei... Façam o que todo mundo está comprando deles, só que melhor, e talvez possam honrar suas responsabilidades financeiras. Ou falem com o proprietário do prédio e tentem fazer algum acordo em relação ao aluguel. Quem é o dono do prédio, por falar nisso? — perguntou Lily. — Para quem vocês devem esse dinheiro?

Um debate acalorado irrompeu entre as irmãs.

— Nós somos as donas — confessou Violetta. — Nós devemos dinheiro para nós.

Só o que Lily podia fazer era rir.

— Vocês querem me enganar para alugar uma loja sem nada dentro para que possam "continuar" abertas quando parecem não ter estado abertas há bastante tempo, vendendo *cantucci* inexistentes para clientes que não existem?

Violetta explicou tudo isso para Luciana, aí as duas se viraram para Lily e assentiram.

— Sim.

— Isso é algum tipo de piada? Não? Está bem, chega. Vou subir para fazer as malas.

— Fale da menininha — ordenou Luciana à irmã.

— E quanto à menininha? — perguntou Violetta obedientemente. — Francesca?

Lily parou subitamente.

— Francesca? — perguntou ela. — O que Francesca tem a ver com isso?

— Francesca tem tudo a ver com isso.

Um silêncio pesado desceu sobre o aposento. Os quatro olhos escuros das duas irmãs a perfuraram.

— Vocês sabem sobre Daniel?

— Sabemos de uma garotinha que precisa de *amore*. E sabemos de um grupo de cerzideiras que gosta muito de *cantucci* em formato de coração.

— O seu grupo de cerzideiras comeu todos os nossos *cantucci*?

— *Sí*. E elas são um grupo difícil de agradar. Mas só o que precisam fazer é espalhar a notícia e os nossos *cantucci* em formato de coração (nós os chamamos de *amorucci* agora) podem ser uma perspectiva muito viável. Se pelo menos tivéssemos alguém para nos ajudar a fazê-los. E aí tem a Francesca. Tsc-tsc. A pobrezinha da Francesca de asa quebrada.

— Isso é extorsão!

Violetta gargalhou como uma galinha velha, aí traduziu para Luciana, que gargalhou ainda mais forte.

— Ela disse "bem-vinda à Itália"! — relatou Violetta, empurrando a cadeira para trás com um arranhão poderoso enquanto esforçava-se para se levantar. — Mas isso não chega nem perto de ser extorsão. De qualquer maneira, você pode querer pensar nisso durante a noite.

Lily ficou estupefata.

— Não há nada para pensar. Tenho uma vida em Nova York, sabem: uma casa, um emprego, minhas próprias responsabilidades. Não posso simplesmente largar tudo e gerenciar uma loja de *cantucci* na Toscana. Isso é ridículo.

Mas ela não estava pensando em sua casa, nas responsabilidades ou nem mesmo no coração partido ou no homem que o partira. Ela estava pensando no sorriso no rosto de Francesca enquanto via o formato que o cortador de biscoitos havia deixado nos *cantucci*.

Lily olhou para cima e viu os olhos de Violetta. Havia muita pele enrugada naquele rosto antigo, mas uma piscada ainda era uma piscada.

Capítulo 43

Eram quase duas da manhã.

Lily estava na cama dormindo, tendo concordado em considerar o caso, mas ainda pretendia ir embora assim que amanhecesse. Isso deu às viúvas pelo menos mais quatro horas para criar o resto do plano.

Violetta havia prendido com fita adesiva um mapa de Montevedova do escritório de turismo na parede e estava marcando vários pontos com tachinhas.

Uma marcava o quarto perto da Piazza San Francesca onde Daniel estava hospedado; outra, a *pasticceria*; uma terceira, a rotunda perto do escritório de turismo; uma quarta, o entreposto dos caminhoneiros; a última, a estrada secundária que serpenteava em volta da igreja de San Biagio e outra a própria igreja.

— Viúvas Del Grasso, Ciacci, Ercolani e Pacini, estamos entendidas?

— *Sí* — responderam elas em uníssono.

— Del Grasso, você não parece tão segura.

— Sei o que tenho que fazer, só estou preocupada com o cheiro — disse ela.

— Se você levar comida suficiente e uma garrafa de *grapa* não deve haver necessidade de chegar tão perto — disse Violetta. — Mazzetti já resolveu o cronograma. Se todas fizermos a nossa parte, deve funcionar como um relógio.

— Sabe, às vezes eu queria que nós realmente fôssemos só um clube de cerzideiras — resmungou a viúva Benedicti.

— Você enlouqueceu de vez? — perguntou Fiorella. — Que romance há em cerzir?

Violetta e Luciana olharam para ela, então uma para a outra, e sorriram. Seus ossos doloridos idênticos deram suspiros idênticos de alívio. Elas estavam cansadas e estavam velhas, mas podiam descansar felizes com a noção de que quando fossem encontrar Silvio e Salvatore no além, a Liga estaria em boas mãos.

Fiorella olhou para os pés e soltou uma gargalhada.

— Vejam só isso! — Ela riu. — Um sapato azul e um marrom! Isso tem que tornar o dia mais interessante.

Ela realmente tinha um dom para ver o lado positivo das coisas.

Capítulo 44

Lily havia esperado passar uma noite insone depois da montanha-russa do dia, os altos e baixos que ricocheteavam em sua cabeça enquanto ela subia as escadas para seu quarto pela última vez.

Mas, no momento em que se deitou, caiu em um sono profundo e tranquilo, acordando tão cedo que o raio amistoso de luz que gostava de fazer cócegas em seu queixo pela manhã ainda estava começando a subir pela parede.

Com a luz fraca e dourada salpicando o teto bonito e cintilando no lustre acima dela, era como estar dentro de um globo de neve brilhante.

Ficou deitada ali, espreguiçando-se no calor sonolento, tentando não pensar em Daniel gritando com ela na viela, em Alessandro sussurrando para ela enquanto passava os dedos por sua coxa, em Francesca sorrindo-lhe por cima de um biscoito em formato de coração.

Seu mundo havia sido completamente sacudido, não havia como fingir que não, mas, quando o brilho se acomodasse, ela estaria em casa em sua antiga vida em Nova York. Iria manter o que havia acontecido na Toscana separado de todo o resto, para ser sacudido de novo — ou não — quando achasse adequado.

Lily não estava triste. Na verdade, sentiu um leve frio na barriga conforme se levantou e começou a dobrar as roupas e botá-las na mala, tentando não olhar para fora da janela, sentir o cheiro do jasmim que crescia em uma treliça gasta ao lado ou se maravilhar com o esplendor geral dos campos verdes e deslumbrantes.

Essas coisas podiam ir para dentro do globo de neve cintilante de sua mente e ficar lá também.

Com a mala pronta, ela a carregou silenciosamente pelas escadas estreitas abaixo e entrou na cozinha. Sabia que estava fora de questão escapar das irmãs, mas não estava preparada para vê-las esperando — Violetta de pé e Luciana sentada — atrás da mesa na qual haviam arrumado todos os ingredientes para uma enorme maratona de *amorucci*.

As latas de farinha e açúcar estavam a postos. Dúzias de ovos, recém-botados e ainda usando penteados de palha, estavam ao lado. Mais tabuleiros haviam aparecido de algum lugar e havia tigelas de ingredientes extras na beirada da mesa como arcas de tesouro cheias de limões, castanhas, pinhões, laranjas, paus de canela, favas de baunilha, cerejas, frutas secas e chocolate amargo.

A coleção de tigelas de cor pastel havia crescido à sexta potência desde o dia anterior, assim como as colheres de pau e os cortadores de biscoito. Isso era uma linha de produção, pronta e esperando, e de jeito nenhum ela podia imaginar por que haviam se dado esse trabalho, sem falar na despesa, quando sabiam que ela ia embora.

Obviamente, haviam subestimado sua resolução. Apesar de que, quando olhou para elas, imóveis em seus imutáveis guarda-pós pretos, Lily percebeu uma ferocidade emanando das Ferretti que não havia notado até então. Se algum dia tinham sido fofas, isso havia desaparecido. Elas pareciam um pouco como velhos ratos deformados. Não havia nada de frágil ou pitoresco a respeito delas. Elas estavam falando sério. Sem dúvida não ficariam deslocadas pedindo moedas em um mercado de especiarias em Zanzibar.

Mas Lily olhara inimigos mais fortes do que essas duas nos olhos. Ela não iria se intimidar. Largou a mala e se preparou para a batalha que viria em seguida.

— Bom dia, senhoras — falou. — Vocês obviamente tiveram muito trabalho, mas achei que tinha deixado perfeitamente claro que não vou ficar, portanto não poderei ajudá-las.

As irmãs não disseram nada.

— Foi um prazer conhecê-las e sinto muito não poder ajudar mais com seus esforços para fazer *amorucci*, mas, por favor, tomem, deixem-me lhes dar isso para ajudá-las a pagar o aluguel. Para vocês mesmas. — Ela enfiou a mão dentro da bolsa e puxou sua última nota de 100 euros.

As irmãs não disseram nada, então Lily escorregou a nota dentro da tigela de laranjas e limões, perturbando as frutas, algumas das quais quicaram da mesa para o chão.

As irmãs não moveram um músculo.

— Ah, pelo amor de Deus! — disse Lily.

Ela caçou as frutas cítricas que rolavam pelo aposento, tentando, sem sucesso, empilhá-las de novo na tigela, acabando por botar dois dos limões dentro da bolsa para terminar o serviço.

— Certo — falou, finalmente. — Foi uma experiência fascinante e eu gostaria de agradecer a vocês pela hospitalidade e pelo uso da cozinha. Mas vocês obviamente têm muito trabalho a fazer hoje, então vou embora, como havia planejado. Quanto à Francesca, bem, se a virem, por favor, digam... por favor, digam a ela...

Sua garganta se fechou, tornando difícil continuar. Uma demonstração de emoção dessas certamente nunca lhe escapara na sala da diretoria da Heigelmann's. Seria suicídio.

— Sim, de qualquer modo eu ficaria muito grata se pudessem só dizer adeus.

Nada. O olhar fixo ficou um pouco mais intenso, talvez, mas Lily não iria entregar os pontos agora.

— Então, obrigada mais uma vez e boa sorte.

Ainda assim, as irmãs não demonstraram reação, então Lily virou-se e puxou sua mala pelo chão irregular de pedra na direção da porta. Ela se amaldiçoou por não ter mandado consertar a maldita coisa, ou comprado outra, porque sua roda bamba só havia ficado mais bamba.

Ela ficou presa ao passar pelo vão de porta estreito para a loja, e mais uma vez no canto do balcão enquanto fazia a curva, finalmente prendendo na cadeirinha perto da janela da frente.

Depois que havia soltado a mala dos móveis, Lily descobriu que não podia abrir a porta da loja. Estava bem emperrada e ela quase distendeu o braço puxando-a para abrir, o que aconteceu tão de repente que a corrente que segurava o sino arrebentou e ele caiu no chão, por pouco não atingindo sua cabeça.

Ela pensou em voltar para avisar às irmãs, mas decidiu que sua gorjeta de 100 euros teria que cobrir os danos.

Pegou os pedaços e os deixou em uma pilha na mesa na vitrine da frente.

O piso de paralelepípedos do Corso estava vazio, silencioso a não ser por Lily e sua mala com roda bamba. Ela manteve os olhos baixos, evitando as vitrines coloridas e os arranjos bonitos das lojas, os pedaços do vale que se escondiam nos espaços entre os prédios.

No estacionamento deserto, entrou em seu Fiat 500 e apertou o botão de ligar do Dermott, mas seu plano de chegar ao aeroporto de Roma o mais rápido possível foi por água abaixo quase que imediatamente quando duas das saídas na difícil rotunda perto da entrada do estacionamento estavam bloqueadas por placas de obras na estrada.

— Vire à esquerda — instruiu Dermott e, quando ela desobedeceu, sem ter culpa nenhuma, ele mandou que ela virasse à esquerda de novo, quando a essa altura ela já percorrera a rotunda duas vezes e não sabia à qual esquerda ele se referia.

— Não existe esquerda — argumentou Lily, inutilmente. — Existe de volta para o estacionamento, para cima em direção à cidade se você tem o adesivo certo, a estrada principal para Siena ou essa outra estradinha empoeirada.

Ela pegou a outra estradinha empoeirada, que serpenteava por trás de Montevedova, enroscando-se em meio a pinheiros enormes por entre os quais ela não podia fugir de sua última vista do lindo Val D'Orcia.

Seria a cor? Os hectares e hectares de pastos verdes se desdobrando? Os montes de uvas gordas que pendiam preguiçosamente em seus quilômetros de trepadeiras? As fileiras abundantes de oliveiras graciosas? Era tudo tão vivo. Para onde quer que ela olhasse, a criação estava fazendo sua tarefa, alimentando plantas, regando campos, crescendo folhas, florescendo. O zumbido em sua barriga cantarolou feliz até Lily fazer uma curva e quase bater na traseira de um grande caminhão que havia parado no meio da estrada. Logo ficou claro por quê. Ela só teve que colocar a cabeça para fora da janela para ver que havia outro caminhão igualmente grande parado do outro lado da estrada, vindo da direção oposta. A estrada não era grande o bastante para os dois.

Ela podia ouvir os motoristas gritando um com o outro por trás dos volantes de seus respectivos equipamentos. Logo um saltou, depois o outro e então ela também saiu, mas aí voltou rapidamente para o carro quando um dos motoristas, que parecia velho demais para estar encarregado de um veículo tão grande para começo de conversa, esticou a mão para dentro da cabine de seu caminhão e agarrou agilmente uma chave de roda.

Naquele momento, Lily percebeu uma via verdejante sem asfalto para a direita e decidiu que, em vez de esperar para ver que desastre estava prestes a acontecer com os caminhoneiros, ela pegaria esse caminho.

A estrada era estreita e bastante íngreme, mas depois de 800 metros ela se abria e Lily se viu no que achou ser o vale para o qual estivera olhando de seu quarto. Ela tinha certeza de reconhecer o Bagno Vignoni ao longe e, ainda mais ao longe no horizonte, a outra aldeia com torreões que vira da cidade-spa.

Enquanto se concentrava nisso, no entanto, ela entrou literalmente com o carro em um rebanho de cabras. Em um momento, a estrada estava aberta e vazia, no outro, fez uma curva e lá estavam todas elas, absolutamente em todos os lugares, submergindo o carro, berrando, balindo e estendendo-se até a curva seguinte e em volta dela.

Ela ficou sentada ali, sem saber o que fazer. Certamente não estava a fim de dirigir entre elas. Não sabia muito sobre cabras, mas achou que essas pareciam maiores do que o normal. E algumas eram só bebês. Ela as esmagaria, com certeza.

Desligou o carro. O pastor de cabras, se era assim que ainda os chamavam, não podia estar longe. Não fazia sentido deixar todos aqueles animais sem supervisão por muito tempo. Ela iria esperar.

Observou uma cabra bebê ser separada de sua mãe e entrar em pânico em meio às demais. Ela estava tentando manter a cabeça para fora da multidão, mas era pequena demais. Sua mãe a estava chamando, a cabeça erguida, um globo ocular se revirando loucamente enquanto era empurrada cada vez mais para longe.

Finalmente, Lily não podia mais aguentar. Empurrou a porta para abri-la, mas ao fazer isso fez todas as cabras por perto entrarem em pânico e, quando viu, o bebê havia sido sugado para dentro do mar de animais que não eram sua mãe e fora arrastado para longe.

Um bode pulou para fora da multidão então e colocou as duas patas dianteiras no capô do Fiat. Ele olhou direto para Lily, acusatoriamente.

Lily sentiu o começo do medo. O aroma azedo de milhares de cabras estava começando a grudar em suas roupas. Ela se virou para olhar para trás, mas duas cabras a empurraram para fora do caminho, impulsionando-a mais para longe de seu carro e para o meio da estrada.

Elas estavam descendo a colina em direção à próxima curva e levavam Lily junto. Ela fez uma careta enquanto pisava em uma pilha mole depois da outra e despediu-se silenciosamente de seus mocassins Tod's de camurça.

As cabras não estavam inclinadas a se dispersar, então andar através delas era um trabalho difícil e estava ficando mais quente, mas finalmente ela fez a curva seguinte para ver que um dos caminhões de três rodas tão amados pelos fazendeiros italianos estava estacionado no acostamento inclinado da estrada. Mais cabras perambulavam em volta dele, mas Lily navegou entre elas para chegar mais perto, procurando em vão pelo motorista.

— Olá? — gritou. — *Buongiorno?*

Nada além do balido das cabras respondeu. Foi então que ela viu a placa semiescondida para San Biagio enfiada entre uma fileira de grandes árvores frondosas do outro lado da estrada. Em qualquer outro lugar do mundo, ela teria pensado que estava sonhando, mas na Itália passara a aceitar que era tão provável aparecer uma igreja em uma estrada escondida cercada por cabras quanto uma *piazza grande*.

Ela abriu caminho até a placa e empurrou um portão enferrujado para abri-lo. Uma dúzia de cabras pulou na frente dela e se espalhou por um caminho longo e cheio de mato que a levou a outro portão, que Lily presumiu que deveria ser o acesso negligenciado dos fundos para a igreja.

Mais cabras se juntaram a ela enquanto caminhava pelo meio do mato, então o caminho se abriu e Lily viu uma porta simples de madeira no meio de uma grande expansão de pedra dourada. Esta era a igreja. Portanto, certamente haveria um padre que poderia ajudá-la, ou pelo menos um telefone. Ou talvez o pastor de cabras tivesse entrado para fazer uma oração ou beber água benta.

Ela empurrou a porta para abri-la.

Foi como entrar em um sonho.

San Biagio pelo lado de fora, mesmo pelo pouco que ela tinha visto, era impressionante mas simples, beirando o austero.

Por dentro não era nada disso. Afrescos de querubins e santos em uma paleta de tons claros de amarelo, azul e rosa adornavam os tetos curvos e as paredes imensas, cheias de cornijas douradas.

A luz entrava pelas janelas transparentes no enorme domo central da igreja, iluminando um ponto na frente do altar que, por sua vez, era iluminado em um tom mais suave através de um vitral que exibia a Virgem Maria.

Lily ergueu a mão para proteger os olhos e limpou os pés — malditas cabras —, antes de começar a andar na direção do lindo altar com suas estátuas gigantescas entalhadas na parede e um arranjo de flores que era mais alto do que ela.

Uma figura levantou-se de um banco na frente conforme ela se aproximava.

— Lily?

O coração dela deu um pulo. A luz vinda de cima e de trás roubava os traços dele, mas ela poderia tê-lo reconhecido em qualquer lugar. O formato dele, ela supôs. Seus ombros, quadris, sua cabeça inclinada ligeiramente para um lado.

Era Daniel. Ele parecia um anjo.

Capítulo 45

— Isso nos deu o quê? Mais uns dez minutos? — calculou Violetta assim que ouviu o sino da porta cair no chão da *pasticceria*.

— É, e mais cem euros — observou Luciana.

— Aqui, me dê sua echarpe para eu poder acenar para a viúva Ciacci, por favor — instruiu Violetta, abrindo a janela. — Ela está com a viúva Mazzetti lá com o cronômetro, mas na verdade a viúva Del Grasso é nossa única preocupação. Parece que ela tem fobia de cabras.

— Então como ela vai atrair o velho Capriani para longe de seu rebanho?

— Ela tem *grapa* e, o mais importante, um pouco da *crostata di more* da viúva Benedicti. Se isso não funcionar, ele é frágil o suficiente para que ela o derrube com um bom empurrão. E você, vai vir?

Luciana balançou a cabeça e apontou para seu tornozelo enfaixado.

— Não desta vez, Violetta. Vai ter que resolver isso sem mim.

Capítulo 46

— Lily — falou Daniel de novo, a luz dourada no meio da igreja queimando atrás dele.

Lily não conseguia pensar direito. Não estava preparada. Ela se virou e andou na direção da entrada principal, lutando com as portas fechadas, empurrando em vez de puxar até conseguir abrir uma das metades, deixando uma cabra entrar a toda, uma cabra bebê. Seria a mesma que fora separada da mãe? Veio direto para ela, em pânico como um cãozinho ou um potro, empurrando-a para longe da porta, que se fechou novamente com um baque.

O cabrito correu na direção de Daniel, que estava caminhando pelo corredor central.

— Mééé — disse, aí parou, arfando, e olhou de um para o outro.

Só o que Lily precisava agora era que são Francisco de Assis aparecesse e ela saberia que isso tudo era parte de uma grande piada celestial, não da vida real.

— Você não viu Francisco de Assis lá fora, viu? — perguntou Daniel.

Ela o encarou, incrédula.

E aí riu.

Costumava acontecer o tempo inteiro, que um deles estivesse pensando em algo e o outro falasse, apesar de ela não conseguir se lembrar da última vez. Fazia tanto tempo. Que curioso que acontecesse agora.

A risada dela ecoou pela igreja vazia, soando muito maior do que realmente era.

— O que você está fazendo aqui? — perguntou Lily.

— Estava indo ver um cliente novo em Pienza e fiquei preso no meio de todas essas cabras. E você?

— As cabras. Sim.

Ele olhou para o cabrito, que perambulava pela fileira de bancos ao lado dele, e então de volta para ela.

— Eu sinto muito sobre ontem, Lily.

Fora ontem? Parecia ter sido há uma vida inteira.

— Sinto muito por tudo — continuou Daniel. — Eu fui procurá-la, mas não consegui encontrá-la. Fui à *pasticceria*, mas...

Lily, assustadoramente calma, sentou-se na ponta do banco mais próximo. Estava tão fresco dentro da igreja, tão silencioso.

Daniel sentou-se no banco do outro lado do corredor.

Por algum tempo, não houve nada além do som do cabritinho perambulando pelo altar.

— Feliz aniversário por ontem — disse Lily.

— Obrigado — respondeu ele. — São 46 anos.

— O que houve, Daniel? Preciso saber.

— Lily, eu não acho...

— Por favor, eu realmente preciso saber. Preciso que você seja sincero comigo. Se não pode fazer isso, não faz sentido nem falar comigo.

Ela estava certa, é claro que estava certa, mas o problema com a verdade era que, independente de como ele a contasse, seria dolorosa.

Daniel podia colocar gentilmente, dizendo que os detalhes não contavam, que não significavam nada, que não queria lhe causar mais mágoas, mas realmente duvidava que isso fosse possível.

Ele queria abrir o coração e não havia uma maneira fácil, gentil ou bonita de fazer isso.

— Eu estava aqui a trabalho como sempre — falou inexpressivamente — e tive uma reunião que não foi particularmente boa, então fui para um bar depois e conheci Eugenia.

— Quando?

A cabeça dele estava abaixada, as mãos cruzadas à frente e ela viu os nós de seus dedos ficarem brancos.

— Acho que você sabe quando — disse ele baixinho. — É o "quando" que torna tudo mil vezes pior.

Uma lágrima caiu silenciosamente pela bochecha de Lily. O "quando" realmente tornava tudo mil vezes pior.

— *Como pôde?* Se me amava como diz que ama, como pôde?

Se ao menos houvesse uma resposta que varresse toda a monstruosidade daquilo tudo... Mas não havia, então Daniel ficou com a verdade.

— Eu não sei — falou ele. — Não sei. Mas foi um erro. Um erro enorme, e eu soube imediatamente, mas já era tarde demais.

Tantas vidas destruídas pelo *erro* dele, pensou Lily. Por sua estupidez masculina, seu egoísmo, sua desconsideração. A vida dele mesmo, a dela, a de Eugenia, de Francesca e do menininho que ela nunca conhecera.

— Mas você a viu de novo — disse.

— Sim, quando vim à Itália novamente. Mas nós nunca... eu nunca... Ela me falou que estava grávida e foi só isso.

Lily fechou os olhos e viu a barriga redonda e cheia que ansiara ter, sentiu aquela batida de coração minúscula e escondida.

— Eu sinto muito — sussurrou Daniel. Ele estava falando sério, estava falando do fundo do coração. Mas sabia que dizer aquilo nunca seria suficiente. O que era um pedido de desculpas, realmente, quando comparado à sua transgressão? Nada além de um bando de palavras inúteis.

— Está apaixonado por ela?

— Não.

— Já esteve?

— Não. — Ele balançou a cabeça. — Eu te amo, Lily, e esta é a verdade, mas eu estava... solitário. E fui burro. E então havia... uma criança. — Ele tentou amenizar o golpe dessa palavra, mas não conseguiu. — Eu senti que não tinha opção.

— Você sentiu que não tinha opção. — Ela soou fria, insensível.

— Lily, sinceramente, ninguém poderia passar pelo que você e eu passamos e em sã consciência tomar qualquer outra decisão.

— Não me fale em consciência, Daniel! Como pode dizer isso?

— Era uma situação impossível.

— Bem, foi você quem a tornou impossível.

— Eu tornei. Concordo com você. Eu só não vi o que mais poderia fazer.

— Então optou por esconder esse segredo de mim durante todos esses anos. Pode imaginar o quanto eu me sinto burra? O quanto me sinto traída?

Daniel pensou em Ingrid. "Estenda seu coração como uma capa por cima de uma poça", aconselhara-o ela. "Se você a ama, se a quer de volta, dê-lhe o que ela precisar."

Ele não tinha mais nada a perder. Lily estava aqui, escutando o que ele dizia, e não fazia sentido mentir, enfeitar ou esconder mais nada dela.

— No começo, pensei em lhe contar — falou Daniel. — Mas você estava tão frágil depois da Pequena Grace que tive medo de que fosse demais para você suportar. E então...

— E então o quê?

— Então o tempo passou, Lily, e "frágil" se transformou em outra coisa. A essa altura, Francesca tinha 2 anos e eu sabia que já deixara passar tempo demais e, de qualquer modo...

— De qualquer modo o quê?

— De qualquer modo, você já havia parado de prestar atenção em mim àquela altura.

— Então a culpa é minha?

— Por favor! Não tenho ninguém para culpar além de mim mesmo, eu sei disso. Isso me consome todos os momentos de todos os dias. Você não consegue ver isso?

A verdade era que ela não sabia o que podia ver. Era Daniel, o seu Daniel, mas disfarçado por essa fraude chocante que permaneceria entre eles para sempre.

— O que isso quer dizer, que eu parei de prestar atenção em você?

Ela começou a chorar antes que ele pudesse lhe responder: por seus filhos perdidos, pelo erro dele, pela confusão terrível que os separara e que os manteria assim, porque era verdade, ela havia parado de prestar atenção nele. Lily sabia que o marido se sentia solitário porque ela também estava solitária, mas era mais fácil ficar ocupada, distraída ou se servir de mais uma taça de vinho do que se sentir magoada.

— Você seguiu seu próprio caminho, Lily.

— Você podia ter vindo comigo — disse ela, chorando. — Podia ter feito alguma coisa.

— Isso não é verdade. Só posso acompanhá-la se você deixar. Sempre foi assim. Você é a estrela, eu sou só o que pega carona.

Lily também não tinha mais nada a perder.

— Foi a Pequena Grace. — Ela soluçou, incapaz de conter a dor que estava sugando seus pulmões. — Foi devolvê-la. Eu achei que sabia o que era ter o coração partido, mas foi aquela cadeirinha para o carro, Daniel, aquela maldita cadeirinha vazia. Eu nunca deveria tê-la jogado na caçamba de lixo. Devia tê-la mandado de volta para a mãe de Grace. Ela provavelmente nem teve uma cadeirinha para carro. Ela provavelmente nem sequer teve um carro.

— Eu quero ir até aí — falou Daniel, implorando, lágrimas brilhando em suas bochechas. — Eu quero abraçá-la.

— Não. — Lily choramingava. — É tarde demais para isso.

— Lily, por favor. Só me deixe ir até aí.

— Não — disse novamente, chorando, apesar de que em uma vida inteira de solidão ela não poderia se sentir ainda mais solitária. — Você deve amar Eugenia — falou em vez disso. — Ou deve ter continuado a vê-la porque há o menino. Há o Ernesto. Nas fotos de vocês todos juntos brincando de família feliz.

Daniel assentiu, enxugou o rosto com as costas da mão.

— Ernesto — disse —, apesar dos protestos de Eugenia em contrário, não é meu filho.

— Como pode ser verdade? Ele é igualzinho a você!

— Bem, ele é ainda mais parecido com um mochileiro escandinavo que passou por aqui para pegar mais do que apenas uvas. Nós nunca tivemos um relacionamento, Lily. Foi um casinho que já havia acabado há anos àquela altura.

— Você só está dizendo isso... Uma mulher não iria...

— Lily, Eugenia é perturbada. Ela tem um histórico de ser perturbada. Precisa de muitos cuidados. Carlotta está em contato com o mochileiro, mas ele não tem nenhuma condição de sustentá-la, então eu faço o que posso, por Francesca e pelo menino. Podemos brincar de família feliz, mas isso certamente não é o que somos.

— Você lhes dá dinheiro?

— Eu lhes dou dinheiro. Apesar...

Ela fungou.

— Apesar do quê?

Daniel soltou o ar profundamente.

— Há mais uma coisa que você precisa saber — falou ele.

— É verdade que o meu negócio está com problemas. Uma das grandes corporações andou por aqui roubando meus melhores fornecedores e eu não posso culpá-los, eles estão oferecendo mais do que eu jamais poderia e viagens para a Disneylândia, você acredita? Estou só com um produtor de *brunello* e só dois *vino nobile* e não sei mais quanto tempo vou conseguir aguentar, ou mesmo segurá-los.

Lily não podia acreditar no que estava ouvindo.

— Você quer dinheiro — afirmou simplesmente.

Ele riu, mas foi um som atrofiado, decepcionado.

— Não, Lily, eu não quero dinheiro. Quero ser sincero.

— Bem, acho que vai poder me processar para conseguir pensão.

— Lily, por favor. Eu não vou processá-la.

— Então o que vai fazer?

— Não faço ideia. Mas sabe de uma coisa? Apesar de mim, apesar do que eu fiz, do quanto estava errado, apesar de tudo, fico feliz que você saiba sobre Francesca.

E, apesar de tudo, Lily também estava feliz.

— Mas ela está segura? — perguntou Lily. — Com a mãe?

— No momento, não tenho certeza.

— Bem, o que você vai fazer, Daniel? E o que estava pensando, abandonando-a assim? Você é o pai dela! Não pode simplesmente fugir e deixá-la quando as coisas ficam difíceis. Isso é muita covardia.

— Sei que é covardia, mas eu precisava de algum tempo para pensar, para resolver o que fazer a respeito dessa confusão. Porque Francesca precisa de mais do que o pai dela apenas uma semana por mês, e de Carlotta, quando a mãe não está bem. Mas eu também estava pensando em você, Lily. Estava pensando que a família que eu sempre quis ter seria com você, e que agora nunca terei.

O cabrito, ainda no altar, ergueu a cabeça de repente, como se tivesse ouvido alguém chamá-lo, aí disparou pelo corredor entre eles na direção da porta, onde escorregou até parar.

— Devemos deixá-lo sair? — perguntou Lily, ficando de pé. — Acho que está procurando pela mãe.

— Não vá — disse Daniel, levantando-se e esticando-se para alcançá-la, descansando a mão no braço da esposa.

Ela olhou para baixo: a mão dele com os dedos longos que Francesca havia herdado, as unhas quadradas, a pele dourada.

— O que quer que eu faça? — perguntou.

— Não vá — disse ele novamente.

Ela puxou o braço para longe do marido, mas ficou onde estava.

"Não continue sendo essa pessoa fria e solitária", ouviu Rose lhe dizer, Dermott ecoando e uma sobremesa cremosa concordando com eles. Uma parte dela queria se aproximar do marido, dizer a ele que podia viver com o que ele havia feito e com suas consequências, pois, enquanto ele ainda a amasse e ela o amasse, tudo ficaria bem. Juntos, eles dariam um jeito.

Mas aqueles rochedos ainda estavam no caminho e ela não achava que poderia tirá-los do lugar mesmo que quisesse.

— Sei que você acha que nunca vai conseguir me perdoar, Lily — falou Daniel, com a voz grossa de lágrimas —, e o que quer que você queira que eu faça, eu vou fazer. Vou embora daqui e voltarei para casa, para sempre, ou lhe darei o divórcio e você nunca mais vai ter que me ver de novo. O que você quiser, eu faço.

Ela pensou então se havia alguma coisa que ele pudesse fazer que fosse resolver.

O cabrito baliu tristemente à porta. Ele precisava de sua mãe. Todo mundo precisava de mãe.

— Eu te amo, Lily Turner — disse Daniel, desesperadamente. — Sempre amei e sempre irei amar. Não importa o que aconteça. Eu te amo.

Ela começou a andar para os fundos da igreja. Ele a amava. Sempre havia amado e sempre iria amar.

— Espere — falou Daniel. — Lily, por favor. Espere.

Ela parou e esticou a mão para a porta, mas em vez disso sua mão encontrou a pedra fria da parede da igreja e descansou ali.

Ela acreditava nele. O problema era esse. Ela acreditava que Daniel sempre a havia amado e sempre iria amar, independentemente do que acontecesse. E isso não era suficiente para mover os rochedos, mas ainda havia algo que ela podia fazer, uma promessa que podia manter.

Lily não era mais a mesma pessoa fria e solitária que viera para a Itália. Ela sabia disso. Havia mudado. Escorregou a mão pela parede e abriu a porta apenas o suficiente para deixar a cabra sair. Aí, ela a fechou de novo e virou-se para o marido.

— Está bem — disse. — Vou esperar, mas não por você. Eu vou esperar até que tome as providências adequadas em relação à Francesca, mas depois disso... Sinto muito, Daniel. É o máximo que posso fazer.

Capítulo 47

Depois que a igreja estava vazia de novo, as cortinas dos dois lados do confessionário se abriram e Violetta e Fiorella emergiram no corredor iluminado pelo sol.

— Luciana vai ficar decepcionada com seu momento — disse Violetta tristemente.

— É, mas a boa notícia é que ainda assim valeu a pena — falou Fiorella. — Poderia ter sido bem pior, afinal de contas. Imagine se Lily tivesse passado por cima das cabras com o carro, não que eu goste especialmente de cabras, apesar do queijo ter possibilidades, mas ela podia estar indo para Roma agora e seguir para os Estados Unidos para nunca mais ser vista novamente. Ela conversou com o marido, não conversou? E ele é muito bonito, não é? E ela vai ficar, não vai? Seu plano deu certo.

— Bem, não deu errado — admitiu Violetta.

Fiorella empurrou os óculos para cima de seu narizinho de pug.

— Você gosta de mim agora, só um pouquinho? — perguntou.

— Eu não desgosto de você — disse Violetta enquanto elas caminhavam para a frente da igreja. A verdade era que Fiorella estava conquistando todas como um cogumelo no inverno. Luciana estava certa, a Liga precisava de um sopro de ar fresco e Fiorella definitivamente era isso.

Além do mais, ela era boa em mandar mensagens de texto.

— É melhor você entrar em contato com Del Grasso para dizer ao Mario para se encontrar com Carlotta e levar Francesca até a *pasticceria*.

— Bom plano! — gritou Fiorella, batendo palmas. — Parece que teremos mais *amorucci*!

Capítulo 48

Quando Lily entrou na cozinha de novo algumas horas depois, as irmãs Ferretti não pareceram nem um pouco surpresas.

— É bom que você esteja aqui — falou Violetta, como se ela jamais tivesse ido embora para começo de conversa. — Estamos tendo problemas com o formato de coração. — Ela ergueu alguns *cantucci* literalmente de coração partido, aí arrastou-se até Lily, enfiando um cortador de biscoitos em sua mão.

Enquanto ela olhava vagamente para ele, o sino acima da porta da loja tocou e Francesca entrou correndo no aposento.

— Ah, Lillian! — gritou a menina. — Ah, *amorucci*!

— Fazemos grande favor e cuidamos de Francesca esta semana — explicou Violetta, despejando farinha e açúcar em cima da mesa. — E seguimos seu conselho de ganhar dos *bastardi* Borsolini em seu próprio jogo. Fazemos tudo o que eles fazem, só que em corações. Então é bom você estar aqui.

Francesca jogou os braços em volta de Lily, enterrando o rosto nas dobras de seu cardigã macio de caxemira.

— É bom *mesmo* você estar aqui — concordou ela.

Não havia palavras suficientes em língua nenhuma para que Lily expressasse a mistura complicada de dor e alegria que espumava dentro dela naquele momento. Ela respirou longa e profundamente algumas vezes, inalando o cheiro de morango do xampu de Francesca, imaginando o que mais, além de ter o cabelo limpo, estava diferente nela hoje.

— Ei, onde estão as suas asas, Sininho? — perguntou, quando percebeu que eram o que faltava.

— Papai está consertando elas — disse Francesca. — E, de qualquer modo, eu já estou grande para elas. — Ela soltou a cintura de Lily e passou a língua pelos lábios para as tigelas de frutas secas, nozes e chocolate à sua frente. — Vamos fazer os *amorucci* agora?

As senhoras olharam com expectativa para Lily, que sentiu o cortador de biscoitos pressionando suavemente um leve formato de coração na palma de sua mão.

— Bem, sim — respondeu Lily. — Suponho que vamos. — Então ela mergulhou as mãos no começo da primeira fornada comercial de *amorucci* da *pasticceria*.

Sinceramente, o que mais faria? Ela estava ali, Francesca estava ali, a manteiga derretida, os cranberries e os limões cristalizados estavam ali. Simplesmente fazia sentido arregaçar as mangas e ir em frente com aquilo. E mais, conforme as horas se sucediam e ela misturava, assava, esfriava, fatiava, assava, esfriava e provava, ela não parava de se afastar de sua infelicidade e confusão para encontrar um sorriso flutuando no rosto. Não sabia bem o que estava fazendo ali, mas aquilo voltava, voltava e voltava de novo.

Mais tarde naquela noite, ela se dirigiu para a lan house na *piazza grande* e mandou um e-mail para a Heigelmann's dizendo que estava inevitavelmente presa em uma situação de família na Itália e que não estaria de volta de imediato. Ela devia ter telefonado: mandar um e-mail não era uma forma séria de abordar sua ausência. Mas não conseguia imaginar explicar para seu CEO que estava na Itália assando biscoitos com a filha bastarda de seu marido e uma velha senhoria extorsiva sem rir. Era ridículo, afinal de contas, mas um tipo inexplicavelmente bom de ridículo.

Como ela nunca passara tempo algum na cozinha, foi uma surpresa para Lily descobrir que podia encontrar conforto ali. Mas o simples processo de misturar ingredientes tediosos do dia a dia para criar algo inteiramente novo nunca deixou de inspirá-la. Era tão descomplicado. E Francesca nunca se cansava de ajudar. Juntas, elas produziram fornadas e fornadas de deliciosos *amorucci*. Estavam em um mundo só delas.

Após alguns dias, elas haviam feito *amorucci* suficientes para encher todas as tigelas na *pasticceria* e então Lily convenceu Violetta, com uma pequena ajuda de Luciana, a deixar os clientes entrarem na loja.

No primeiro dia adequadamente aberta, poucos turistas passaram da loja dos Borsolini. Na verdade, até onde Lily podia ver, a loja das Ferretti parecia ser povoada apenas por velhinhas muito parecidas com as próprias Ferretti. Elas não compravam nada, mas pareciam muito satisfeitas com as amostras grátis que Lily e Francesca haviam arrumado. E, apesar de poderem não ter posto dinheiro em caixa, os turistas logo começaram a perceber a multidão na *pasticceria* e a pingar para comprar os *amorucci*.

— Temos uma perspectiva viável — disse Violetta para Lily, observando Francesca contar o troco para dar para uma mulher estrangeira gorda que havia comprado seis sacos, um de cada sabor. Fora ideia de Francesca colocar os biscoitos em sacos de celofane transparentes amarrados com fitas cor-de-rosa com coraçõezinhos vermelhos pendurados. Eram bastante irresistíveis.

Na semana seguinte, o sorriso de Lily corria o risco de se tornar permanente. As horas passadas na cozinha com as idosas e Francesca estavam entre as mais felizes das quais ela conseguia se lembrar. Não era a vida real, assar biscoitos em uma cozinha toscana com cheiro doce com uma filha que não era dela. Mas os momentos em que ficavam lado a lado enrolando os *cantucci* em toras ou quando Lily limpava chocolate da ponta do nariz de Francesca ou quando tentaram ensinar Violetta a fazer malabares certamente pareceram reais.

À tarde, Daniel vinha buscar a filha. No começo, o sorriso de Lily sumia quando ele entrava pela porta e ela achava difícil encará-lo, que dirá falar com ele, mas depois de algum tempo tornou-se simplesmente parte do que sua nova e inesperada rotina trazia.

Inclusive se pegou verificando no relógio se ele estava atrasado.

— Posso convidá-la para um drinque? — perguntou ele uma tarde. — Depois que deixar Francesca na casa de Carlotta?

Lily podia sentir o calor dos olhos redondos de Violetta em seu pescoço e viu que Francesca a estava observando cautelosamente. Ela não queria um drinque, a simples ideia a deixava enjoada, mas queria descobrir o que estava acontecendo com Eugenia, então concordou relutantemente.

O plano era se encontrarem em um barzinho perto da minúscula Piazza San Francesca, que oferecia uma vista por cima do domo de cobre de San Biagio de um ângulo diferente.

Lily o viu da rua de cima enquanto se aproximava e se surpreendeu ao pensar em como ele estava lindo. Não esperava ainda vê-lo dessa forma. Duas meninas bonitas passaram por sua mesa ao ar livre enquanto ela o observava, uma devorando-o com os olhos, pelo que Lily percebeu. Era óbvio que a garota também enxergava Daniel daquele jeito. Mas ele nem sequer pareceu notá-la.

Ele era claramente um homem procurando outra pessoa. Ela sentiu um solavanco, um movimento ínfimo de um único seixo.

— Então, o que está acontecendo com a mãe de Francesca? — perguntou cortantemente, mesmo assim, enquanto se sentava.

— Ela está em uma instituição residencial na Úmbria — disse Daniel. — Já esteve lá antes e está em boas mãos, mas não temos certeza de quanto tempo vai ficar desta vez. Ela precisa tomar a medicação certa e continuar com ela.

— E em que situação isso deixa Francesca?

— Carlotta está fazendo o melhor que pode para equilibrar Ernesto e seu emprego, e eu estou fazendo o máximo que posso enquanto tento trabalhar, mas para ser sincero, Lily, você e as Ferretti e os biscoitos... bem... você foi enviada pelos céus. — Ele sorriu. — A minha Lily e os biscoitos, tudo na mesma frase. Nunca achei que veria o dia.

— Acho que nós dois tivemos dias que jamais achamos que veríamos — disse Lily em um tom irritado que a lembrou de sua mãe. — Desculpe — acrescentou ambiguamente, balançando a cabeça para a garçonete depois que Daniel pediu uma taça de tinto.

— Lily, eu sei que você não teve muito tempo para pensar — começou ele, depois que estavam sozinhos novamente —, mas se puder...

— Não, Daniel. — Ela o interrompeu. — Só, por favor, não faça isso. Estou aqui pela Francesca, porque por algum motivo estou em posição de ajudá-la, e é o que quero fazer, mas não posso fazer isso para sempre. Tenho que voltar para o trabalho: está acabando minha licença remunerada. Então não alimente suas esperanças.

— Tenho grandes esperanças, não posso evitar. E elas vão continuar grandes no que diz respeito a você, Lily. Para sempre.

— Bem, isso é problema seu — vociferou ela.

— Desculpe, eu não queria aborrecê-la. É a última coisa que quero fazer. Só estou feliz que você tenha vindo.

— Sim, bem, vamos tentar continuar pensando em Francesca, que tal? Qual é o plano a longo prazo?

— Estou tentando resolver isso no momento. Achamos que talvez uma babá dê certo até Eugenia estar bem novamente, mas não temos como saber quanto tempo isso vai levar. Além disso, preciso voltar para Nova York em algum momento para tentar vender algum vinho que me ajude a pagar pela babá. Senão, há uma tia perto de Orvieto, mas Francesca teria que mudar de escola, e não foi fácil para ela se adaptar à escola de Montevedova, então...

Os dois ficaram olhando para as colinas deslumbrantemente lindas do Val D'Orcia. O sol do fim do dia caía suavemente pela paisagem. Era inacreditavelmente tranquilo.

— Francesca tirou suas asas — disse Daniel, quebrando o silêncio. — Perguntei a ela se podia consertá-las, como fiz uma centena de vezes no último ano e ela simplesmente as tirou e as entregou para mim.

Lily sorriu.

— É, ela me contou. Disse que estava "crescida" demais para elas.

— Ela lhe disse isso?

Lily assentiu e mordeu o lábio, rezando para que Daniel não lhe dissesse como daria uma ótima mãe. Ela não poderia aguentar. Mas ele não falou.

— Você pensa na Grace? — perguntou Lily, do nada. — Quando está pensando em Francesca, falando sobre ela ou olhando para ela, você também pensa na Grace?

— É claro que sim.

— Não posso deixar de pensar no que ela está fazendo. Como está se saindo no colégio, como sua mãe... como Brittany está.

Daniel ficou em silêncio por um instante, então se virou, com os olhos verdes ansiosos, para fitá-la.

— Não sei se temos um futuro juntos, Lily, se você vai me dar outra chance, mas o que quer que aconteça, não quero que haja mais nenhum segredo entre nós.

— E há mais? Por favor, Daniel, não sei se...

— Brittany foi para a faculdade — falou Daniel. — Ela é professora, como queria ser. Casou-se há alguns anos com um cara com duas filhas pequenas com quem Grace parece se dar muito bem. Ela é uma menina inteligente, tira boas notas, gosta de educação física, faz balé, é alérgica a nozes, toca piano, quer um pônei, mas só tem permissão para ter um gato.

Lily começou a chorar.

— Eu devia ter lhe contado — continuou Daniel. — Fiz um detetive particular me mandar um relatório a cada seis meses desde que voltamos do Tennessee. Não devia ter feito isso. Mas eu queria saber, me assegurar de que ela estava feliz para poder lhe contar e fazer com que você ficasse feliz, mas nunca era a hora certa. Eu não lhe contei. E não a fiz feliz, mas eu queria.

— O que mais? — perguntou Lily. — O que mais sobre a Grace?

— Ela é pequena para sua idade, tem cabelo escuro, dirige uma bicicleta cor-de-rosa.

— Bem, espero que use capacete.

— Ela usa capacete. Ele também é rosa, com fitas roxas saindo dele. Eu tenho uma foto...

— Ah, Daniel...

Ele puxou sua cadeira mais para perto da dela, mas sabia que não devia esticar a mão e, em vez disso, entregou a ela um guardanapo de papel para que pudesse enxugar os olhos. As duas garotas na mesa ao lado olharam para ela e começaram a sussurrar, mas Lily não se importou.

— Não acredito que você fez isso — disse ela quando finalmente havia se recomposto. — Não acredito que botou um detetive atrás da Pequena Grace.

— Eu sei e sinto muito.

— Não, não sinta. — Ela lutou contra mais lágrimas. — Você me fez feliz, Daniel. Há muito tempo, você me fez feliz.

— Acho que poderia fazer de novo — disse ele, desesperadamente. — Se ao menos você me der uma chance.

— É pedir demais. Não sei como fazer isso.

— Eu posso ajudá-la.

— Não acho que o perdão funciona assim.

— Bem, deveria.

— Mas não funciona. O que está feito está feito.

Lily se levantou, enxugando o rosto uma última vez antes de devolver a ele o guardanapo de papel amassado.

— Muito obrigada por me contar a respeito de Grace — disse. — Não posso lhe dizer o quanto isso tranquiliza o meu coração.

— Sinto muito, Lily. Nunca vou parar de sentir muito.

— Não faça isso, Daniel. Estou cansada de ouvir. Não muda nada.

— Talvez não, mas não é melhor ter tudo às claras?

— Talvez para você. É você quem tem todos os segredos.

— É, bem, já que estamos falando nisso, eu tenho mais um — falou Daniel, mas com um velho brilho familiar nos olhos. — Eu não gosto muito de camisas polo.

Lily riu e teve que se conter para não lhe contar que era Pearl quem as comprava para ele, de qualquer modo. Ela não queria magoá-lo, pensou enquanto andava pela *piazza grande*.

Ainda sentia algo por ele. Não tinha certeza se era amor, mas tinha certeza de que não era ódio. Então o que era?

Ela foi distraída pelo som de um bebê que se aproximava chorando. Viu então que era a mesma criança que ela vira em seu primeiro dia em Montevedova, só que desta vez o guarda-chuva vermelho estava mantendo o sol tardio, não a chuva, longe do carrinho.

O mesmo avô deu uma piscadela insolente para Lily enquanto passava, enquanto ela espiava o pequeno querubim gordo que urrava em seu ninho, as pernas agitando-se furiosamente no ar, os punhos cerrados se debatendo.

O velho não havia percebido que a faixa da cabeça do bebê havia caído por cima de um olho, então Lily esticou a mão e agarrou suavemente o cotovelo da criança para pará-la, depois esticou a mão para dentro e ajeitou ela mesma a faixa, seus dedos roçando a cabeça quente e úmida do bebê, acariciando por um momento ínfimo seu cabelo macio e quase invisível. O bebê esfregou um dos olhos e rugiu com ainda mais força.

— *Grazie* — sorriu o senhor, de qualquer modo. — *Grazie*. — E empurrou o carrinho pela *piazza*. Lily ficou ali olhando até terem desaparecido por cima do topo da colina, mas só quando estava na metade do caminho de volta para a *pasticceria* que ela percebeu que suas entranhas não haviam se encolhido com o som do choro.

Capítulo 49

As viúvas estavam em seu quartel-general subterrâneo uma semana depois, comendo *amorucci*, quando a viúva Ercolani soltou uma bomba.

— Quem era aquele velho com quem eu a vi atrás da rodoviária ontem? — perguntou à Fiorella, um brilhozinho cruel nos olhos. — Estavam tendo uma conversa e tanto, pelo que parecia.

Fiorella olhou cautelosamente para os rostos curiosos em volta no aposento.

— Não foi esse tipo de "atrás da rodoviária" — falou ela. — Acreditem, ele não encostou um dedo em mim.

— Sim, mas quem era ele? — insistiu a viúva Ercolani. — Ou quer que eu conte para todo mundo?

— Você andou me espionando? — acusou-a Fiorella.

— Sim, andei — respondeu a viúva Ercolani orgulhosamente —, e ainda bem, porque senão como as outras na Liga saberiam o quão mentirosa você é? Uma mentirosa, uma falsa e uma fraude.

— Uma mentirosa? — perguntou a viúva Benedicti. Ela passara a gostar muito de Fiorella. Todas passaram. Menos a viúva Ercolani, pelo que parecia.

— Uma falsa? — repetiu a viúva Mazzetti.

— Uma fraude? — gorjeou a viúva Ciacci.

Violetta e Luciana só se entreolharam e deram de ombros. Haviam decidido recentemente que quando se está tão perto dos 100 anos, nada é realmente tão surpreendente.

— Sim, todas essas coisas — confirmou a viúva Ercolani.

— E querem saber por quê? Ela não é viúva. Aquele era o marido dela atrás da rodoviária. Ele está vivo e extremamente bem, pelo visto.

Meia dúzia de bocas em vários estágios de banguelice caíram abertas.

Fiorella olhou para Violetta, que apenas ergueu o que sobrara de suas sobrancelhas.

— Está bem, está bem, está bem, eu confesso — disse Fiorella. — Não sou viúva como dei a entender originalmente. Mas ele realmente fugiu com a minha irmã e mora mesmo em Nápoles.

— E Eduardo?

— E Eduardo! É claro, Eduardo, sempre Eduardo!

Ela empurrou os óculos para cima do nariz, fechou as mãos em minúsculos punhos cerrados, ergueu seus ombros roliços e olhou para o mundo inteiro pronta para enfrentar o campeão italiano peso-pesado de boxe. Mas, então, Fiorella Fiorucci surpreendeu a todas ao cair em lágrimas incontroláveis e ruidosas.

— Eu estava solitária — chorou ela. — Tenho estado solitária desde que Eduardo partiu para a guerra, mas, quanto mais velha fico, mais solitária estou. Ninguém me nota. Eu usei sapatos de salto vermelhos e ninguém nem olhou para os meus pés. Eu era invisível até vocês me deixarem entrar para a Liga. Você é perversa — disse, enquanto apontava para a viúva Ercolani —, mas as outras são como irmãs. Nunca fui tão feliz.

— E ela chorou a ponto de afogar todas elas em suas lágrimas.

— Calma, calma — falou a viúva Ciacci, aproximando-se para lhe dar um tapinha reconfortante.

— O que seu marido estava fazendo aqui? — perguntou Luciana.

— Ele e a desmazelada egoísta da minha irmã estão sem dinheiro. Ele voltou porque quer vender meu apartamento.

— Ela não pode continuar na Liga — disse a viúva Ercolani.

— Há regras, lembram-se? — Ela cutucou a viúva Mazzetti, que pareceu ligeiramente tímida.

— Certo, não sejamos apressadas aqui — falou Violetta. — Existem regras e regras.

— Há dois tipos? — perguntou a viúva Mazzetti, que só tinha uma prancheta.

— Se os acontecimentos recentes me ensinaram alguma coisa — disse Violetta —, foi que os tempos mudaram e nós temos que mudar com eles. Fiorella, você foi um acréscimo bem-vindo à Liga e o fato de não ser viúva não vem ao caso. Você tem razão. Você é uma irmã. Somos todas irmãs.

— Mas isso não é o que... — a viúva Ercolani começou, mas foi interrompida pela viúva Pacini, que odiava a ideia de alguém se sentir solitário.

— Eu concordo com Violetta — disse ela.

— Eu também — falou a viúva Benedicti.

— Igualmente — concordou a viúva Ciacci.

— O mesmo aqui — acrescentou a viúva Mazzetti. — Apesar de que talvez devamos pensar em reescrever o estatuto.

— Viúva Ercolani, gostaria de dizer mais alguma coisa? — perguntou Violetta. Mas a viúva Ercolani sabia quando havia sido derrotada. Ela apenas balançou a cabeça e olhou para os pés.

— Certo, então. Está decidido. Mais uma vez, bem-vinda, Fiorella, à Liga Secreta das Cerzideiras Viúvas (ou Não). Agora, a respeito do ato de cerzir, o progresso, como vocês provavelmente já viram, é lento mas estável com Lily e Daniel. Esperávamos que já houvesse acontecido algo mais a esta altura, mas eles estão se vendo todos os dias e obviamente está funcionando muito bem na questão dos *amorucci*.

Houve um coro de "sí, sí, sí". Elas realmente gostavam dos *amorucci*.

— De qualquer modo, está claro para nós que Daniel não é o problema. Ele vai fazer qualquer coisa para reconquistá-la, de acordo com uma das netas da viúva Ciacci, que ouviu cada palavra da conversa deles no Bar Francesca na outra noite e, por acaso, as transmitiu. É Lily quem está cautelosa.

— Não é só isso que ela está — disse Fiorella. — Três testes de gravidez em um dia normalmente só querem dizer uma coisa.

Violetta quase engasgou com seu *vin santo* enquanto Luciana tossia sobressaltada. Acaba que algumas coisas ainda eram surpreendentes.

— Lily está grávida? — perguntou Violetta.

— Acho que sim — respondeu Fiorella.

— Ela é do tamanho de uma bisnaga de pão — observou a viúva Ercolani. — Não pode estar tão grávida assim.

— Não, não pode — concordou Violetta.

— Em nome de santa Ana di Chisa — gritou a viúva Benedicti. — Tem que ser do Alessandro! Nudez parcial deve ser tudo o que se precisa hoje em dia.

— É, deve — concordou Violetta.

— Mas isso é uma catástrofe! Ela tem que ficar com Daniel mas está carregando o filho de outro homem?

Violetta sentiu um calor delicioso subir por ela, como um edredom de penas. Era seu instinto, seguramente, guiando-a na direção do que era certo.

— Sim, ela tem e sim, ela está. — Violetta deu uma gargalhada. — Senhoras, cheguem mais perto.

Capítulo 50

Ela devia ter juntado dois mais dois no momento em que suas entranhas deixaram de se encolher com o choro da bebezinha gorda na *piazza*.

Ela estava cansada e pálida, sua pele lisa estava extraordinariamente manchada, tinha dor de cabeça e estava com os seios doloridos. Mas havia apagado a tarde no sofá de Alessandro de sua mente, então não ocorreu à Lily, até ela perceber que sua menstruação estava atrasada, que podia estar grávida.

Mas estava.

Ela simplesmente sabia. O timing, a náusea, a incongruência enorme daquilo tudo. Tinha que ser! Ainda assim, ela correu para a farmácia na parte baixa da cidade, dispensando os olhos curiosos na farmácia lotada que ficava mais perto da *pasticceria* e comprou um teste de gravidez. Deu positivo. Então ela voltou e comprou mais dois. Todos os três disseram a mesma coisa, mas nem precisavam — ela sentia. Ela sentia em sua pele, em seu cabelo, em seus olhos. Ela sentia em todos os lugares.

E, desta vez, algo dentro dela sussurrava que o anjinho já aninhado ali, apesar das complicações que traria, havia lutado muito para chegar até ali e continuaria lutando até o fim. Ou o começo. Este anjinho, ela realmente acreditava, era dela para sempre.

Sentada em seu minúsculo banheiro, com o terceiro palito positivo na mão, a maravilha terrível de tudo aquilo a inundou, começando em seus dedos dos pés, parando por um momento para girar em volta da nova vidinha formando-se em seu centro, então disparando por cima de seu coração caótico até sua mente, que zumbia.

Ela teria o bebê de Alessandro.

Era um desastre. Um desastre maravilhoso, impressionante, horrível, feliz, apavorante e extraordinário.

Havia tantas coisas a respeito daquilo que eram erradas! Alessandro não queria ter um filho com ela. Ele mal a conhecia. Ela nem o vira desde essa concepção mais do que milagrosa. E ela também não queria ter um filho com Alessandro.

Tantas coisas a considerar: sua idade, sua carreira, seu casamento, o fato de que ela estava na Itália e prometera ajudar com Francesca, as irmãs Ferretti, os *amorucci*...

Havia tantas coisas erradas. Mas o caleidoscópio de complicações foi ofuscado pelo que era certo. Lily queria este bebê. Mais do que qualquer coisa no mundo, ela queria este bebê. Sempre quisera este bebê.

Ela andou até sua janela com vista e sentou-se no beiral, observando os campos deslumbrantes se arrastarem para fora do estado de sonolência da mesma forma como ela fazia todas as manhãs. Riu para si mesma, maravilhada, então mordeu o lábio para não chorar. Mais do que qualquer coisa no mundo, ela queria este bebê.

— Lillian! — ouviu Francesca chamá-la da cozinha. — Onde você está, Lillian?

— Estou aqui em cima, querida — gritou de volta. — Venha me fazer uma visita.

O barulho de seus passos na pequena escada inchou o coração já transbordante de Lily e, quando Francesca irrompeu no quarto e chegou correndo na direção dela, ela não conseguiu impedir que as lágrimas caíssem.

— Qual é o problema? — perguntou Francesca enquanto caía nos braços de Lily. — Você está triste?

— Não, amor, não estou. Estou feliz. Sei que parece bobagem, mas às vezes os adultos choram quando estão felizes.

— Por que você está feliz?

Sua vida estava tão longe da perfeição de seus sonhos que era risível. A imagem daquele monte de crianças reunidas em volta dela e de Daniel conforme envelheciam juntos perdida nas brumas de seu casamento destruído.

E, ainda assim, ela encontrara a coisa mais perto de uma filha no mundo e agora ia, finalmente, se Deus e todos os santos quisessem, ser mãe.

— Não sei — falou para Francesca, dando-lhe um abraço apertado. — Apenas estou.

— Venha — disse Francesca, esticando a mão. — As Ferretti precisam que você faça uma coisa.

Aliviada por ter algum tempo sozinha para digerir a virada brusca que seu futuro acabara de dar, Lily concordou em entregar uma caixa de *amorucci* em uma trattoria em Montechiello, outra cidadezinha minúscula no topo da colina a uns quarenta minutos de distância.

— Seu primeiro pedido comercial — observou, enquanto pegava a caixa. — Parabéns.

— Não dá para não ver a trattoria — falou Violetta, empurrando-a pela porta afora. — É o único *ristorante* na cidade.

Lily mal conseguia se lembrar de dirigir até lá, sua mente estava girando rápido demais. Será que ela devia voltar para Nova York agora? Parecia ser a atitude mais apropriada: a necessidade de consultar especialistas, passar pelo ritual de testes de sempre, afinal de contas. Ou será que não? Ela pensou sobre o sorriso que não parava de encontrar em seu rosto. A Toscana parecia tê-lo colocado lá tão firmemente depois de uma ausência muito longa. Ela tinha muito o que agradecer a este lindo canto do mundo.

Estacionou perto do portal para Montechiello e começou a subir para a trattoria com a caixa de *amorucci*. Gerânios vermelhos se derramavam por cima da beirada do antigo muro de pedra que cercava a cidade, um lagarto verde e amarelo brilhante banhando-se ao sol mostrou sua língua para ela. Ela mostrou a própria língua para ele. A temperatura estava perfeita, o sol dançando em suas costas, uma ligeira brisa soprando em seu rosto.

Ela empurrou a porta do restaurante para abri-la. Estava escuro, sem ninguém atrás do balcão, mas uma porta dupla se abria para um terraço que dava vista para o lindo vale pelo qual ela acabara de passar de carro.

— Olá! — gritou enquanto entrava, sentindo uma lufada do jasmim que subia pela treliça atrás dela.

Uma única mesa com uma toalha branca que esvoaçava ligeiramente com a brisa estava posta na beira do terraço. Uma garrafa de vinho e duas taças descansavam em cima da mesa. Atrás dela estava Daniel.

— Ah, é você — disse ela.

Ele riu e naquele momento pareceu igualzinho ao Daniel por quem ela havia se apaixonado tantos anos antes. Uma versão ligeiramente borrada, admitidamente, um pouco enrugada, um pouco abatida, mas ainda assim o mesmo Daniel.

— Sim, sou eu — falou ele. — Seria cafona demais dizer que temos que parar de nos encontrar assim?

Ela retribuiu o sorriso e sentou-se à mesa.

— Nunca me incomodei com um pouco de cafonice — confessou.

— Eu devia encontrar um novo dono de vinícola aqui, a esposa dele me ligou bem cedo esta manhã, mas a nossa anfitriã agora me disse que ele ficou retido. Ela acabou de me deixar com esta garrafa antes de sair correndo por causa de alguma emergência pessoal. Sei que é cedo, mas gostaria de um pouco de vinho?

Ele se aproximou para servir-lhe um pouco, mas Lily ergueu a mão por cima do copo.

— Para mim não, obrigada, não.

— Tenho certeza de que posso encontrar um branco, se você preferir, ou um prosecco. Não é champanhe, mas...

— Não, Daniel, sério. Não estou bebendo.

— Não está bebendo?

Ele olhou para ela, preocupado, e, do nada, Lily soube que o amava, que o amor que sentia era mais forte do que qualquer outra coisa e, qualquer que fosse o histórico deles, era tarefa dela rolar aqueles rochedos para longe do difícil acesso ao seu coração. Ela podia fazê-lo se quisesse.

E, naquele momento, sentada sob o sol preguiçoso, com uma nova vida irradiando em sua barriga, ela queria.

O timing dela estava errado, para dizer o mínimo, mas agora que estava olhando para o futuro em vez de para o passado, sentia-se segura novamente. Era simples assim: ela se sentia segura em relação a ele.

É claro que ele poderia não se sentir tão seguro em relação a ela, nas circunstâncias, mas só havia uma maneira de descobrir.

— Você realmente vai me amar para sempre, Daniel, não importa o que aconteça?

Ele pareceu surpreso, mas mesmo assim respondeu:

— Sim, vou.

— Mesmo que eu tenha feito algo que vá mudar tudo entre nós para sempre?

— Não acho que isso seja possível.

— Acredite em mim, Daniel, é possível. Na verdade, é uma certeza absoluta.

— Está me assustando, Lily. Você está bem?

— Estou ótima, estou melhor do que ótima, mas ainda preciso que prometa que vai me amar, não importa o que aconteça.

— Não posso imaginar o que seria "não importa o que aconteça", mas sim, Lily, estou falando sério quando digo isso: eu sempre vou amar você.

— Porque acho que sei como você se sentiu depois que conheceu Eugenia e descobriu sobre Francesca, sobre ter todas as coisas certas mas com a pessoa errada. Acho que entendo isso.

— Eu sinto muito, Lily. Sei que você não quer mais ouvir, mas isso não significa que algum dia eu vou parar de sentir muito.

— Não, Daniel, as coisas são diferentes agora. Sou eu quem sente muito — falou ela. — Eu estou grávida.

E nem mesmo a cara que seu marido fez podia tirar a emoção daquelas palavras.

— Conheci uma pessoa aqui — prosseguiu Lily. — Eu não o amo, na verdade eu mal o conheço. E sei que você vai achar que fiz isso para magoá-lo, mas não fiz. Eu não estava pensando em você, estava pensando em... bem, não sei no que eu estava pensando. E não sei o que vai acontecer agora porque tenho meu emprego em Nova York, mas nunca fiquei tão feliz quanto fico assando *amorucci* com a sua filha. Não sei para onde devo ir ou o que devo fazer, mas não posso dizer sinceramente que queria que nada disso tivesse acontecido porque eu estou grávida, Daniel. Eu estou grávida e sinto realmente que desta vez vai dar certo. Sinto mesmo. De alguma forma, sem ter nada em que me basear e com todas as provas de sempre em contrário, acho que desta vez vai dar certo.

Daniel colocou seu copo lentamente de volta na mesa. Uma semente em alguma árvore por perto estalou no calor. Uma motocicleta rugiu pela estrada abaixo deles.

— Por favor, diga alguma coisa — pediu Lily.

— Estou em estado de choque, Lily. O que você quer que eu diga?

— Quero que diga que apesar de eu ter bagunçado tudo, você ainda me ama e quer me ajudar e que juntos vamos resolver isso de alguma maneira.

— Quer que eu fique feliz por você ter o filho de outro homem?

— Sob qualquer outra circunstância, eu nem pensaria em pedir que você ficasse feliz por eu ter o filho de um outro homem — disse ela. — Mas neste caso, é exatamente o que estou pedindo.

— Jesus, Lily, isso parece simplesmente...

— Impossível? É, parece mesmo. Mas será que é? Fico feliz por você ter Francesca. De verdade. Nunca achei que ficaria e, se não tivesse vindo até aqui, nunca teria descoberto isso. Mas eu vim até aqui, eu descobri e, mais do que isso, fico feliz por *eu* tê-la. Quero ajudá-lo, Daniel. E sei que não é perfeito, mas é melhor do que era, do que nós éramos. Vamos ter uma família. Não a família com a qual sonhamos e certamente não uma família tradicional, mas vamos ter uma família. Juntos.

— Eu me sinto preso em uma armadilha.

— Conheço a sensação — disse Lily a ele, porém, de uma forma gentil. — A diferença é que estou aqui na sua frente lhe contando isso. Você não está descobrindo a respeito em um sapato de golfe. Você disse que podia me ajudar a perdoá-lo. Bem, agora eu aceito a oferta. E posso ajudá-lo a me perdoar.

— Mas o perdão não funciona assim. Lembra?

— Mas devia. Eu me lembro disso.

Daniel fitou-a do outro lado da mesa, as colinas verdes e ondulantes da Toscana emoldurando seu lindo rosto, o verniz que a escondera por tantos anos arrancado, deixando-a do jeito como sempre lhe vinha em sua mente.

Ela estava desabrochando na frente dos olhos dele, essa mulher com quem ele havia dividido e perdido tanto. Será que poderia dar certo? Essa colcha de retalhos bizarra de filhos sem parentesco e pais traumatizados? Sua mulher estava carregando o filho de outro homem, o que o feria de uma forma que ele não sabia se podia ser curada. Daniel nem sequer tinha certeza se queria. Ainda assim, desejara antes que a esposa fizesse isso. E agora ela o estava olhando com tanta confiança, tanta fé, olhando para ele da maneira como costumava olhar muito tempo atrás, quando seu futuro estava cheio de esperanças intocadas e possibilidades ilimitadas.

A verdade era que, se descontasse todas as coisas que havia feito de errado e todas as coisas que ela fizera errado, ele ainda sentia a mesma coisa por ela. Mas agora havia esse bebê, e ele estaria no meio deles para sempre, lembrando-os de toda a tolice e das mágoas que causou.

— Sei o que está pensando — disse Lily. — Você está pensando que isso é demais, doloroso demais, que não há como superar. Mas, Daniel, eu provavelmente sou a única pessoa no mundo que sabe que *você pode*. Talvez não neste minuto, talvez não nesta semana. Mas você pode. Você ainda me ama, você quer me ajudar, e juntos podemos resolver tudo isso.

— Não sei — falou ele. — Lily, eu simplesmente não sei mesmo.

Ela esticou o braço para o outro lado da mesa e segurou as mãos dele.

— Bem, não tem problema — disse. — Porque eu sei.

Capítulo 51

No andar de cima da trattoria, Violetta, Luciana e Fiorella se afastaram da janela na qual haviam estado espionando o que acontecia no terraço abaixo.

— Agora — sussurrou Luciana —, este era o momento pelo qual estivemos todas esperando.

— Tem certeza? — disse Violetta. — Ele estava com uma expressão estranha no rosto, se quer a minha opinião.

— Você esqueceu como é a cara de um homem apaixonado? — sibilou Fiorella.

— Em nome de santa Ana di Chisa, foi o momento, Violetta — falou Luciana. — Definitivamente, foi o momento.

— Você precisa consertar seus olhos — concordou Fiorella. — Confie em nós, seu plano foi bem-sucedido.

Violetta olhou para Fiorella, então para sua irmã. Ela confiava nelas.

— Bem, não foi malsucedido — admitiu.

Capítulo 52

No primeiro domingo do julho seguinte, Lily acordou e puxou a cortina em seu apartamento. Era mais um lindo dia em Montevedova: melhor ainda por ser o dia inaugural do banquete de santa Ana di Chisa.

A enorme festa passara meses sendo planejada e havia muita coisa a fazer, já que era um acontecimento focado nos *amorucci*. E ainda havia muitos *amorucci* a serem feitos.

Antes, porém, Lily fizera o que havia feito todas as manhãs nos últimos quatro meses. Ela andou na ponta dos pés até o berço no canto do aposento e espiou se o filho estava acordado. Esse ritual, que parecia impregnado nela agora como piscar ou respirar, nunca deixava de enchê-la com a simples felicidade de se sentir satisfeita, de ter sorte, de estar exatamente onde queria estar. Era a forma perfeita de começar o dia.

Matteo — batizado em homenagem ao vizinho italiano de Daniel quando criança — estava acordado, deitado alegremente de costas, seus grandes olhos castanhos se apertando de prazer ao ver a mãe, seus braços gordos esticando-se para ela, os dedos se remexendo.

Ela o pegou, beijou seus pulsos gorduchos, seus joelhos com covinhas, as bochechas morenas claras e então segurou-o no ar e soprou na esponja quente de sua barriguinha gorda. Ele guinchou de prazer, as perninhas nuas balançando de felicidade. Era um som do qual Lily não conseguia se cansar.

— Dá para abaixar o volume dessa coisinha? — resmungou Daniel da cama, sentando-se para ver as silhuetas de sua esposa e filho contra a janela, a Toscana do começo da manhã sacudindo-se graciosamente para acordar atrás deles.

O bebê virou-se para ele e esticou os braços gordos em sua direção, retorcendo os dedos e guinchando um pouco mais. Lily então o entregou nos braços de Daniel para seu aconchego matinal.

— Vou alimentá-lo — disse ela. — Aí tenho que ir para a *pasticceria*. Pode tomar conta dele até a próxima refeição e então levá-lo até lá?

— O que me diz, Matteo? — perguntou Daniel ao bebê. — Vamos fazer coisas de homem enquanto a velha está na cozinha? — Matteo acenou com tudo o que tinha, o que ambos presumiram significar sim.

Lily observou seu marido e seu filho se aninharem juntos no meio dos travesseiros. Ele era um pai tão natural, amoroso e presente que ela ficava sem fôlego todos os dias. Ele a deixava sem fôlego.

Não que tivesse sido fácil — ela suspeitava que o perdão nunca era —, mas eles haviam conseguido, durante o último ano, superar tantas coisas, que mais uma vez era o que estava em seu futuro que importava.

Ela voltara a Nova York só uma vez, em seu primeiro trimestre, para ver Rose, fazer um check-up com o ginecologista, pedir demissão da Heigelmann's e pegar algumas coisas no apartamento.

Mas, depois disso, abandonara sua antiga vida com tanta facilidade quanto um balão de gás e nem ficara para vê-lo voar para longe.

A Toscana era seu amuleto da sorte, Montevedova agora era seu lar. Seu trabalho era ser mãe, fazer *amorucci* e ajudar Daniel a estabelecer seu novo negócio exportando vinhos de mesa para os Estados Unidos.

Ela não podia imaginar ser mais feliz, mais amada ou estar mais apaixonada. Dava arrepios em sua pele, trazia lágrimas aos olhos e um contentamento em seu coração que ela achara ter perdido para sempre.

— Não preciso dizer, preciso? — perguntou, enquanto beijava o marido e o filho, os olhos brilhando.

— Não, não precisa. — Daniel sorriu. — Agora vá trabalhar. Matty e eu temos muito o que conversar sobre a NASCAR e bares de striptease.

Enquanto Lily andava de seu novo apartamento até a *pasticceria*, as flâmulas de santa Ana di Chisa voando de janelas acima dela adejavam suavemente na brisa morna de verão.

A festa fora ideia dela, na época em que Matteo era só um ovo no ninho.

— Então, quem é exatamente santa Ana di Chisa? — perguntara à Violetta um dia quando estava abrindo uma fornada de *amorucci* de pinhão e laranja cristalizada. — Não paro de ouvir seu nome.

— É, eu me pergunto a mesma coisa — disse Fiorella, outra aldeã idosa, mas jovial, que se mudara para o quarto de Lily no andar de cima àquela altura e que falava um inglês excelente.

— Isso pode ser complicado — disse a viúva Ciacci em italiano para Luciana. Ela se tornara um acessório regular na janela aberta, os *amorucci* sendo muito mais de seu gosto agora que era menos provável que pegassem fogo.

— Você não sabe? — perguntou Lily para Fiorella. — Eu tinha a sensação de que ela era alguém especial por aqui.

— Tentei procurá-la no Google — disse Fiorella —, mas não encontrei nada. Eu me acho melhor no Google.

— Ela é a santa padroeira das cerzideiras viúvas — insistiu Violetta.

— Ela é? — perguntou Fiorella.

— Vamos ver se ela se livra dessa — disse Luciana para a viúva Ciacci.

— Eu não achei que haveria cerzideiras viúvas o suficiente para ter sua própria santa padroeira — falou Lily.

— Temos uma liga delas aqui em Montevedova — disse Violetta cautelosamente. — E talvez haja outras ligas em outras cidades. Nós nos reunimos, consertamos coisas e conversamos.

— É o que vocês fazem no andar de baixo?

— Que andar? — perguntou Violetta, fixando-a com um olhar intimidante.

— Então de onde vem santa Ana di Chisa? — perguntou Fiorella para desviar o assunto. — E quando é a festa?

— Ah, é, deve haver uma festa — falou Lily. — Ou um feriado.

— Ela não tem dia de festa — respondeu Violetta. — Ela é nova.

— Como é que se arruma uma nova santa padroeira? — perguntou Lily.

— Não havia uma quando começamos a procurar — respondeu Violetta. — Há santa Anne para costura, mas ninguém para cerzir. Santa Catherina di Genova pareceu boa por algum tempo, mas a largamos quando descobrimos que Genova alega ter inventado o pesto, e todo mundo sabe que o pesto começou aqui em 1927, mas ninguém gosta, então não fazem um escândalo.

— Pesto é o com *basilico*? — perguntou a viúva Ciacci.

— Um desperdício de *parmigianno*, se quer a minha opinião.

— O que ela disse? — perguntou Lily.

— Conte a ela sobre santa Rita di Cascia — sugeriu Luciana.

— Há uma viúva na nossa liga — obedeceu Violetta —, agora falecida, que acha que santa Rita di Cascia é boa, mas aí descobrimos que o único motivo é porque santa Rita di Cascia tem *stigmata*, uma ferida na cabeça que fede muito. Então ela se tornou reclusa até perto de sua morte, quando teve cheiro de pão de canela.

Fiorella olhou para ela.

— E?

— E essa viúva, já falecida, gostava de pão de canela.

Até mesmo Fiorella parecia ligeiramente confusa com isso.

— Então como encontraram santa Ana di Chisa? — Lily queria saber.

— Não encontramos, propriamente — respondeu Violetta.

— Como assim?

— Quer dizer que se tivermos festa ou feriado tem que ser quando o padre Dominico estiver visitando o Vaticano, porque pode haver algum problema.

— Algum problema? — gritou Fiorella. — Aaah, entendo. Entendo e adoro! — Ela pulou pela cozinha como o sapinho que era.

— Entende o quê? — disse Lily, esticando o braço para fazê-la parar de quicar.

— "Santa Ana" é para "Anne da costura" — disse Fiorella em italiano, entre gargalhadas. — E Chisa para "*chi sa*".

— *Chi sa*? Do que você está falando?

— "Quem sabe"! — rugiu Fiorella, recusando-se a falar inglês. — *Chi sa* para "quem sabe". Violetta, você é uma brasa. Você inventou a santa padroeira da Liga!

— Bem, ninguém mais encontrou uma para nós — respondeu Violetta em italiano.

— O que vocês estão falando? — queria saber Lily. Ela estava aprendendo o idioma, mas aquela conversa estava além de sua compreensão. — Não consigo entendê-las.

— Santa Ana di Chisa, ela é loura, como você — disse-lhe Violetta. — Mas não tão alta.

E então foi decidido que o dia de festa de santa Ana di Chisa seria comemorado no primeiro domingo de julho e que, já que era ideia das Ferretti, os *amorucci* seriam os *dolci* padroeiros.

Meia hora depois de dar um beijo de despedida em seu bebê no dia da festa inaugural, Lily estava dando um beijo de boas-vindas em sua irmã do lado de fora da *pasticceria*.

— Não consigo me acostumar com tudo ser tão terrivelmente lindo — falou Rose. — Até o Al está parecendo bem bonito atualmente. Quem diria? Achei que tínhamos passado disso.

— Onde ele está? — perguntou Lily.

— Está trabalhando na gôndola com Alessandro — respondeu Rose. — Tenho a sensação horrível de que vamos acabar com um daqueles negócios no jardim lá em Connecticut.

— Bem, pelo menos você está mais perto da água — falou Lily, dando um abraço na irmã. — Muito obrigada por estarem aqui, Rose. Todos vocês.

— Está brincando? Férias de verão na Toscana? Eu admito que no começo não queria trazer todo mundo comigo, mas a cada dia que passa, eu juro, aquelas crianças estão mais adoráveis e Al está com o prazo de validade menos vencido. Deve haver alguma coisa no ar.

As duas levantaram o nariz e farejaram.

— Água de rosas e amêndoas — disse Lily. — As crianças já estão na cozinha?

— Pode apostar. Aquelas velhinhas vieram e os arrancaram bem de debaixo de mim.

A porta tilintou conforme Lily a abria para entrar.

— Você vem? — perguntou ela à irmã.

— Ah, não, eu me curvo diante da sua incontestável superioridade na cozinha — disse Rose com um sorriso. — Vou passear sob o sol italiano com apenas um doce grande como companhia, se não se incomoda.

— Eu a vejo na *piazza*?

— Eu a vejo na *piazza*.

O coração feliz de Lily inchou ainda mais quando ela entrou na cozinha e viu a linha de produção de crianças reunidas em volta da velha mesa de refeitório.

Jack e Harry estavam discutindo um com o outro, como sempre, mas também competindo pela atenção de Francesca, que, em vez disso, estava sob o domínio de Emily e Charlotte, que, por sua vez, estavam completamente bobas com o extremamente lindo Ernesto.

Violetta, Luciana e Fiorella estavam sentadas no canto do aposento, fofocando em italiano, algo que, com Lily no comando da *pasticceria*, elas agora tinham muito mais tempo para fazer.

As irmãs Ferretti estavam de muito bom humor. Haviam começado um fundo, assim Violetta lhe dissera, com os lucros cada vez mais saudáveis da *pasticceria* e, portanto, estavam ambas tomando remédios caros para a artrite, o que as deixava muito mais flexíveis. Violetta em especial tinha um novo molejo em seus passos graças à vantagem extra de um *stent* cardíaco, que havia, sem que ela soubesse, lhe dado dores no peito por vários anos. As duas tinham novas dentaduras.

Havia muitas reuniões no andar inferior secreto sobre o qual Lily não devia saber, para planejar onde mais esse fundo para saúde deveria ser gasto. Ela havia percebido que muitas das senhoras que frequentemente encontravam-se amontoadas em volta das tigelas de vidro canelado na *pasticceria* agora exibiam novos dentes brancos e mais do que uma ou outra possuíam aparelhos auditivos.

As irmãs, Fiorella e um punhado de outras senhoras cerzideiras estavam agora tão bem de saúde, Lily ficara sabendo, que estavam planejando uma viagem para Cremona para ampliar seus horizontes. Era a cidade natal de Stradivari e, agora que podiam escutar melhor, elas gostavam especialmente de ouvir o som do violino.

Na realidade, as viúvas a botavam para tocar na cozinha, apesar de ser difícil ouvir por cima do som das crianças fazendo *amorucci*.

Jack, aos 11 anos, ficara cético a respeito de toda a história de cozinhar, para começo de conversa, mas na verdade gostara da parte científica de botar a combinação certa de ingredientes, produzir o resultado correto e era bom em organizar as demais crianças para fazerem coisas para ele.

Harry tinha uma queda por facas e portanto gostava de fatiar, apesar de ter que ser supervisionado. As gêmeas basicamente faziam o que Jack mandasse, a não ser que estivessem ocupadas bajulando Ernesto, que não tinha o menor interesse no que estava acontecendo, mas simplesmente adorava ser paparicado.

Francesca deixou claro que estava encarregada do cortador de biscoitos, mas, conforme a linha de produção foi implementada, permitiu que todos os seus "primos" tivessem sua vez.

Pelas horas seguintes, Lily coordenou o bando de crianças conforme elas misturavam, assavam, esfriavam, fatiavam, assavam, cortavam e provavam. Assim, quando Daniel chegou com Matteo, os últimos *amorucci* estavam prontos para serem embalados e carregados para a *piazza* para a festa.

Ela e o marido então cambalearam colina acima, carregados de caixas e cercados pelas crianças agitadas, chegando à praça para encontrá-la transformada em um mercado atarefado construído em volta de uma mesa em formato de coração já portando dúzias de tigelas de vidro canelado, cada uma cheia até o topo de *amorucci*. A mesa fora ideia de Carlotta e ela estava lá decorando-a. Tinha um bom senso artístico, como acabou se mostrando, e deixara de vez os irmãos Borsolini para ser babá de Francesca e Ernesto e ajudar na *pasticceria*.

Alberto tinha uma das quatro barracas de vinho na praça. Havia duas barracas de pecorino, quatro de salame, duas de caxemira, três de suvenires, três de roupa de cama, uma de aromatizadores de ambiente, uma com os *gelati* de Mario, cinco de massa fresca, seis de frutas e legumes, uma barraca do escritório de turismo e um Poliziano temporário. Os irmãos Borsolini estranhamente não haviam recebido nenhuma informação sobre a festa, nem tinham sido convidados para as reuniões de planejamento. Também estava ausente o padre da paróquia, padre Dominico, que fora chamado à Roma para um encontro com o papa, o qual por razões curiosas nunca aconteceu.

Por mais algumas horas, Lily trabalhou na barraca enquanto locais e turistas serviam-se dos *amorucci* grátis empilhados nas tigelas, então compravam pacotes, e pacotes e mais pacotes para levar para casa. Violetta e Luciana seriam capazes de comprar membros biônicos com os lucros da festa inaugural de santa Ana di Chisa.

Finalmente, as multidões começaram a se dispersar e, olhando para o outro lado da *piazza*, Lily esqueceu-se de suas pernas cansadas quando viu sua irmã e Al de pé na frente da barraca de *gelati* de Mario. Ele também vendera aos montes: seu *gelato* sabor *amorucci* provando ser mais popular até do que o de chocolate triplo. Fora ideia de Francesca botar as partes de fora dos corações de *cantucci* em um sorvete e, falando comercialmente, era uma perspectiva extremamente viável.

Rose e Al estavam apoiados um no outro, rindo de algo que Mario estava falando e pareciam muito diferentes das criaturas pálidas e nervosas que haviam saído do avião, claramente sem falar um com o outro, um mês antes.

Harry, Jack e Francesca estavam correndo atrás uns dos outros em volta do poço, as gêmeas brincavam com Ernesto, enquanto Daniel, sentado à sombra com Matteo, conversava com Alessandro. Acabou que os dois homens haviam se conhecido antes de Lily entrar em cena, já que Alessandro era um dos pequenos produtores de vinho que Daniel estava querendo representar.

Eles gostavam um do outro, o que ajudou quando Lily contou a Alessandro que estava grávida, mas ia ficar com seu marido. Ele ficara estupefato no começo, mas nunca zangado ou possessivo em relação ao bebê dela. Concordou em se manter afastado, deixar Daniel ser o pai da criança e ter o papel que Lily achasse apropriado no futuro.

— Eu não sou o melhor dos pais — falou a ela —, mas sei que você vai ser uma mãe maravilhosa.

Alessandro agora estava saindo com uma linda médica de Montalcino. Mas ela não era a única pessoa com quem Lily imaginava que ele fosse se encontrar.

— Vamos tirar os *amorucci* da mesa e nos preparar para almoçar — sugeriu ela para Carlotta enquanto observava os vários membros de sua família misturada se reunirem em diferentes partes da *piazza*. Logo, estavam todos sentados em volta daquele gigantesco formato de coração: comendo, bebendo, conversando e rindo enquanto enchiam os pratos de espaguete grosso de anchovas; cebolas caramelizadas e farelos de pão; *orichiette* com um denso ragu bolonhês; *fettuccine* com limão, pimenta e pecorino; flores de abobrinha fritas recheadas com três queijos diferentes; beringelas pingando óleo e alho; e pão ciabatta crocante.

Lily sentou-se entre Rose e Daniel, com o pequeno Matteo sendo passado de colo em colo como o brinquedo gordo e feliz que era. Foi parar até mesmo, em um momento, nos braços de Eugenia, pálida e nervosa, mas ali entre eles, com a própria irmã servindo-lhe de lastro e seus filhos em boas mãos. Alessandro sentou-se do outro lado do coração, de frente para Lily, sua namorada Angelica de um lado, confiante e forte, sem as complicações profundamente enraizadas das quais ele era cheio. Do seu outro lado havia duas cadeiras vazias ocupadas em diferentes momentos por crianças variadas e causando uma pequena ansiedade em Lily até ela enxergar do outro lado da *piazza* outra moça com um menino de uns 3 anos aproximar-se timidamente do grupo barulhento.

— Venham, venham, sentem-se, eu estava esperando por vocês — chamou Lily, acenando para que se sentassem ao lado de Alessandro. — Pessoal, esta é Sofia e seu filho Massimo.

Alessandro se levantou, conforme sua filha escorregava para o lado dele e puxava o filhinho para o colo. Lily sabia que ele queria ir embora, mas também sabia que não iria. Alessandro era um homem decente. Lentamente, ele se sentou e apresentou sua filha para a namorada. Quando ela olhou de novo, Massimo estava no colo dele.

— Estou te vendo, Lily Turner — disse Daniel, entregando Matteo para ela. — Estou te vendo.

— Sei que está — falou com um sorriso e beijou o topo da cabeça de seu bebê, pensando pela milésima vez que não havia cheiro melhor no mundo.

Então, pelo canto do olho, ela viu Mario embalando o resto de sua barraca.

— Peça ao Al para trocar de cadeira com uma das crianças, por favor — pediu à Rose e, carregando seu menino gorducho e moreno no quadril, andou até Mario e o trouxe de volta para a mesa, sentando-o ao lado de Carlotta, tão perto que seus cotovelos se tocavam. Eles eram duas pessoas tímidas e teimosas, mas Lily tinha certeza de que haviam sido feitos um para o outro e que, um dia, perceberiam isso.

Sob a sombra do duomo, um punhado de amigas idosas observava, todos os olhos brilhando por trás de óculos de grossura variada.

— Santa Ana di Chisa queira que Daniel tenha uma vida longa e saudável — falou Violetta —, mas um dia essa Lily vai dar uma bela de uma cerzideira viúva.

— Não que você precise ser viúva — lembrou-lhe Luciana.

— Não que você precise ser capaz de cerzir — acrescentou Fiorella. — Porque na verdade não importa realmente como você se livra do buraco, não é? Só que se livre.

— Uma meia remendada certamente dura muito mais tempo — concordou Violetta, passando um saco de *amorucci* de pimenta e chocolate. — Na realidade, às vezes o pedaço remendado é mais forte do que qualquer outra coisa.

— Pode acabar sendo sua parte favorita, eu imagino — disse Fiorella. — Mesmo que no começo você achasse que não combinava.

Ela olhou para Violetta, que sorriu.

— Santa Ana di Chisa seja louvada — falou Violetta e suas amigas todas concordaram.

— Santa Ana di Chisa seja louvada!

Agradecimentos

Quanto mais velha fico, mais pessoas tenho para agradecer, mas menos consigo me lembrar de quem ou por quê. Por que isso acontece? Então, obrigada a todo mundo, em todos os lugares, por toda a ajuda. Eu preciso dela e só posso pedir desculpas se fracasso, aqui, em agradecer a vocês pessoalmente por me ajudarem.

Uma pessoa de quem eu nunca poderia me esquecer é minha querida amiga Bridget, que compartilhou comigo a história do pequeno Stanley, o recém-nascido que ela segurou em seus braços por apenas seis dias antes que sua mãe biológica mudasse de ideia e o quisesse de volta. Dias tão difíceis... subsequentemente iluminados por outro bebê, a estelar Stella, cuja chegada fez, e continua fazendo, Bridget e tantas outras pessoas tão felizes.

Minha prima Frances Kennedy em Roma merece, no mínimo, um grande beijo simplesmente por ser uma garota tão legal, um sistema completo de apoio e por me apresentar a Montepulciano, a verdadeira cidade toscana no topo da colina na qual Montevedova é baseada. Vá até lá: é praticamente como foi descrita, tirando a *pasticceria*, apesar de haver uma fantástica chamada Mariuccia na cidade próxima de Montalcino.

Faça um estoque de *dolci* e então vá à Abadia Sant'Antimo e ouça o canto gregoriano dos monges. Isso é o que eu chamo de um dia no campo.

A Toscana é tão deslumbrante quanto todo mundo diz e santa Ana di Chisa seja louvada por me ajudar a convencer minha melhor amiga australiana Ronnie a ir comigo na minha segunda viagem de pesquisa para evitar que me sentisse sozinha. Ainda mais louvores devem ser feitos ao marido dela, Raoul, que eu havia esquecido completamente que fala italiano (e cozinha e limpa e dirige). Como teríamos achado a loja de fábrica da Prada sem ele? Dois sistemas de GPS, dois guias turísticos e um mapa certamente não iam nos levar até lá.

Eu deixei despreocupadamente meu próprio marido, Mark Robins, em casa durante a viagem de pesquisa. Ele estava ocupado construindo um barco grande chamado *Dawn Treader* para o terceiro filme da série Nárnia e simplesmente não parecia certo arrastá-lo para longe de seus dias de 12 horas de trabalho para viajar pelos campos da Toscana em um Fiat 500 azul-marinho.

Diferente de santa Ana di Chisa, Mark Robins é um verdadeiro santo.

Como sempre, eu gostaria de agradecer à minha agente maravilhosa, Stephanie Cabot, sem a qual eu poderia ainda estar presa em um escritório escrevendo legendas sobre celulite nas coxas de estrelas de cinema de Hollywood. E gostaria de agradecer à Denise Roy, minha incrível editora na Plume, por me fazer trabalhar mais do que eu trabalharia naturalmente. Espero que goste dos resultados tanto quanto eu gostei da oportunidade de trabalhar com alguém com tanta classe.

Mais do que qualquer coisa, porém, eu gostaria de agradecer aos leitores que continuam a me mandar e-mails para me dizer que gostam dos meus livros. A maior parte do tempo estou em casa, sozinha, presa na frente do computador, na metade de um novo original, só com o cachorro e talvez alguma coisinha doce como companhia. Frequentemente, minha cabeça está nas minhas mãos e eu estou pensando que diabos estou fazendo. Às vezes estou escrevendo uma lista de outras coisas que poderia fazer em vez disso, apesar de poder ser bastante deprimente já que não parece haver muitos empregos como inspetora de hotéis cinco estrelas ou provadora de chocolate.

Aí, no momento em que estou começando a considerar seriamente que papel eu poderia preencher no circo — que não envolva altura ou trabalhar à noite —, escuto o simpático "ping" de um e-mail chegando. Quase sempre é alguém que tirou um tempo e se deu ao trabalho de dizer que acabou de ler algo que escrevi e que gostaria de agradecer.

Não tenho como lhes dizer o quanto isso enche meu coração de alegria. "Ei, circo, encontre outra mulher gorda e/ou barbada", grito. "Enfiem seu hotel cinco estrelas onde o sol não brilha", continuo. "Tirem essas trufas de chocolate amargo de perto de mim imediatamente. Não preciso prová-las!"*

Então, para aqueles de vocês que já me escreveram, *grazie*; vocês frequentemente me fazem ganhar o dia. E para aqueles que ainda não entraram em contato, mas acham que gostariam de entrar, visitem meu site em www.sarah-katelynch.com e podem me mandar um e-mail de lá. Estou ansiosa para ter notícias de vocês.

Esta história, por falar nisso, este livro, é sobre remendar corações partidos. Se você nunca teve um, considere-se sortudo. Mas, se já teve, bem, nunca se esqueça de que estamos todos juntos nessa. Eu sei, algumas dores são piores do que outras, mas também sei que teremos nossos finais felizes se, como diz a Sininho, nós acreditarmos neles. E se procurarmos nos lugares certos.

---

*Na verdade, eu nunca diria isso.

Este livro foi composto na tipologia ITC Berkeley
Oldstyle Std, em corpo 10,5/15, e impresso em
papel off-white no Sistema Cameron da Divisão
Gráfica da Distribuidora Record.